AMORES QUE MATAN

RUTH RENDELL

AMORES QUE MATAN

EDHASA

Título original:
The Bridesmaid
Traducción de Margarita Cavándoli

Primera edición: septiembre de 1990

Avda. Diagonal, 519-521. 08029 Barcelona
Tel. 439 51 05*

ISBN: 84-350-0810-X
Depósito legal: B. 21.770-1990

Impreso por Romanyà/Valls
Verdaguer, 1. Capellades (Barcelona)

Impreso en España
Printed in Spain

Para Don

1

La muerte violenta fascina a la gente. A Philip lo trastornaba. Sentía fobia. Así era como la llamaba en ocasiones: fobia hacia el asesinato y todos los tipos de muerte, la destrucción gratuita de la vida en la guerra y su insensata destrucción en accidentes. La violencia era repelente, ya fuera en la realidad, en la pantalla o en las novelas. Hacía años que opinaba lo mismo, desde que era un crío y otros niños lo apuntaban con armas de mentira y jugaban a matar. No sabía cuándo ni cómo había comenzado. Lo más extraño consistía en que no era cobarde ni delicado, la muerte no lo asustaba más ni menos que a cualquier otra persona. Más bien era la muerte antinatural la que no le agradaba ni ejercía en él un atractivo macabro. Su reacción consistía en huir de la muerte, cualquiera que fuese la forma en que se presentaba. Sabía que era una actitud insólita. Por eso ocultaba o intentaba ocultar su fobia.

Cuando ellas miraban la tele, Philip también miraba y no cerraba los ojos. Nunca había llegado al extremo de despotricar contra los periódicos o las novelas. Pero ellas lo sabían y no respetaban demasiado sus sentimientos. Nada les impidió hablar de Rebecca Neave.

Por decisión propia, Philip no se habría interesado en su desaparición ni habría especulado sobre el tema. Simplemente, habría apagado el aparato. Claro que lo habría apagado diez minutos antes y de esta manera habría evitado Irlanda del

Norte, Irán, Angola, un descarrilamiento en Francia y una joven desaparecida. Jamás habría mirado la foto del bonito rostro de Rebecca Neave, la boca sonriente, los ojos entrecerrados por el resplandor del sol, el pelo alborotado por el viento.

Rebecca desapareció alrededor de las tres de la tarde de un día de otoño. Su hermana habló con ella por teléfono el miércoles por la mañana, y ese día, a la hora de comer, la telefoneó un nuevo amigo, un hombre con el que había salido cuatro veces. Fue la última vez que alguien oyó su voz. Un vecino la vio salir del bloque de apartamentos en que vivía. Vestía un chándal aterciopelado de color verde claro y zapatillas blancas. Fue la última vez que alguien la vio.

Cuando el rostro de la chica apareció en la pantalla, Fee comentó:

–Estudié con ella. Ya me parecía que su nombre me sonaba: Rebecca Neave. Tenía la sensación de haberlo oído antes.

–Yo jamás lo había oído. Nunca me habías contado que tenías una amiga llamada Rebecca.

–Cheryl, no éramos amigas. En la escuela había tres mil alumnos. Me parece que nunca hablamos. –Fee contemplaba atentamente la pantalla mientras su hermano hacía un esfuerzo consciente por no mirar. Philip había cogido el periódico y lo abrió en las páginas interiores que no incluían el artículo sobre Rebecca Neave. Fee añadió: –Seguramente piensan que la han asesinado.

En la pantalla apareció la madre de Rebecca y suplicó noticias sobre su hija desaparecida. Rebecca tenía veintitrés años. Se ganaba la vida dando clases de cerámica a adultos y, como necesitaba unos ingresos complementarios, ofreció sus servicios como canguro y cuidadora de casas. Cabía la posibilidad de que alguien la hubiese telefoneado en respuesta a su anuncio. Rebecca había concertado una cita para aquella tarde... y había acudido. Al menos eso pensaba su madre.

–¡Pobre mujer! –dijo Christine y entró con la bandeja del café–. ¡Estará pasándolas canutas! Me imagino lo que sentiría si os hubiera ocurrido a cualquiera de vosotros.

–No creo que me ocurra a mí –opinó Philip que, aunque delgado, era de constitución fuerte y medía un metro ochenta y ocho. Miró a sus hermanas–. ¿Puedo apagar la tele?

–Este tipo de noticias te resulta insoportable, ¿no? –Cheryl tenía una mueca feroz que rara vez se molestaba en disimular.– Tal vez no la asesinaron. Todos los años desaparecen cientos de personas.

–Seguramente hay algo más que no sabemos –intervino Fee–. No harían tanto ruido si sólo se hubiera largado. Es gracioso, pero ahora recuerdo que en selectividad estuvimos en el mismo grupo de arte. Decían que quería seguir estudiando y ser maestra y a las demás les hacía gracia porque sólo les interesaba casarse. Venga, Phil, si quieres apaga la tele. Ya no darán más noticias de Rebecca.

–Es una pena que en el telediario no cuenten cosas agradables –dijo Christine–. Sorprende que sean tan sensacionalistas. Al fin y al cabo, existen cosas agradables, ¿no?

–Aunque los desastres son noticia, no estaría mal que, para variar, pusieran a prueba tu idea –replicó Philip–. Podrían dar la lista de los rescates realizados cada día, de todas las personas que no se han ahogado, de los que han sufrido un accidente de carretera y no han muerto. –Añadió con tono más sombrío:– Una lista de los niños que no han sido maltratados y de las niñas que han escapado de los violadores.

Apagó la tele. Era todo un placer ver cómo mermaba y se esfumaba rápidamente la imagen. Aunque Fee no se había refocilado con la desaparición de Rebecca Neave, evidentemente las especulaciones sobre el tema le interesaban mucho más que analizar cualquiera de las «ideas agradables» de Christine. Philip hizo un gran esfuerzo para hablar de otro tema.

–¿A qué hora saldremos mañana?

–Lo que faltaba, pretendes cambiar de tema. Phil, ¡genio y figura hasta la sepultura!

–Dijo que fuéramos a las seis. –Christine miró tímidamente a sus hijas y volvió a dirigirse a Philip.– Quiero que salgáis un momento al jardín. Necesito vuestro consejo.

El jardín era un lugar pequeño y desolado, que mejoraba un poco a esa hora del día en la que el sol se ponía y las sombras se alargaban. La hilera de cipreses del extremo impedía que los vecinos vieran por encima de la cerca. En medio del césped había una losa redonda de cemento y, sobre ella, una pila para pájaros y una estatua. Aunque el musgo no cubría el cemento, las malas hierbas se abrían paso por la grieta existente bajo la pila. Christine apoyó la mano en la cabeza de la estatua y la acarició del mismo modo que habría mimado a un niño. Miró a sus hijos con su típica actitud aprensiva, a medias tímida y a medias osada.

–¿Qué os parece si le regalo a Flora?

Fee casi nunca dudaba, era invariablemente decidida.

–No puedes ir por el mundo regalando estatuas a la gente.

–¿Por qué no, si les gustan? –respondió Christine–. Dijo que le gustaba y que quedaría bien en su jardín. También dijo que le recordaba a mí.

Como si su madre no hubiese hablado, Fee añadió:

–Se regalan bombones o vino.

–Me trajo vino –puntualizó Christine con tono de asombro y satisfacción, como si el hecho de llevar una botella de vino a la casa de la mujer con quien vas a cenar fuese un gesto extraordinariamente considerado y generoso. Deslizó la mano por el hombro de mármol de Flora–. Siempre me ha recordado a la dama de honor de una boda. Supongo que tiene que ver con las flores.

Hasta entonces Philip no había contemplado atentamente a la muchacha de mármol. Desde que tenía memoria, Flora sólo era la estatua situada junto al estanque del jardín de casa. Por lo que le contaron, su padre la había comprado durante la luna de miel con Christine. Medía casi un metro y era una copia en miniatura de una estatua romana. En la mano izquierda sostenía un ramillete de flores y con la otra sujetaba el borde de la túnica, dejando al descubierto el tobillo derecho. Aunque tenía ambos pies sobre el suelo, parecía caminar o interpretar un baile lento. Su rostro era extraordinariamente hermoso. Al mirarla, Philip se dio cuenta de que, por lo general, no le resultaban atractivos los rostros de las estatuas de la Grecia o la Roma antiguas. Las mandíbulas gruesas y las narices largas y sin caballete les daban un aspecto imponente. Tal vez los patrones de belleza habían cambiado. O quizá lo que le atrajo fue algo más delicado. El rostro de Flora era igual al de una muchacha bella y viva del presente: pómulos altos, barbilla redonda, labio superior delgado, y la boca la más perfecta conjunción de labios tiernamente apretados. Salvo por los ojos, parecía una muchacha viva. Los ojos de Flora, demasiado separados, parecían contemplar horizontes lejanos con una expresión distante y pagana.

–Siempre he pensado que aquí no luce lo suficiente –dijo Christine–. Resulta *ridícula.* En realidad, quiero decir que el resto del jardín queda ridículo.

Era verdad. La estatuta era demasiado fina para ese entorno.

–Es como servir champán en un vaso de plástico –comentó Philip.

–Exactamente.

–Por mí puedes regalarla –opinó Cheryl–. Es tuya, no nuestra. Te la regaló papá.

–Considero que todo lo que tenemos es nuestro –precisó Christine–. Dice que tiene un jardín muy bonito. Supongo que me sentiré mejor si sé que Flora está en el lugar que se merece. ¿Entendéis lo que quiero decir?

Miró a Philip. Nada la convencería de la igualdad entre los sexos, a pesar del proselitismo de sus hijas y de las presiones de la prensa y la televisión. Como su marido había muerto, recurría a su hijo, no a su primogénita, en busca de decisiones, dictámenes y consejos.

–Mañana nos la llevaremos –dijo Philip.

En su momento no pareció algo demasiado importante. ¿Por qué iba a serlo? No dio la impresión de ser una decisión trascendente, como casarse, tener hijos, cambiar de profesión o someterse a una intervención quirúrgica decisiva. Pero resultó ser tan significativa como cualquiera de esas opciones.

Pasó mucho tiempo antes de que Philip pensara en esos términos. Sopesó a Flora y la alzó cuatro o cinco centímetros. Era tan pesada como sospechaba. De repente pensó en Flora como símbolo de su madre, símbolo que había recibido de su padre al casarse y que ahora pasaría a manos de Gerard Arnham. ¿Acaso significaba que Christine pensaba casarse con él? Se habían conocido la Navidad anterior en la fiesta del despacho del tío de Philip y habían mantenido un lento noviazgo, si es que podía considerarse noviazgo. Esa lentitud pudo deberse, en parte, a la circunstancia de que Arnham viajaba mucho al extranjero en representación de su empresa. Por lo que Philip sabía, Arnham sólo había estado una vez en su casa. Por fin iban a conocerlo. Ese hecho lo llevó a pensar que la situación adquiría un cariz más serio.

Su madre comentó:

–Será mejor que dejemos a Hardy en casa. –El perrito, un

Jack Russell al que Christine había llamado Hardy Amies porque le gustaba la ropa de ese diseñador, salió al jardín y se sentó a su lado. Christine se agachó y le acarició la cabeza.- Los perros no le gustan. Pero eso no significa que sea cruel con los animales. -Hablaba como si la antipatía hacia los perros supusiera la voluntad de torturarlos.- No le interesan. La noche que estuvo aquí me di cuenta de que Hardy no le gusta.

Philip entró en la casa y Fee dijo:

-Al ver a Flora me acordé de que una vez Rebecca Neave hizo la cabeza de una chica.

-¿Cómo que hizo la cabeza de una chica? ¿Qué quieres decir?

-En la escuela modeló una cabeza de barro en el taller de cerámica. Era de tamaño natural. La profesora la obligó a romperla, no quiso cocerla en el horno porque nos había pedido que hiciéramos cacharros. Y pensar que ahora puede estar muerta en cualquier parte...

-Muchas gracias, prefiero pensar en otra cosa. Estas historias no me fascinan como a ti.

Fee sentó a Hardy en su regazo. A esa hora siempre buscaba a la gente con la esperanza de que lo llevaran a pasear.

-Phil, no se trata de que me fascinen. A todos nos interesan el asesinato, la violencia y el crimen. Según dicen, se debe a que tenemos esos componentes en nosotros mismos. Todos somos capaces de matar, en algún momento todos queremos agredir a alguien, pegarle, hacerle daño.

-Yo no.

-Fee, realmente a él no le ocurre -dijo Cheryl-. Sabes que es verdad. Y como no le gusta hablar de estos temas, haz el favor de cerrar el pico.

Acarreaba a Flora, porque era el único hombre y porque se suponía que era el más fuerte. Sin coche, el viaje de Cricklewood a Buckhurst Hill fue espantoso. Tomaron el autobús hasta la estación de Kilburn, el metro de Kilburn a Bond Street, y allí esperaron siglos un metro de la Central Line. Habían salido de casa poco antes de las cuatro y ya eran las seis menos diez.

Philip nunca había estado en esa zona de los suburbios de Essex. Le recordó un poco a Barnet, donde la vida había sido placentera y daba la sensación de que siempre brillaba el sol. Aunque en la calle por la que caminaban había casas, los setos y los árboles las ocultaban y parecía un camino comarcal. Su madre y sus hermanas se habían adelantado y aceleró el paso, pasando el peso de Flora de un lado a otro del cuerpo. Cheryl, que iba con las manos vacías pero llevaba tacones altos y tejanos muy ceñidos, preguntó a modo de queja:

–Mamá, ¿falta mucho?

–No lo sé, cariño. Sólo sé lo que me dijo Gerard, hay que subir la colina y girar a la derecha en la cuarta. –Christine siempre decía que las cosas eran agradables. Y «agradable» era su palabra preferida.– ¿No os parece un barrio muy agradable?

Llevaba un vestido de hilo rosa y chaqueta blanca. Se había puesto un collar de cuentas blancas y pintalabios rosa y parecía el tipo de mujer que no suele permanecer sola mucho tiempo. Tenía el pelo sedoso y esponjado, y las gafas de sol ocultaban sus ojeras. Philip había notado que, aunque llevaba la alianza de matrimonio –jamás la había visto sin ella–, se había quitado el anillo de pedida. Probablemente Christine lo había justificado con algún disparate, por ejemplo, que los anillos de pedida representan el amor de un marido vivo mientras que las alianzas son un requisito social tanto para las viudas como para las esposas. Naturalmente, Fee lucía su anillo de pedida. Para que se viera mejor, conjeturó Philip, sostenía en la mano izquierda algo que llamaba bolsito. El formal traje de chaqueta azul marino y la falda demasiado larga la hacían aparentar más años de los que tenía, y tal vez Arnham la considerara demasiado mayor para ser hija de Christine.

Philip no se había preocupado demasiado por su aspecto. Había concentrado sus esfuerzos en preparar a Flora. Christine le había pedido que tratara de quitar del mármol la mancha de verdín y, pese a que lo intentó con agua y detergente, no lo logró. Le dio papel de seda para que envolviera la estatua. Philip también la protegió con una capa de papel de periódico, el de esa mañana, que llevaba en primera plana el artículo sobre Rebecca Neave. Incluía otra foto de Rebecca y el comentario de que un hombre anónimo de veinticuatro años había pasado el día anterior con la policía «colaborando en la investigación». Philip envolvió rápidamente la estatua en papel de diario y la metió en la bolsa de plástico en que Christine había traído su gabardina de la tintorería.

Tal vez no fue una buena idea, porque el paquete resbalaba. Flora se deslizaba y cada dos por tres tenía que acomodarla. Le dolían los brazos del hombro a la muñeca. Los cuatro giraron por fin en la calle donde vivía Arnham. Las casas no eran tan independientes como la que habían ocupado en Barnet, pero estaban terraplenadas en hileras curvas: «casas urbanas» con jardines pletóricos de arbustos y flores otoñales. Philip se dio cuenta enseguida de que cualquiera de esos jardines sería un emplazamiento más apropiado para Flora. La vivienda de Arnham tenía tres plantas, persianas en intradós y una aldaba de bronce con forma de cabeza de león en la puerta verde oscuro de estilo georgiano. Christine se detuvo ante la verja con expresión de asombro.

–¡Qué pena que tenga que venderla! Supongo que no tiene otra solución. Está obligado a darle la mitad a su ex esposa.

Más tarde, Philip pensó que lamentablemente Arnham abrió la puerta en el mismo momento en que Cheryl decía a grito pelado:

–¡Creía que su esposa había muerto! No sabía que estaba divorciado. ¡Qué asco!

Philip jamás olvidaría la primera vez que vio a Gerard Arnham. Tuvo la impresión de que el hombre al que visitaban no se alegraba ni mucho menos de verlos. Era de estatura mediana y constitución fuerte, sin llegar a grueso. Tenía la cabellera cana pero espesa y brillante y era apuesto de una manera que a Philip le pareció italiana o griega, aunque no supo explicar por qué. Sus facciones eran carnosas y sus labios llenos. Vestía pantalón crema, camisa blanca con el cuello abierto y una chaqueta ligera de cuadros azul marino, crema y marrón, cuadros grandes pero no muy llamativos. La expresión de su rostro pasó del desconcierto a una pavorosa incredulidad que lo llevó a cerrar fugazmente los ojos.

Los abrió deprisa, bajó la escalera y disimuló con una cordial amabilidad aquello que lo perturbaba. Philip supuso que besaría a Christine, y probablemente ella imaginó lo mismo porque se le acercó con la cara en alto, pero Gerard no la besó. Estrechó la mano a todos. Philip depositó a Flora en el escalón para darle la mano.

Christine dijo:

–Ésta es Fiona, mi primogénita. Como te conté, se casa el año próximo. Y éste es Philip, acaba de graduarse y está haciendo un cursillo de interiorismo. Y aquí tienes a Cheryl... que acaba de terminar los estudios.

–Y ésta, ¿quién es? –preguntó Arnham.

Tal como Philip había depositado a Flora, la estatua parecía el quinto miembro del grupo. Se le había caído el envoltorio. La cabeza y un brazo asomaban por el agujero de la bolsa. Su rostro sereno, cuyos ojos parecían mirar eternamente en lontananza, estaba descubierto, lo mismo que la mano derecha, en la que sujetaba el ramillete de flores de mármol. Súbitamente, la mancha de verdín en el cuello y en el pecho se hizo muy visible, lo mismo que la muesca en una oreja.

–Gerard, supongo que la recuerdas. Es Flora, la que estaba en mi jardín y que tanto te gustó. Te la hemos traído de regalo. Ahora es tuya. –Como Arnham se quedó boquiabierto, Christine insistió:– Es un obsequio. La hemos traído porque te gustaba.

Arnham se sintió obligado a dar muestras de entusiasmo, pero de nada sirvieron. Dejaron a Flora en el escalón y se dirigieron a la casa. Como iban cuatro y el pasillo era tan estrecho que sólo pasaba uno por vez, dio la sensación de que *desfilaban* hacia el interior. Philip se alegró de haber dejado a Hardy en casa. No era un buen lugar para un perro.

La vivienda estaba bellamente decorada y amueblada. Philip siempre se fijaba en esas cosas. Si no lo hubiera hecho, probablemente no lo habrían aceptado en el curso de formación en Roseberry Lawn Interiors. Un día, un día necesariamente muy lejano, le gustaría tener en su casa un salón como ése, con las paredes color verde hiedra, dibujos en marcos dorados y delgados y una alfombra cuyo magnífico amarillo oscuro le recordó las porcelanas chinas expuestas en los museos.

A través de la arcada divisó el comedor. Había una mesa pequeña puesta para dos. Contenía dos servilletas rosas en dos copas altas del mismo color y un único clavel rosado en un florero estriado. Antes de que reparara plenamente en lo que significaba, Arnham los llevó al jardín por la puerta de servicio. Había cogido a Flora como si pudiera ensuciar la alfombra, al menos eso pensó Philip, y la balanceaba como si fuera la bolsa de la compra.

Una vez en el jardín, la dejó en el arriate que servía de límite a un pequeño cuadro rocoso, se disculpó y volvió a entrar en la casa. Los Wardman se quedaron en el césped. Fee miró a Philip a espaldas de Christine y de Cheryl, enarcó las cejas e hizo un gesto de satisfacción equivalente al signo de la victoria. Le estaba diciendo que aprobaba a Arnham, que éste le caía bien. Philip se encogió de hombros. Se volvió para mirar una vez más a Flora, ese rostro de mármol que ciertamente no era el de Christine ni el de ninguna mujer de carne y hueso que hubiera conocido. La nariz era clásica, los ojos estaban demasiado separados, los suaves labios demasiado bien acoplados, y ostentaba una expresión extrañamente vidriosa, como si los temores, las dudas y las inhibiciones humanas corrientes le importaran un bledo.

Arnham volvió a salir, se disculpó y situaron a Flora en una posición desde la que podía ver su imagen en las aguas de un estanque diminuto. La encajaron entre dos piedras grises sobre las que una planta de hojas doradas había extendido sus zarcillos.

–Queda muy bien –opinó Christine–. Es una pena que no pueda quedarse definitivamente aquí. Tendrás que llevártela cuando te mudes.

–Sí.

–Supongo que, dondequiera que te mudes, también tendrás un jardín agradable.

Arnham guardó silencio. Conociendo a su madre, cabía la posibilidad de que Christine se despidiera formalmente de Flora, pensó Philip. Su madre era así. No se habría sorprendido de oírla despedirse y pedirle a Flora que se portara bien. Su silencio y la dignidad con que precedió a Arnham cuando volvieron a entrar en la casa complacieron a Philip. Lo comprendió: no era necesario despedirse de alguien con quien muy pronto convivirías el resto de tu vida. ¿Alguien más lo había visto o sólo él había notado que de la mesilla del comedor habían desaparecido el mantel, la cubertería, la cristalería y el clavel rosado? Por consiguiente, Arnham había entrado a quitar la mesa. Para Philip estaba clarísimo: esperaba sólo a Christine.

Su madre y sus hermanas no se enteraron de que habían cometido una incorrección social. Cheryl se despatarró en el sofá, con las piernas abiertas y los pies clavados en la alfombra. No le quedaba más remedio, porque los tejanos eran demasiado ceñidos y los tacones demasiado altos para doblar las rodillas y posar las plantas de los pies en el suelo. Fee había encendido un cigarrillo sin preguntar a Arnham si le molestaba. Mientras buscaba un cenicero, notoriamente ausente entre la diversidad de adornos –tazas y platos pequeños, animales de porcelana, jarrones en miniatura– y aguardaba a que Arnham trajera uno de la cocina, la ceniza de su pitillo cayó sobre la alfombra amarilla.

Arnham continuó en silencio. Fee se puso a hablar de la chica desaparecida. Estaba convencida de que el hombre que había colaborado en las investigaciones policiales era Martin Hunt, el mismo que, según la prensa y la televisión, había telefoneado el día en que la joven desapareció. Siempre decían lo mismo y empleaban la misma fraseología cuando la verdad era que habían atrapado al asesino pero aún no podían demostrar que había sido él. Y si los periódicos hacían algún otro comentario, por ejemplo, daban el nombre del detenido o afirmaban que se sospechaba que había perpetrado el asesinato, corrían el riesgo de ser demandados por difamación o de violar las leyes.

–Apuesto a que la policía lo interrogó sin piedad. Seguro que le dieron una buena paliza. Ocurren muchas cosas de las que ni siquiera nos enteramos, ¿verdad? Intentaron arrancarle una confesión, porque a menudo son demasiado torpes para obtener pruebas, como hacen los detectives en las novelas. Supongo que no se creyeron que sólo había salido cuatro veces con ella. Además, lo tienen difícil, porque les falta el cadáver. Ni siquiera tienen la seguridad de que la hayan asesinado. Por eso necesitaban una confesión. Tuvieron que *arrancarle por la fuerza* una confesión.

–Tenemos el cuerpo de policía más comedido y civilizado del mundo –opinó Arnham secamente.

En lugar de negarlo, Fee esbozó una sonrisa y se encogió de hombros.

–Dan por sentado que, cuando una mujer es asesinada, ha sido su marido, si lo tiene, o su amigo. ¿No le parece espantoso?

–¿Por qué tenemos que ocuparnos de estas cosas? –preguntó Cheryl–. No veo qué necesidad hay de hablar de estos temas. Además, ¿a quién le interesan estas cuestiones tan desagradables?

Fee no se dio por aludida.

–En mi opinión, fue la persona que respondió a su anuncio. Algún chiflado telefoneó, la convenció de que fuera a su casa y allí se la cargó. Creo que la policía sospecha que fue Martin Hunt desfigurando su voz.

Philip creyó percibir asco y quizá aburrimiento en la expresión de Arnham, pero probablemente sólo era una proyección de sus propios sentimientos. Se arriesgó a que Fee lo acusara de cambiar de tema y se apresuró a decir:

–Ese cuadro es una maravilla. –Señaló el extraño paisaje colgado encima de la chimenea.– ¿Es de Samuel Palmer?

Obviamente, se refería a una reproducción. Cualquiera lo habría entendido así, pero Arnham puso cara de incredulidad y respondió:

–Ni por un instante se me pasaría por la cabeza si Samuel Palmer es quien yo creo que es. Lo compró mi ex esposa en una venta de objetos usados.

Philip se ruborizó. De nada habían servido sus esfuerzos por detener el aluvión de narrativa forense de Fee.

–Probablemente está muerta, ya han encontrado el cadáver y no informan. Tienen motivos, pretenden atrapar a alguien.

–Si es así, se sabrá durante la investigación –intervino Arnham–. En este país la policía no se guarda datos.

Cheryl, que no había pronunciado palabra desde que entraron, preguntó:

–¿A quién pretende engañar?

Arnham no replicó y se sentó muy rígido.

–¿Alguien quiere una copa? –Los recorrió con la mirada como si fueran doce en lugar de cuatro.

–¿Qué tiene? –inquirió Fee.

Philip veía claramente que a personas como Arnham no se les hacía ese tipo de preguntas, aunque fueran aceptables en los círculos por los que Fee y Darren se movían.

–Todo lo que se te ocurra.

–Entonces, me gustaría tomar un cubata de Bacardí.

Obviamente, de eso Arnham no tenía. Ofreció a cambio jerez o gin-tonic. Para asombro de Philip y aunque sabía que en ocasiones podía ser extrañamente insensible, Christine no había notado lo mucho que se había enfriado el ambiente. Con una copa de Bristol Cream en la mano, siguió el rumbo fijado por Philip y habló con admiración de diversos muebles y adornos de la casa de Arnham. Tal o cual cosa era agradable, todo era muy agradable, las alfombras eran extraordinariamente agradables y de primerísima calidad. Philip se asombró de su transparencia. Su madre hablaba como quien agradece humildemente un regalo generoso o inesperado.

Arnham dijo con aspereza, arrasando todos los comentarios:

–Habrá que vender hasta el último mueble. Hay una orden judicial por la cual estamos obligados a venderlo todo y a dividir los beneficios entre mi ex esposa y yo. –Suspiró con algo parecido al estoicismo.– Propongo que nos vayamos a cenar fuera. Aquí no podemos hacer nada. ¿Os parece bien un bistec en el restaurante del barrio?

Los llevó en el Jaguar. Como era un coche grande, no tuvieron problemas de espacio. Philip pensó que debería estar agradecido a Arnham por llevarlos a cenar fuera y pagar, pero no era eso lo que sentía. Pensaba que todo habría ido mejor si hubiese dicho la verdad, si hubiese explicado que sólo esperaba a Christine y la hubiese recibido como había planeado originalmente. A Fee, a Cheryl y a él no les habría molestado, lo habrían preferido –al menos él– a estar en aquella penumbra brillante, en medio de la decoración seudosolariega de un restaurante de segunda categoría situado encima de un supermercado, intentando charlar con alguien que evidentemente deseaba que se largaran.

La gente de la generación de Arnham carecía de franqueza, pensó Philip. No eran sinceros. Eran retorcidos. Christine era igual, nunca decía lo que pensaba porque le parecía grosero. A Philip le repugnaba la forma en que su madre alababa cada plato como si Arnham lo hubiese preparado con sus propias manos. Lejos de casa, Arnham se mostraba mucho más expansivo y se expresaba con afabilidad. Preguntó a Cheryl qué pensaba hacer ahora que había acabado la escuela, y a Fee por su prometido y el modo en que se ganaba la vida. Al parecer, había superado su desilusión o cólera del primer momento. El interés que mostró por Fee hizo que Cheryl se pusiera a hablar de su padre, en opinión de Philip el menos adecuado de los temas. Cheryl había sido la más próxima a Stephen y ni siquiera ahora había iniciado el proceso de recuperarse de su muerte.

–Pues sí, es verdad, era así –confirmó Christine con cierta incomodidad cuando Cheryl se refirió a la debilidad de su padre por las apuestas–. Pero quede claro que nadie sufrió. Jamás permitió que su familia pasara hambre. En realidad, nos beneficiamos, ¿no? Muchas de las cosas agradables que tenemos proceden del juego.

–La luna de miel de mamá se pagó con lo que papá ganó en el Derby –contó Cheryl–. Pero a papá no sólo le interesaban los caballos, ¿verdad, mamá? Apostaba a todo. Si esperabas el autobús con él, apostaba cuál de los dos llegaba primero, el 16 o el 32. Si sonaba el teléfono, decía: «Cheryl, cincuenta peniques a que es un hombre o cincuenta a que es una mujer». Solía ir al canódromo con él, me fascinaba. Era muy estimulante estar allí tomando una Coca-Cola o comiendo algo mientras veíamos correr a los perros. Mi padre jamás se enfadaba.

Cuando notaba que el mal humor estaba a punto de dominarlo, decía: «A ver, ¿qué nos apostamos? En el jardín hay dos pájaros, un mirlo y un gorrión. Te apuesto una libra a que el gorrión emprende el vuelo antes que el mirlo».

–Las apuestas fueron toda su vida –comentó Christine y suspiró.

–Y nosotros –declaró Cheryl impetuosamente. Había bebido dos copas de vino y se le habían subido a la cabeza–. Primero estábamos nosotros y después las apuestas.

Era verdad. Hasta su trabajo habían sido las apuestas, por decirlo de alguna manera: especulaciones en la bolsa. Hasta que un día –consecuencia tal vez de una vida de angustias y tensiones, de fumar un cigarrillo tras otro, de vivir días largos y noches cortas y de esperar con el teléfono en una mano y el cigarrillo en la otra– su corazón se quebró y dejó de latir. La enfermedad cardíaca, padecida durante mucho tiempo, pero ocultada a la esposa y los hijos, supuso que no había seguro de vida, muy pocas previsiones y una hipoteca sobre la casa de Barnet que ninguna póliza cubría. Stephen, sin motivo, había pensado vivir muchos años y en dicho período pretendía amasar –a través de la especulación entre otras formas de apuesta– una fortuna con la que mantener a los suyos después de abandonar este mundo.

–Incluso conseguimos a Flora por una apuesta –explicó Christine–. Fuimos de luna de miel a Florencia, paseábamos por una calle llena de anticuarios cuando vi a Flora en un escaparate y dije que me parecía hermosa. La casa que habíamos construido incluía un jardincillo, no como el gran jardín que tuvimos en Barnet sino simplemente un agradable jardincillo, y me imaginé a Flora junto al estanque. Cheryl, dile lo que ocurrió tal como papá te lo contó.

Philip notó que Arnham estaba muy interesado. Sonreía. Al fin y al cabo, si él se había referido a su ex esposa, ¿por qué Christine no podía hablar de su difunto marido?

–Mamá comentó que probablemente era muy cara, pero papá nunca se preocupaba por el precio de las cosas. Dijo que el rostro de la estatua era el vivo retrato de mamá... aunque yo no le veo el parecido. ¿Usted qué opina?

–Tal vez haya un aire... –respondió Arnham.

–En cualquier caso, papá aseguró que la estatua le gustaba porque se parecía a mamá. Dijo: «Te propongo que hagamos una apuesta. Te apuesto a que es Venus, la diosa Venus. Y si no lo es, te la compraré».

–Yo creía que Venus era un planeta, y Stephen me dijo que no, que era una diosa –apostilló Christine–. Cheryl lo sabe, en el colegio ha estudiado esas cosas.

–Entraron en la tienda, y el dependiente hablaba inglés y le explicó a papá que no era Venus, que Venus casi siempre está desnuda de cintura para arriba, como si fuera en *topless*...

–¡Cheryl, no tenías por qué expresarte así!

–A papá no le molestó contármelo... al fin y al cabo, es arte. El dependiente le explicó que era una copia de la Flora de los Farnesio. Es la diosa de la primavera y las flores, y su símbolo son las flores de espino. Es lo que lleva en la mano. Resumiendo, papá tuvo que comprarla y le costó un pastón, cientos de miles de como quiera que se llame su moneda. Tuvieron que enviarla a casa, porque no pudieron transportarla en el avión.

La conversación había vuelto al mismo punto donde la habían dejado en casa de Arnham, cuando le ofrecieron la estatua. Tal vez ésa fue la señal que lo llevó a pedir la cuenta. En cuanto Cheryl terminó su exposición, Arnham dijo:

–Tengo la impresión de que no debería haberla aceptado. –Pareció que calculaba mentalmente y que estaba convirtiendo a libras.– No, realmente no puedo aceptarla. Es un regalo demasiado valioso.

–Sí, Gerard, quiero que te la quedes. –Habían salido del restaurante cuando Christine hizo ese comentario. Era de noche. Philip lo oyó a pesar de que Arnham y Christine caminaban algo rezagados y de que ella le había cogido la mano. O Arnham había cogido la mano de Christine.– Para mí es muy importante que la aceptes. Por favor. Me hace feliz pensar que está en tu casa.

¿Por qué se le había metido en la cabeza la idea de que Arnham sólo los llevaría en coche hasta la estación de Buckhurst Hill? Nadie había dicho nada. Tal vez Arnham estaba realmente enamorado de Christine y para él era normal tomarse esa clase de molestias por ella. O tal vez se sentía obligado a causa de Flora. Philip pensó que Arnham había superado su inicial sensación de incomodidad. Christine ocupó el asiento delantero y conversó con Arnham sobre el barrio, el lugar donde había vivido, el lugar donde ahora vivía y la conveniencia o no de volver a dedicarse a la peluquería, su profesión de soltera. Porque necesitaban «unos pocos ingresos más», un modo muy cándido de decirlo que hizo estremecerse a Philip. Daba la sensación de que Christine se ofrecía a Arnham. En realidad, estaba *esperando a ver qué pasaba* antes de tomar la decisión definitiva de reiniciar su trabajo de peluquera en casa.

Arnham habló amablemente de sus planes. Vendería la casa y los muebles. Su ex esposa y él habían acordado subastarla con todo lo que contenía, y esperaba que todo estuviera resuelto a su regreso de un viaje de negocios al extranjero. Como los pisos no le gustaban, se compraría otra casa en el mismo barrio o cerca. ¿Qué opinaba Christine de Epping?

–De pequeña iba de excursión a Epping Forest.

–Hoy has estado muy cerca de Epping Forest, pero me refería a Epping propiamente dicho –añadió Arnham–. O incluso a Chigwell. Cabe la posibilidad de que encuentre una casa más pequeña en Chigwell Row.

–Podrías mudarte a nuestro barrio –propuso Christine.

Eso quería decir Cricklewood y Glenallan Close, donde

Christine, recién enviudada, se vio obligada a trasladarse. Ni el agente inmobiliario más optimista lo habría considerado deseable. Philip recordó que Arnham ya conocía el barrio, así que los grupos de casas de ladrillos rojos con las ventanas de marco metálico, los techos de tejas, las cercas de metal y los minúsculos jardines no lo sorprenderían. La oscuridad y la bruma brillante que emitían las farolas rodeadas de hojas ocultaban lo peor. No era un arrabal. Simplemente, se trataba de un barrio pobre, gris y ruinoso. Como por acuerdo mutuo, Philip, Fee y Cheryl entraron rápidamente en casa para que Christine y Arnham se despidieran. Pero Christine acabó enseguida y subió corriendo por el sendero en el preciso momento en que se abría la puerta y Hardy, a la carrera, se arrojaba sobre ella lanzando aullidos de alegría.

–¿Qué os ha parecido? ¿Os ha gustado?

El Jaguar apenas se había alejado. Con Hardy en los brazos, Christine vio cómo el coche se perdía calle abajo.

–Pues sí, está bien. –Instalada en el sofá, Fee buscaba las últimas noticias sobre Rebecca Neave en el *Evening Standard*.

–Cheryl, ¿te ha gustado? Me refiero a Gerard.

–¿A mí? Sí, claro. Me ha caído bien. Es un buen hombre. Mucho más viejo que papá, ¿no? Quiero decir que parece mayor.

–He metido la pata, ¿no? Me he dado cuenta cuando ha abierto la puerta. Le había dicho que quería que conociera a mis hijos, sonrió y respondió que le encantaría. No sé por qué, pero cuando propuso que el sábado fuera a su casa, entendí que se refería a todos nosotros. Y me equivoqué, sólo hablaba de mí. Me he sentido fatal. ¿Habéis visto la mesilla para dos, con la flor y todo lo demás?

Antes de acostarse, Philip paseó a Hardy por la cuadrícula de calles. Regresó por detrás y se quedó unos instantes en el jardín, contemplando el hueco contiguo a la pila para pájaros, iluminado por la luz que se colaba desde la ventana de la cocina, el hueco donde había estado Flora. Ya era demasiado tarde para enmendar lo hecho. Por ejemplo, regresar al día siguiente a Buckhurst Hill y recuperar a Flora: ya era demasiado tarde.

De todos modos, entonces no abrigó sentimientos de ese tipo, sólo la sensación de que las cosas se habían hecho mal y de que habían desperdiciado la velada.

2

Llegó una postal con una foto de la Casa Blanca. No habían pasado dos semanas desde la visita a Buckhurst Hill y Arnham estaba en Washington. Como de costumbre, Christine había sido poco precisa acerca del trabajo de Arnham, y Philip averiguó que era director de exportación en una empresa británica situada en un edificio próximo a la sede central de Roseberry Lawn. Fee presentó la postal con el correo del sábado por la mañana y comentó el nombre de la destinataria y el lugar de origen del sello, pero, honradamente, no leyó el mensaje. Christine lo leyó para sí y luego en voz alta:

–«He venido desde Nueva York y la semana que viene estaré en California o "La Costa", como dicen por aquí. El clima es mucho mejor que en Inglaterra. ¡He pedido a Flora que cuide la casa! Cariños, Gerry.»

Christine dejó la postal en la repisa de la chimenea, entre el reloj y la foto en la que Cheryl abrazaba a Hardy cuando era cachorro. Más tarde Philip vio que su madre releía la postal, esta vez con las gafas puestas, le daba vueltas y examinaba atentamente la foto con la esperanza de distinguir una marca o una cruz que Arnham hubiera trazado para indicar dónde se hospedaba o cuál era su panorámica. La semana siguiente llegó una carta, que no era un aerograma sino varias hojas de papel normal metidas en un sobre para correo aéreo. Christine no la abrió en compañía ni se le ocurrió leerla en voz alta.

–Creo que anoche llamó por teléfono –comentó Fee a Philip–. Ya sabes, cuando el teléfono empezó a sonar a las... supongo que eran las once y media. Me sorprendió que alguien llamara a esa hora. Mamá pegó un salto como si estuviera esperando. Después se fue a la cama y no hizo ningún comentario.

–En Washington debían de ser las seis y media. Seguramente había terminado la jornada y se disponía a salir por la noche.

–No, a estas alturas tiene que estar en California. Lo calculé. Era primera hora de la tarde en California y seguramente acababa de almorzar. Estuvo hablando un buen rato, por lo visto no le importa lo que cuesta la conferencia.

Aunque no lo dijo, Philip pensó que Arnham incluiría en su cuenta de gastos el coste de todas las conferencias con Londres. Era más significativo el hecho de que tuviera tantas cosas que hablar con Christine.

–Darren y yo hemos quedado en casarnos en mayo, y si mamá y él se comprometieran en Navidad, podríamos casarnos juntos –dijo Fee–. Phil, creo que deberías quedarte con la casa. Mamá no la querrá; salta a la vista que él es rico. Jenny y tú podríais ocupar esta casa. Supongo que algún día Jenny y tú os casaréis, ¿no?

Philip se limitó a sonreír. La idea de quedarse con la casa era tentadora y hasta ese momento no se le había ocurrido. Aunque no la habría elegido, era una casa, un sitio donde vivir. Se trataba de una posibilidad real que cada vez veía más claramente. Parecían infundados sus temores de que la inesperada aparición de él y sus hermanas en casa de Arnham hubiese modificado sus sentimientos hacia Christine o, al menos, lo hubiera vuelto más cauteloso. No llegaron más postales y, si hubo alguna carta, Philip no lo supo. Christine recibió otra llamada telefónica a altas horas de la noche y varios días después le confió que por la tarde había sostenido una larga conversación con Arnham.

–Pasará fuera unos días más. Tiene que ir a Chicago. –Habló con un deje de temor, como si Arnham pensara hacer un viaje espacial a Marte o la matanza de San Valentín acabara de ocurrir.– Espero que se encuentre bien.

Philip nunca llegó a la indiscreción de comentarle a Jenny la posibilidad de ocupar esa casa. Incluso logró refrenarse la noche en que, al regresar andando desde el cine por una calle poco conocida, Jenny señaló un bloque de viviendas en el que se anunciaban varios apartamentos en alquiler.

–Cuando termines el cursillo...

Era un edificio plano y horrible, de unos sesenta años, con desconchados adornos *art déco* en la fachada. Meneó la cabeza y masculló algo acerca de un alquiler exorbitante.

Jenny lo aferró del brazo.

–¿Es por Rebecca Neave?

La miró azorado. Había pasado más de un mes desde la desaparición de la muchacha. De vez en cuando los periódicos publicaban teorías, artículos especulativos donde los autores esbozaban sus hipótesis sobre lo que había ocurrido. No había noticias reales ni habían surgido pistas serias. Se había esfumado como si de pronto se hubiese vuelto invisible. Como a Philip no le gustaba ocuparse de esas cuestiones, en un primer momento el nombre no le dijo nada, pues lo había desterrado totalmente de su mente. Pero enseguida recordó, incómodo, la identidad de la poseedora de aquel nombre.

–¿Rebecca Neave?

–¿No vivía aquí? –preguntó Jenny.

–No tengo la menor idea.

Debió de expresarse con suma frialdad, porque percibió que Jenny lo miraba como si creyera que fingía algo que en realidad no sentía. Sin embargo, su fobia era bastante real y en ocasiones abarcaba a los seres humanos que permitían que la violencia ocupara sus mentes. No quería parecer pagado de sí mismo ni remilgado. Como era lo que Jenny esperaba, Philip observó el edificio bañado por la luz pegajosa y anaranjada de las farolas colocadas en pilotes. En la fachada no había una sola ventana abierta. La puerta principal se abrió, una mujer salió deprisa y subió a un coche. Aunque Jenny no supo decir el piso exacto que había ocupado Rebecca, supuso que las ventanas eran las dos del extremo superior derecho.

–Creía que no te gustaba por eso.

–No me gusta vivir aquí arriba. –Se refería al norte de North Circular Road. Pensó en la sorpresa que le daría si le contaba que había adquirido una casa por la que no había que pagar alquiler, pero algo lo frenó, lo retuvo una prudencia interior. Tal vez sólo tuviera que esperar un par de semanas para saberlo... y hasta entonces se abstendría de abrir la boca. Añadió:– De todos modos, debo esperar a conseguir un buen trabajo.

Por lo que sabía, Arnham había telefoneado por última vez a Christine a finales de noviembre. La oyó hablar a hora muy tardía con alguien a quien llamó Gerry. Suponía que Arnham regresaría pronto a Inglaterra...; mejor dicho, fue Fee quien lo supuso. Fee vigilaba a su madre como en otro tiempo la madre habría vigilado a la hija, atenta a un asomo de ilusión, a un cambio de aspecto. No le preguntaron nada. Christine jamás les tiraba de la lengua sobre sus asuntos personales. Fee comentó que su madre parecía deprimida, pero Philip no notó nada, era la de siempre.

Pasó Navidad y acabó su cursillo. Entró a formar parte del personal de Roseberry Lawn, como topógrafo-planificador de poca categoría, con un salario cuya tercera parte estaba obligado a entregar a Christine. Cuando Fee se fuera, sería más de un tercio y debería aprender a no preocuparse. Tranquilamente y sin concederle mayor importancia, Christine empezó a ganar algún dinero peinando en casa a las vecinas. Philip pensó que su padre, de estar vivo, habría impedido que Cheryl trabajara de controladora en Tesco. No es que el puesto le durara mucho. Aguantó tres semanas y luego, en lugar de buscar otro trabajo, se apuntó en el paro con resignación y displicencia.

En la repisa de la chimenea de la sala de Glenallan Close, estancia que en otro tiempo habían sido dos habitaciones –debieron ser muy pequeñas porque, sumadas, no medían mucho más de seis metros–, seguía la postal de la Casa Blanca. Aunque habían quitado las felicitaciones de Navidad, la postal de Arnham seguía en su sitio. A Philip le habría gustado sacarla y tirarla, pero tuvo la extraña sensación de que Christine la conservaba como un tesoro. En una ocasión, mirándola de lado a la luz del sol, vio en la superficie satinada, las huellas de los dedos de su madre.

–Tal vez aún no ha regresado –comentó Fee.

–No hay viaje de negocios que dure cuatro meses.

Inesperadamente, Cheryl intervino:

–Mamá ha intentado telefonearle, pero es imposible conseguir el número. Me lo dijo ella, me explicó que el teléfono de Arnham está averiado.

–Pensaba mudarse –añadió Philip lentamente–. ¿Recordáis que nos lo dijo? Se ha mudado sin decirle nada.

Cuando no salía a visitar clientes o posibles clientes, Philip dividía su jornada laboral entre las salas de exposición de Brompton Road y la sede central, próxima a Baker Street. Después de aparcar el coche o cuando salía a almorzar, a menudo se preguntaba si no se cruzaría con Arnham. Durante una temporada esperó que ocurriera, quizá porque el hecho de ver a su hijo haría que Arnham se acordara de Christine, pero a medida que perdía las esperanzas, le espantaba la idea de encontrarlo. El asunto empezaba a resultar incómodo.

–¿No te da la sensación de que mamá ha envejecido? –preguntó Fee. Christine había llevado a pasear a Hardy. Sobre la mesa, delante de Fee, había una pila de participaciones de boda. Estaba escribiendo los sobres–. ¿No te parece que aparenta más años de los que tiene?

Philip asintió, casi sin saber qué responder. Y eso que seis meses antes habría dicho que su madre estaba más joven que nunca desde la muerte de Stephen Wardman. Había llegado a la conclusión de que era el tipo de mujer al que sólo le sentaba bien la juventud, como ocurría con la propia Fee. Esa clase de piel blanca y rosada, de textura aterciopelada, era la primera en degradarse. Al igual que los pétalos de rosa, parecía ennegrecerse en los bordes. Y los ojos de color azul cielo perdían el brillo antes que los oscuros. El pelo rubio se convertía en paja, en ceniza..., sobre todo si una no se quedaba con parte del decolorante que aplicaba al pelo de sus clientas. En lugar de insistir en el asunto, Fee preguntó:

–¿Has roto con Jenny? Pensaba pedirle que fuera dama de honor en mi boda pero no lo haré si os habéis peleado.

–Eso parece –replicó. Al instante añadió–: Pues sí, hemos reñido. Digamos que todo ha terminado.

No deseaba darle explicaciones. Era un asunto del que no se sentía obligado a dar explicaciones a nadie. Sobraban los anuncios solemnes, como si se tratara de una relación estable y hubiese roto su matrimonio o su compromiso. En realidad, Jenny no lo había presionado para que se casaran. No era una mujer de esas características. De todas maneras, salían desde hacía más de un año. Lo lógico era que Jenny quisiese que Phil se mudara a casa de ella o, mejor aún, que encontraran un sitio donde vivir juntos, como aquella noche en que le mostró el bloque de pisos donde había vivido Rebecca Neave. Philip tuvo que negarse porque no podía abandonar a Christine. Y si a eso iba, no podía *permitirse el lujo* de abandonar a Christine.

–Tú y mamá, los dos –dijo Fee y suspiró–. Me alegro de que la relación entre Darren y yo sea sólida como una roca.

Philip pensó que esa expresión se aplicaba perfectamente al futuro marido de Fee. Hasta el rostro de Darren, indiscutiblemente atractivo, tenía algo de pétreo. No había hecho demasiados esfuerzos por imaginar qué veía Fee en Darren para querer casarse con él. Eludía el tema. Tal vez Fee haría lo imposible por librarse de las responsabilidades de Glenallan Close y de que lo éstas implicaban.

–No tendré más remedio que pedírselo a Senta –añadió Fee–. Es la prima de Darren y su madre quiere que se lo proponga, dice que si no lo hago Senta se llevará una decepción. Así, mis damas de honor serán Cheryl, Janice y otra prima de Darren que se llama Stephanie. Me muero de ganas de que conozcas a Stephanie, realmente es tu tipo.

Philip pensaba que no le gustaba un único tipo de mujer. Sus amigas habían sido altas y bajas, morenas y rubias. Le costaba trabajo mantenerse al tanto de todas las ramificaciones de la gran familia de Darren. Muchos se habían casado dos o tres veces, teniendo hijos en cada ocasión y acumulando hijastros. Tanto su padre como su madre tenían una ex esposa y un ex marido. Ante tal multitud, los Wardman parecían bastante escasos y aislados. Philip dirigió la mirada a la postal situada en la repisa de la chimenea y, sin volver a leerla, recordó la frase donde decía que le había pedido a Flora que cuidara de la casa; la repitió una y otra vez hasta que las palabras perdieron su significado. Reparó asimismo en el hueco del jardín donde en otro tiempo había estado Flora.

Un día, a la hora del almuerzo, descubrió el edificio que albergaba la sede central de la empresa para la que trabajaba Arnham. Pasó por delante cuando regresaba a las oficinas de Roseberry Lawn, por un camino ligeramente distinto del acostumbrado, desde la cafetería donde había tomado un bocadillo y una taza de café. Por algún motivo, tuvo el convencimiento de que vería a Arnham, de que también él regresaría a esa hora de su almuerzo. Aunque no se lo encontró, en cierta forma poco faltó. Vio su coche, el Jaguar, aparcado en una de las plazas reservadas del pequeño estacionamiento destinado a los empleados de la empresa, cuyo edificio lindaba con el aparcamiento. Si alguien se lo hubiese preguntado, Philip habría respondido que no recordaba el número de la matrícula del coche de Arnham, pero, nada más verlo, supo que aquél era el número.

Su madre estaba en la cocina peinando a una clienta. Philip pensó que ésa era una de las cosas que más le disgustaban de vivir en casa: regresar y encontrar la cocina convertida en una peluquería. Lo sabía en cuanto ponía los pies en casa. El olor del champú de almendras impregnaba la atmósfera y era más desagradable si, como ocurría a veces, su madre había hecho una permanente. En esos casos olía a huevo podrido. Había protestado, preguntándole por qué no utilizaba el cuarto de baño. No había ningún problema en utilizar el cuarto de baño, pero era necesario calentarlo y para qué gastar de más si la cocina, con el horno encendido, ya estaba caldeada.

Al colgar la chaqueta, Philip oyó una voz de mujer que decía:

–¡Ay, Christine, me ha cortado un trozo de oreja!

Su madre no era buena peluquera, siempre tenía pequeños accidentes como ése. A Philip le asaltaban pesadillas cuando imaginaba que una clienta ponía un pleito a su madre por una quemadura en el cuero cabelludo, por la aparición repentina de una calva o, como en ese caso, por una oreja mutilada. De momento nadie había llegado a tal extremo. Su madre era tan modesta que cobraba una tarifa aún menor que la de las peluquerías de High Road. Por eso acudían las amas de casa, las dependientas y las secretarias de media jornada de Gladstone Park, tan tacañas, apretadas y ahorrativas como su madre, también al acecho de nuevas formas de escatimar. Con lo que costaban el agua caliente y la electricidad, así como el encendido del horno cuando no era necesario –por no hablar de las cremas, los geles y los pulverizadores hidratantes–, Philip suponía que la situación económica de su madre no era mucho mejor que si hubiera seguido siendo lo que era hasta hacía poco tiempo, una señora dedicada al ocio, como ella decía.

Les concedió cinco minutos. Era suficiente para que su madre se acostumbrase al hecho de que había vuelto a casa. Fee había salido, probablemente a ver a Darren, y Cheryl estaba en casa, en el baño. Oía el transistor y el gorgoteo del agua. Carraspeó antes de abrir la puerta de la cocina, aunque no podían oírlo. Su madre había puesto en marcha el secador de mano. Philip dirigió la mirada inmediatamente a la oreja de la clienta, al lóbulo cubierto por un trozo de algodón empapado en sangre.

–Supongo que la señora Moorehead desea una taza de té –dijo Christine.

El té, sumado al montón de azúcar que se pondría y a los trozos de pastel que se comería, era otra fuente de erosión para las cuatro libras cincuenta que Christine cobraba por lavar, cortar y secar. Pero era odioso, era despreciable pensar en esos términos. Era tan torpe como su madre y, si no llevaba cuidado, llegaría al extremo de ofrecerle a la condenada mujer una copa de la atesorada reserva de jerez. Una copita no le habría venido nada mal, pero tuvo que conformarse con el té.

–Cariño, ¿has tenido un buen día? ¿Qué has hecho? –La falta de tacto era una de las características de su madre; siempre decía, con la mejor intención, algo erróneo.– Es un placer para dos viejas como nosotras poder hablar con un hombre, ¿no le parece, señora Moorehead? Es un cambio agradable.

Philip vio que la clienta, con el pelo más claro, maquillada y creyéndose aún en la flor de la vida, se enderezaba y apretaba los labios. Al instante empezó a hablarles de la casa que había visitado, el proyecto de transformación de un dormitorio en cuarto de baño, la disposición de los colores. El hervidor zumbó, chisporroteó y saltó agua. Puso una bolsita más de té, pese a que sabía que Christine detestaba el derroche.

–Philip, ¿dónde estaba la casa? ¿En un barrio agradable?

–Bueno, por Chigwell –replicó.

–Será el segundo baño, ¿no, cariño?

Philip asintió, entregó la taza a la clienta y dejó la de Christine entre el spray Elnett y un bote de alubias en salsa de tomate.

–Ojalá tuviéramos la misma suerte, ¿no, señora Moorehead? Me temo que supera todos nuestros sueños. –Otro movimiento espasmódico y la cabeza de la señora Moorehead golpeó con la boquilla del secador.– Sin embargo, debemos estar agradecidas por lo que tenemos, ya lo sé. Philip me ha prometido un cuarto de baño nuevo para esta casa, un baño realmente lujoso y mucho mejor de lo que tenemos por costumbre en esta calle.

Probablemente la señora Moorehead vivía dos casas más abajo. Tenía una expresión colérica y hostil, aunque posiblemente se trataba de algo habitual en ella. Philip habló de cuartos de baño, del tráfico y del tiempo primaveral que hacía. La señora Moorehead se fue, a cumplir alguna de sus funciones de rotaria, y dijo, en opinión de Philip innecesariamente, que no dejaba el cambio a Christine porque «no se deja propina a la dueña». Christine se dedicó a ordenar la cocina y metió las toallas húmedas en la lavadora. Philip dedujo que en el horno se cocían patatas y, con cierto desaliento, supo que una vez más cenarían el recurso favorito de su madre: un bote de alubias vertido sobre una patata asada partida por la mitad.

Apareció Cheryl, vestida para salir. Olió la comida y se estremeció.

–No quiero probar bocado.

–Espero que no te vuelvas anoréxica –dijo Christine, preocupada. Miró a su hija de una manera peculiar. Era como si al estirar el cuello y poner el rostro a pocos centímetros de la otra persona, fueran a manifestarse sorprendentemente síntomas que la distancia disimulaba–. ¿Te pagará él la cena?

–¿Quién es «él»? Somos una panda y nos vamos a la bolera.

Cheryl era una muchacha nerviosa, muy delgada, y su fino pelo rubio estaba salpicado aquí y allá de verde y erizado como un cepillo para limpiar botellas. Vestía tejanos ceñidos y una voluminosa cazadora negra. Si no fuera su hermana, si no la conociera y no supiera cómo era realmente, si se hubiera cruzado con ella por la calle, pensó Philip, la habría tomado por una fulana, por una cualquiera. Estaba horrible, la cara le brillaba por el gel, se había pintado los labios casi de negro y las uñas de un negro absoluto, como si fueran accesorios de charol.

Philip pensó que su hermana andaba metida en algo, pero no quiso ahondar en la cuestión. Estuvo a punto de ponerse a temblar cuando pensó en la posibilidad de que se hubiera enganchado a las drogas duras. ¿Cómo las pagaría? ¿Qué haría para pagarlas? No tenía trabajo. La vio de pie junto a la encimera, investigando los botes y los frascos de Christine, sobre todo un nuevo tipo de espuma «para esculpir». Metió una uña negra en el frasco y la olió. Si algo le interesaba, era la coméstica, lo que ella llamaba «la movida de la belleza», pero no quiso apuntarse al curso de esteticista que le recomendó Fee. De su hombro colgaba un ajado bolso de piel negra. Una o dos semanas atrás, Philip lo había encontrado abierto y había visto que del interior sobresalían billetes de diez y veinte libras.

Al día siguiente hizo el esfuerzo de preguntarle de dónde había sacado el dinero y Cheryl no se enfadó ni se puso a la defensiva. Simplemente abrió el bolso, le mostró que estaba vacío y que en el monedero sólo había cincuenta peniques.

El portazo que Cheryl dio al salir arrancó a Philip de su ensueño. Se dirigió a la sala después de servirse otra taza de té. Aunque casi nunca reparaba en el mobiliario de aquel cuarto, en ese momento lo notó. Por así decirlo, le fue devuelto por el retorno de su mente al pasado, por la sorpresa del reencuentro con el mundo de Arnham. Los muebles eran demasiado buenos con relación a la sala que los contenía... Aclaremos, todo menos el televisor alquilado. Christine se vio obligada a vender la casa y casi todo lo que había en ella menos los muebles del salón: el sofá y los sillones de piel, la mesa y las sillas de caoba del comedor, tres o cuatro antigüedades. En la salita todo parecía fuera de lugar, excesivamente grande, y contrastaba de una manera extraña con los azulejos de la chimenea de los años treinta –semejantes a galletas en forma y color–, con las puertas sin revestimiento de madera, con los apliques de cristal rosa. Hardy dormía hecho un ovillo en el sillón, donde se suponía que no debía estar.

El hecho de ver el coche de Arnham le puso delante de las narices aquello que había eludido afrontar: estaba en Inglaterra y seguramente había regresado hacía meses. Se había mudado sin dar a Christine su nuevo número de teléfono. La había dejado..., le había «dado calabazas», que probablemente sería la expresión que utilizaría la generación de Christine. Las tardes se volvían más luminosas y desde las puertaventanas se divisaban la pila para pájaros y el trozo de cemento que había ocupado Flora. Philip se detuvo junto a la ventana y recordó con cuánto entusiasmo Christine había comentado su idea de llevarle la estatua a Arnham de regalo.

Christine entró en la sala con los platos de patatas y alubias.

En la bandeja había caído agua de los vasos demasiado llenos. Philip la cogió con presteza. Su madre hacía lo que podía. El único problema –¡espantosa acusación!– consistía en que no hacía nada bien, salvo las cosas emocionales. Servía para amar a un hombre y para que los niños se sintieran seguros y felices. Cumplía espontáneamente esas funciones. Pero, a su pesar, era cara de mantener, una generadora de pérdidas, una de esas personas que al ganar dinero cuestan más de lo que costarían si no hicieran nada.

Vieron la tele. Así obviaron por un rato la necesidad de hablar. Sólo eran las siete. Sin ver, Philip miró la pantalla donde hacía cabriolas una bailarina vestida de lamé y plumas. Notó que, con la bandeja equilibrada sobre el regazo, Christine había abierto disimuladamente la revista *Novias* y miraba con ilusión fotos ridículas de chicas ataviadas con miriñaques de raso blanco. Ni siquiera Fee quería esos adefesios; se había resignado a un vestido corriente y a lo que los proveedores llamaban un «bufé frío». Repartirían los gastos, pero aun así... Y Christine seguía soñando con un vestido de novia de mil libras, una cena en toda regla y la discoteca.

Su madre lo miraba. Philip pensó que, en sus veintidós años de vida, nunca la había visto enfadada. Cuando Christine preveía la cólera de los demás, su rostro adoptaba la misma expresión peculiar de ese momento: mirada temerosa, con los labios entreabiertos en una especie de sonrisa confiada y apaciguadora. Philip le preguntó:

–¿Tiene algún sentido que esa postal siga en la repisa?

Era un modo indirecto de preguntar lo que no quería preguntar y cuya respuesta, para colmo, ya conocía.

Christine se ruborizó y desvió la mirada.

–Si quieres, quítala.

¿Le habría explicado el motivo terrible e ingenuo para mantener inquebrantables sus esperanzas si Fee no hubiese llegado en ese momento? Fee entró, se presentó rápidamente como una brisa humana, cerró de un portazo la puerta de la calle y luego la de la sala. Miró las bandejas, subió el volumen de la tele, la apagó y se dejó caer en un sillón, colgando los brazos por los costados.

–Querida, ¿has comido algo? –preguntó Christine.

Si Fee hubiese respondido negativamente y preguntado qué podía tomar, Christine habría tenido dificultades para prepararle incluso un bocadillo. Pero era una pregunta de rutina y Fee casi siempre declinaba con un impaciente movimiento de cabeza.

–Me resulta imposible entender que la gente no haga nada. ¿Por qué nadie hace lo que promete? ¿Podéis creerlo? Stephanie ni siquiera ha empezado a coser su vestido y eso que se comprometió a coser el suyo y el de Senta.

–¿Y por qué Senta no se hace su vestido? –preguntó Philip, aunque no le interesaban mucho las actividades de las damas de honor de su hermana.

–Si conocieras a Senta, no lo preguntarías. Es divertidísimo pensar en Senta cosiendo algo.

–¿No dijiste que es prima de Darren?

Fee asintió de esa forma tan suya que hacía pensar que la pregunta la irritaba. De pronto Philip se dio cuenta de lo mucho que temía la marcha de su hermana. Sólo faltaban tres semanas para la boda y entonces se iría para siempre. Cheryl era una nulidad, nunca estaba en casa. Cargaría sobre sus hombros con la responsabilidad de cuidar de Christine, y ¿qué garantías tenía de que esa situación acabaría algún día, de que llegaría a ser libre?

Seguía viendo el coche de Arnham aparcado junto a la pared sin ventanas y cubierta de hiedras. Quizá, como Christine, había creído –o creído a medias– que Arnham no había regresado, que por alguna razón inexplicable continuaba en

Estados Unidos. O que estaba enfermo. Llevaba meses enfermo en un hospital y no había podido ponerse en contacto. Hasta era posible que hubiese muerto. Se levantó de un salto y avisó que se llevaba a Hardy de paseo, que harían un recorrido nocturno más largo que el de costumbre, que consistía en dar la vuelta a la manzana. ¿Quería acompañarlo Fee? Era una noche templada, muy cálida para abril.

Deambularon por las aceras, entre los parterres herbosos donde los árboles empezaban a echar hojas y las tapias de jardincillos cuadrados. La cuadrícula de calles se extendía ochocientos metros hacia un lado y ochocientos metros hacia el otro, fundiéndose después con los colindantes barrios victorianos. En uno de los cruces, mientras Hardy exploraba con el olfato un par de pilares y alzaba ritualmente la pata, Philip se puso a hablar de Arnham, de que ese día había visto su coche y, por consiguiente, sabía que había dejado a Christine en la estacada. Ahora ella le era indiferente. Fee comentó de sopetón:

–Creo que debería devolver a Flora.

–*¿A Flora?*

–¿No crees que sería lo correcto? Es lo mismo que devolver el anillo de prometida o las cartas cuando rompes. –Fee era una devota lectora de novela romántica. En ocasiones, Philip pensaba que no era para menos puesto que iba a casarse con Darren.– Tiene valor, no es un gnomo de plástico. Si no quiere dar la cara, que al menos tenga la delicadeza de devolver la estatua.

A Philip le pareció absurdo. Lamentó que Christine hubiese sido tan impulsiva, decidiendo ofrecerle a Arnham ese regalo improcedente. Cruzaron la calle, con el perro obedientemente al lado hasta que llegaron a la otra acera, donde Hardy se adelantó decorosamente, sin dejar de menear la cola con entusiasmo. Philip pensó cuán extrañas eran las perspectivas desde las que cada persona veía una situación, incluso unos hermanos tan próximos como Fee y él. Veía la ofensa de Arnham al fomentar en Christine su amor por él y abandonarla después. En ese momento Fee lo sorprendió demostrándole que veían el asunto casi con los mismos ojos. Y también lo impresionó.

–Mamá pensaba que se casarían, lo pensó durante mucho tiempo –dijo Fee–. ¿Sabes por qué? Supongo que no, pero ya conoces a mamá, es rara, a veces se comporta como una cría. Más vale que te lo diga. Podríamos decir que confió en mí, pero no me pidió reserva.

–¿Reserva con qué?

–No le digas que te lo he dicho, ¿eh? Creo que me lo contó porque soy su hija. Y con un hijo es distinto, ¿no? Lo soltó un día sin más, por sorpresa. Por eso estaba convencida de que se casarían. –Fee volvió a mirarlo y sus ojos denotaban una expresión casi trágica.– Quiero decir que cualquier otra mujer no pensaría eso sino todo lo contrario, sobre todo una mujer de su edad, pero ya conoces a mamá.

Philip no necesitaba que le contara nada más. Notó que el rubor trepaba por su cuello hasta el rostro. Le ardía la cara y se llevó la mano fría a la mejilla. Si Fee notó algo, no dijo nada.

–La vez que él vino a casa y mamá cocinó o compraron comida preparada o lo que fuera, aquella vez que nosotros no estábamos, él... mejor dicho, ellos se acostaron, hicieron el amor o como quieras llamarlo. En el dormitorio de mamá. ¿Y si alguno de nosotros hubiera regresado? Habría sido muy embarazoso.

Philip se metió las manos en los bolsillos y caminó mirando el suelo.

–Ojalá no me hubieras dicho nada. –El torbellino que bullía en su interior lo asustó. Fue como si estuviera celoso además de enfadado.– ¿Por qué te lo contó?

Fee lo había tomado del brazo. Philip no la estrechó en respuesta; súbitamente el contacto físico le molestaba. El perro correteaba unos metros por delante. Era esa hora del crepúsculo en que, fugazmente, todo está claro y definido pero iluminado por una luz sobrecogedora y muy fría.

–En realidad, no lo sé. Supongo que tuvo que ver con Senta. Su madre tiene diez años más que mamá y constantemente tiene aventuras. Darren me contó que ha encontrado un nuevo amante que aún no ha cumplido los treinta, yo lo comenté con mamá y fue entonces cuando lo soltó. «Tuve una aventura con Gerard», dijo. «Pero una única vez.» Ya sabes que tiende a mezclar las expresiones. «Tuvimos una aventura la noche que trajo vino y dijo que Flora le gustaba.»

Philip guardó silencio. Fee cuadró los hombros. Notó que su hermana se movía a su lado, pero no la miró. Sin mediar palabra, simultáneamente, se les ocurrió la idea de volver. Fee llamó a Hardy y le puso la correa. Poco después habló de su boda, del decorado de la iglesia, de los horarios en que los diversos coches se acercarían a la casa. Philip estaba confundido, furioso y, por alguna razón inexplicable, tremendamente alterado. Como sabía que esa noche sería incapaz de volver a mirar a la cara a Christine, cuando llegaron subió directamente a su habitación.

3

Como dormitorio era bastante pequeño, pero daría un cuarto de baño amplio. Aunque no le correspondía preguntar a la señora Ripple por qué sacrificaba el tercer dormitorio para tener un segundo baño, solía pensar en esas decisiones. En los hogares ajenos, donde últimamente se encontraba con tanta frecuencia, Philip acababa especulando sobre todo tipo de manías e incongruencias. Por ejemplo, ¿por qué la señora Ripple tenía unos gemelos en el alféizar de la ventana? ¿Para mirar a los pájaros? ¿Para observar las idas y venidas de los vecinos?

La mesa del tocador era muy baja y no disponía de taburete. Si una mujer quisiera peinarse o maquillarse delante del espejo, tendría que sentarse en el suelo. En la pequeña estantería sólo había libros de cocina. ¿Por qué no guardaba los libros de cocina en la cocina? Sacó el metro del bolsillo y empezó a medir la habitación. Cuatro treinta por tres quince, y la altura hasta el techo era de dos metros cincuenta y dos. No se encargaría personalmente del diseño, aún no había llegado tan lejos. De todos modos, el diseño no tenía nada de genial ni de ambicioso. La señora Ripple había elegido inodoro y lavamanos color champán, tocador con tapa de mármol negro y azulejos color leche con un dibujo floral en negro y dorado.

Quería la ventana con doble cristal. Philip tomó medidas con sumo cuidado. Roy querría saber anchos y largos hasta el último milímetro. Una vez apuntadas con su pulcra letra las medidas en la libreta de Roseberry Lawn Interiors, Philip apoyó los codos en el alféizar y miró a la calle.

A sus pies se extendía un collage de jardines, todos del mismo tamaño, separados del vecino por un emparrado. Era la mejor época del año, los árboles ornamentales lucían hojas nuevas y en su inmensa mayoría mostraban capullos de color rosa o blanco. Los tulipanes estaban en flor. Era una de las pocas flores que conocía por su nombre. Pensó que tal vez fueran alhelíes aquellas cosas aterciopeladas, marrones y doradas que ocupaban un ángulo del jardín de la señora Ripple. Más allá de los jardines contiguos se divisaba la parte trasera de una hilera de casas. Sin duda, al principio todas eran iguales, pero diversos añadidos –una buhardilla convertida en dormitorio, un invernadero, un garaje adicional– las diferenciaban y singularizaban. Sólo una se mantenía como la habían construido y tenía el mejor jardín, con un espino rosa en medio del césped, que se extendía hasta un cuadro rocoso. Sobre las piedras se derramaba y se esparcía una alfombra de plantas alpinas moradas y amarillas.

Tapada parcialmente por las ramas del espino, con sus capullos de color rosa, una pequeña estatua de mármol escudriñaba el despliegue de flores. Aunque Philip no la vio bien porque estaba muy lejos, hubo algo en su actitud que le resultó familiar: el ángulo de la cara ligeramente levantada, la mano derecha extendida que sostenía un ramillete, los pies que parecían bailar pese a estar firmemente apoyados en el suelo.

Lamentó no poder verla mejor. De pronto se dio cuenta de que sí podía: los prismáticos reposaban sobre el alféizar. Los sacó del estuche y los acercó a sus ojos. Tuvo que enfocar para ver con claridad... y de repente la visión que le proporcionaron fue abrumadora. Los prismáticos eran de primerísima calidad. Vio la estatuilla como si se encontrara a menos de un metro.

Distinguió sus ojos, la bella boca y los rizos, el tejido en diagonal del lazo que sujetaba sus cabellos, las curvas almendradas de las uñas y los detalles del ramillete de flores, los estambres y los pétalos.

También distinguió la mancha de verdín que iba desde el cuello hasta el punto donde la túnica le cubría los pechos y la pequeña muesca en el lóbulo derecho. Le había hecho esa muesca cuando tenía diez años y una piedra arrojada con el tirachinas le golpeó la cabeza. Su padre se había enfadado, le quitó el tirachinas y durante tres semanas le rebajó la semanada. Era Flora. No se trataba de una estatua parecida ni de una copia, sino de la mismísima Flora. Como había dicho Fee, no era uno de esos adornos de yeso producidos en serie que se ven a docenas en cualquier centro de jardinería de un cruce de carreteras. Era única. Inoportunamente, recordó lo que Cheryl había comentado sobre la estatua mientras charlaba con Arnham sobre su padre: era la Flora de los Farnesio, tradicionalmente relacionada con la flor de espino.

Philip guardó los prismáticos en el estuche, se metió el metro y la libreta en el bolsillo y regresó a la planta baja. A algunos clientes había que buscarlos, toser y llamar a la puerta para que prestaran atención. La señora Ripple no era de esa especie, sino una mujer alerta, activa y con ojos de lince. Se trataba de una cincuentona briosa y enérgica, con la lengua viperina y, sospechaba, muy criticona. Tenía un rostro lustroso, marcado por el resentimiento, y una espesa cabellera morena con unos mechones canos que parecían alambre de fusible.

–Me pondré en contacto con usted en cuanto acaben el trazado –informó– y volveremos a vernos cuando comiencen las obras.

En Roseberry Lawn te enseñaban que con los clientes había que hablar así. Aunque Philip jamás había oído bufar a un ser humano, ése fue el sonido que emitió la señora Ripple.

–¿Y eso cuándo será? ¿El año que viene?

Roy le había dicho que se había producido una demora a la hora de enviarle los folletos y añadió que sospechaba que la señora Ripple no lo olvidaría. Con la sonrisa más radiante que pudo poner, Philip le aseguró que, como máximo, transcurrirían unas cuatro semanas. La mujer no respondió y lo dejó abrir la puerta de la calle y cerrarla después de salir. Philip subió al coche, un Opel Kadett azul que sólo llevaba tres meses en la calle, y pensó, como en otras ocasiones, que era lo único bonito que poseía, aunque en realidad no era suyo, pues pertenecía a Roseberry Lawn.

En lugar de regresar por el camino por el que había llegado, en la primera travesía giró a la izquierda y luego volvió a girar a la izquierda. Se internó por la calle donde estaba la hilera de casas cuya parte trasera se veía desde la ventana posterior de la casa de la señora Ripple. Desde esa perspectiva eran muy distintas. No había calculado qué lugar ocupaba en la hilera la casa con la estatua en el jardín, pero sabía que era la cuarta o la quinta a partir del bloque de pisos con el techo de tejas verdes. Además, era la única sin añadidos. Y ahí estaba, tenía que ser ésa, entre la casa con la ventana en el tejado y la de los dos garajes. Philip condujo lentamente. Eran más de las cinco, su jornada estaba cumplida y, por lo tanto, no perdía el tiempo de la empresa, hecho que aún le creaba escrúpulos.

Dio la vuelta al final de la calle sin salida y regresó. Aparcó enfrente de la casa, en la acera opuesta, y apagó el motor. El jardín delantero era pequeño y contaba con una rosaleda en la que aún no habían brotado las flores. Tres escalones conducían a una puerta principal georgiana con un montante de abanico destrozado por el sol. Una de las características de la casa –Philip estaba convencido de que lo considerarían una característica– era una pequeña vidriera circular situada encima de la puerta principal.

A través de uno de los cristales transparentes de la vidriera, cuyo dibujo era un rombo con un pretencioso escudo de armas, se divisaba un rostro de mujer que miraba hacia afuera. No observaba a Philip que, de todos modos, permanecía invisible en el interior del coche. La mujer se alejó y Philip estuvo a punto de poner en marcha el motor cuando se abrió la ventana de bisagras de la lumbrera emplomada y aparecieron el rostro y el torso de la mujer

Aunque desde su punto de vista no era demasiado joven, de todos modos reconoció que era bastante joven. El sol de la tarde le daba de lleno en el rostro, que era bonito de una manera descaradamente agresiva; la maraña de pelo oscuro y crespo retrocedía desde su frente blanca y ancha. Pese a que se encontraba a cierta distancia, Philip vio que el sol se prendía y lanzaba destellos de fuego en el diamante que la mujer llevaba en la mano izquierda, lo que le demostró que se trataba de la esposa de Gerard Arnham. Arnham se había casado y ésta era la mujer con la que había contraído matrimonio. La ira estalló en Philip del mismo modo que burbujea la sangre en un corte profundo. Al igual que la hemorragia, no pudo controlar instantáneamente su cólera, no había chorro de agua fría con el cual enfriarla y maldijo para sus adentros.

Era tal su rabia que las manos le temblaron en el volante. Lamentó haberse acercado. Ojalá se hubiera alejado de la casa de la señora Ripple por el mismo camino que había llegado, atravesando Hainault y Barkingside. Si las cosas hubiesen seguido otro derrotero, su madre estaría viviendo en esa casa, mirando la calle desde el escudo de la vidriera y abriendo la ventana de bisagras para dejar entrar el sol.

Era incapaz de afrontar la mirada de Christine. Se sentía incómodo cuando se encontraba a solas con ella. En ocasiones, apenas podía articular las palabras de una frase simple y rutinaria, un comentario sobre el perro o sobre si había pagado ésta o aquella factura. Por primera vez experimentó una preocupación mental que se tornó obsesiva. En el pasado había sentido dolor por la muerte de su padre. Se había preocupado un poco por los exámenes y estado en ascuas antes de saber si le ofrecían un puesto en el plan de capacitación de Roseberry Lawn. Otro motivo de ansiedad habían sido sus dudas sobre si conseguiría un empleo fijo cuando acabara su formación. Ninguno de esos asaltos a su equilibrio habían alterado tanto su vigilia como esa certeza. Lo aterraba porque no llegaba a entender qué le ocurría.

¿Por qué le preocupaba tanto que su madre se hubiese acostado con un hombre? Sabía que se había acostado con su padre. Sabía que, de haberse casado con Arnham, habrían dormido juntos. ¿Por qué pensaba tanto en el tema, se atormentaba con imágenes de los dos, repetía mentalmente una y otra vez las palabras de Fee, sus espantosas revelaciones? La postal seguía en la repisa de la chimenea de la sala, no había cumplido su amenaza de tirarla y era lo primero que veía cada vez que entraba en la estancia. Parecía, en lugar de un trozo de cartón con una vulgar fotografía, un enorme óleo de intensos colores que representase una escena de sadismo y depravación sexual; el tipo de cosa que no quieres mirar pero que arrastra la vista y hace que los ojos se salgan de sus órbitas.

Por alguna razón los papeles estaban invertidos. Philip se había convertido en el padre y ella en su hija. Era el padre que quiere vengarse del seductor de su hija u obligarlo a que se case con ella. La compasión por su madre lo traspasaba cada vez que la veía tranquilamente sentada, cosiendo el traje de dama de honor de Cheryl. Si el día que llevaron a Flora a casa de Arnham su madre hubiese ido sola, ¿sería ahora la señora de Arnham? Philip pensaba que la llegada de todo el grupo aquella tarde de otoño, cuando Arnham esperaba sólo a Christine, había sido un factor decisivo en sus planes matrimoniales. La otra, la del pelo oscuro y el anillo con el diamante, tal vez era otra candidata en aquel momento, y Arnham la había escogido porque no iba acompañada de una retahíla de hijos y una estatua de mármol.

Su madre le consultó si le molestaba que pusiera la televisión. Siempre lo preguntaba. Philip intentó recordar si había hecho lo mismo en vida de su padre y le pareció que no. Una de las noticias del telediario de las nueve se refería a que Rebecca Neave había sido vista en España. Aunque habían pasado casi ocho meses desde su desaparición, de vez en cuando la prensa o la tele la recordaba. Un hombre de aspecto responsable y honrado aseguraba haberla visto en un centro turístico de la Costa del Sol con su chándal de terciopelo verde. Según los padres de Rebecca, la joven había ido allí dos años para las vacaciones. Philip pensó que el hombre se lo había inventado o era de los que dicen y hacen cualquier cosa con tal de obtener publicidad.

No pensaba regresar a casa de la señora Ripple, había llegado a la conclusión de que Chigwell era un rincón de las afueras de Londres que le encantaría no volver a ver. A mediados de la semana anterior a la boda de Fee, Roy –el diseñador del nuevo cuarto de baño– planteó un problema con respecto a los azulejos. Necesitaba la autorización de la señora Ripple para introducir ciertos cambios en el diseño, así como nuevas medidas de las paredes, sobre todo las distancias entre los marcos de las ventanas, los arquitrabes de las puertas y los extremos de las paredes. Philip dijo que podía calcular perfectamente a ojo las medidas y que era posible obtener por teléfono la autorización de la dueña de la casa.

–Espero ese tipo de respuesta de otros aprendices recién graduados, pero no de ti –respondió Roy. Sus ojos oscuros y severos nadaron tras las gruesas gafas que llevaba. Cuando no hacía bromas cínicas y carentes de gracia, Roy hablaba como un folleto–. Son la minuciosidad y el cuidado del detalle más nimio los elementos que han establecido la notable fama de Roseberry Lawn.

Philip comprendió que no tenía modo de eludir la nueva visita a Chigwell y se convenció de que no necesitaba pasar por la calle en que vivía Arnham, ni siquiera tenía por qué echar un segundo vistazo a Flora con los prismáticos que había en el dormitorio trasero de la casa de la señora Ripple. Cuando salió, ya había llegado la primera clienta de Christine, una mujer que quería hacerse mechas color cobre. Para variar, Philip se alegró de que su madre no se hubiese puesto manos a la obra en el baño. Tal como eran las cosas, al volver a casa encontraría el suelo de la cocina cubierto de salpicaduras color naranja.

–Quiero ganar lo suficiente para pagar de mi bolsillo las flores de Fee –le susurró Christine mientras lo despedía en la puerta.

Se puso los guantes de goma para no tener las manos manchadas el sábado y encajó la uña del pulgar en el izquierdo.

A menudo los clientes de Roseberry Lawn se comportaban como si las visitas de los empleados de la empresa a la que habían encargado que renovara sus hogares fueran una invasión de su intimidad. A Philip le habían hablado del dueño de una casa que cerró con cinta adhesiva las puertas de la cocina que quería renovar y obligó a los trabajadores a entrar y salir por la ventana. Era corriente que no les permitieran usar el lavabo o el teléfono. Avisada de su llegada, aunque no por él, la señora Ripple le abrió enseguida la puerta. Dio la sensación de que lo estaba esperando. Philip apenas había puesto un pie en el pasillo cuando la mujer le dijo en tono brusco:

–¿Con qué derecho utilizó los gemelos de mi marido?

Philip se quedó sin habla. ¿Los habría examinado en busca de huellas dactilares? ¿Alguna vecina la habría informado de que lo vio con los gemelos en las manos?

–Lo he pescado, ¿eh? –insistió la señora Ripple–. Creyó que se saldría con la suya.

Philip se disculpó. ¿Qué más podía decir?

–Supongo que le interesa saber cómo lo descubrí.

En estas palabras no se advertía el mínimo tono de complicidad, y las tupidas cejas de la señora Ripple se unieron como un par de orugas peludas que se encuentran. De todas maneras, Philip aventuró una sonrisa.

–Los dejé en el alféizar de determinada manera, en el rincón y con el lado más largo exactamente paralelo a la pared. –Las orugas se separaron de un salto y subieron hacia la línea del nacimiento del pelo.– Tengo motivos para hacerlo, aunque eso ahora no viene al caso. Así fue como me enteré. Al dejarlos, no los alineó correctamente.

–No volveré a tocarlos –dijo Philip, y se dirigió a la escalera.

–No tendrá ocasión.

La señora Ripple había quitado los prismáticos. Ese encuentro dejó bastante alterado a Philip. Como a la mayoría de las personas, la locura lo aterraba, incluso cuando se manifestaba en su forma más moderada. ¿Acaso la señora Ripple sospechaba que su marido utilizaba los gemelos para espiar a mujeres que se desvestían o algo por el estilo? En ese caso, ¿de qué le servía confirmar repetidamente sus sospechas? Al menos, se había salvado de la tentación. Sin los prismáticos, no podría ver bien a Flora.

Los cálculos que había hecho a ojo eran tan exactos que confirmaron su opinión de que esa visita era innecesaria. Denegado el uso de los prismáticos, deseó contumazmente volver a ver a Flora. Abrió la ventana y se asomó. El espino había florecido y apenas quedaban capullos. El césped y las losas estaban teñidos de rosa por los pétalos caídos, las rocas del cuadro alpino se hallaban salpicadas del mismo color como si las cubriera un velo. En los hombros y en el brazo extendido de Flora había pétalos esparcidos, y su ramillete ya no era de piedra, sino un ramo de flores de espino.

Le pareció que estaba muy lejos. La distancia impedía ver sus facciones y los detalles de la escultura. Retrocedió, cerró la ventana y se preguntó si la señora Ripple habría puesto un pelo en el pestillo. Tal vez subiera en cuanto Philip se marchase para rociar el marco de la ventana con polvo para detectar huellas dactilares. Y pobre de él si, como probablemente ocurriría, tenía que ir a controlar las obras.

La señora Ripple lo esperaba al pie de la escalera. No dijo ni pío y su impertérrita y fría mirada de basilisco lo llevaron a hablar con tono efusivo y nervioso.

–Muchísimas gracias, señora Ripple. Ya está todo a punto. En su momento tendrá noticias nuestras. La mantendremos informada de los progresos.

Pasó a su lado, dejó que quedara tras su línea de visión y notó que la mujer lo seguía con la mirada. Cuando estaba a mitad del camino de entrada a la casa vio pasar el coche de Arnham. No era el Jaguar, sino un segundo coche, seguro que tenía un segundo coche. Probablemente el Jaguar pertenecía a la empresa, del mismo modo que el Kadett era propiedad de Roseberry Lawn. La mujer que viajaba en el asiento del acompañante, el lado del coche más próximo a Philip, era la misma que había visto asomada a la ventana. Era un día cálido, y la mujer llevaba la ventanilla abierta. Tenía el brazo apoyado en el borde del cristal. En su mano lucía el anillo con el diamante y en la muñeca el reloj de diamantes. Sólo distinguió a Arnham como una silueta grande y oscura.

Avanzaban en dirección contraria a su casa. Fue eso lo que

decidió a Philip... si es que puede hablarse de decisión, si es que su mente intervino. El Kadett parecía moverse por su cuenta. Recuperó la cautela y la sensatez lo suficiente como para aparcar calle abajo.

No había nadie. Por las tardes, en los suburbios, nunca había nadie. Philip recordó que su padre le hablaba de su infancia y de que en calles como ésa había gente, mucha gente, gente de a pie, porque los coches se podían contar con los dedos de la mano. Esas casas parecían deshabitadas, los garajes estaban cerrados y los jardines delanteros vacíos. Arriba y abajo de la calle el verde del follaje y la hierba y la blancura de los edificios contrastaban con los codesos en plena floración, de un color amarillo puro y brillante. El sol iluminaba la quietud y el silencio.

Philip entró en el jardín de Arnham por la verja del acceso al garaje y se acercó a la puerta de madera que, evidentemente, conducía a un pasillo entre el garaje y la casa. Si tenía el cerrojo echado, ahí acababa su aventura, pero la puerta estaba abierta. Una vez dentro, en el estrecho desfiladero con paredes de ladrillo a ambos lados, se dio cuenta de que no disponía de recipiente ni de envoltura. También supo que si regresaba al coche en busca de algo, no volvería a entrar, desistiría y se iría.

Al final del pasadizo había un patio o terraza de losas de cemento. A un lado vio una carbonera vulgar y corriente; al otro, un par de cubos de basura. Arnham había cambiado la casa de Buckhurst Hill por una vivienda visiblemente inferior. Claro que había tenido que compartir los beneficios de la venta con su ex esposa. Del borde de uno de los cubos sobresalía una bolsa de plástico azul, proporcionada sin duda por el servicio municipal de recogida de basuras. Philip la cogió.

Atravesó el jardín hasta el emplazamiento de la estatua. De cerca, las flores de espino caídas sobre los hombros y la coronilla le conferían un aire de abandono. Philip las apartó y sopló suavemente un pétalo adherido a la oreja, la misma que, muchos años antes, había desportillado con el tirachinas. Arrodillado ante Flora, observó como nunca antes la lejanía de su mirada, la forma en que sus ojos se perdían más allá de quienes la contemplaban y se clavaban en un horizonte remoto y tal vez magnífico. Sin duda, era una diosa, estaba por encima de las cuestiones terrenales y las necesidades humanas.

Sus propios pensamientos lo sorprendieron. Eran tan extravagantes como si estuviera soñando o tuviese fiebre. De esa misma manera había pensado e imaginado cosas el invierno anterior, mientras superaba la espantosa gripe que había tenido. ¿Por qué demonios Arnham le había dicho a Christine que Flora se le parecía? ¿O sólo había sido por alimentar las ilusiones de su madre? Pese a que no se parecía a ninguna mujer de carne y hueso, de pronto Philip pensó, disparatadamente, que si alguna vez veía a una mujer real con ese rostro, se enamoraría de ella en el acto.

Se acercó a Flora y la alzó. Del ramillete de flores de mármol cayeron varios pétalos rosados. Tuvo la sensación de que pesaba más que la vez en que la acarreó colina arriba desde la estación de Buckhurst Hill. Le cubrió la cabeza con la bolsa de plástico azul, la depositó en la hierba e hizo un nudo en la parte superior de la bolsa. Llevando ese bulto en los brazos, daría la impresión de que trasladaba un tubo o una herramienta de jardín.

Cuando estaba a mitad de camino del pasadizo y la puerta de madera, advirtió que lo vigilaban. Lo observaba un hombre asomado a una ventana de la casa de al lado. Philip se convenció de que no hacía nada malo. Flora no era propiedad de Gerard Arnham. Mejor dicho, concluyó confusamente, le habría pertenecido si se hubiese portado bien con Christine, amándola y casándose con ella, pero en esas circunstancias no era suya. Con su actitud, Arnham había perdido el derecho de posesión. Philip había leído en alguna parte que si tomas prestado un objeto y lo retienes, la única persona que tiene derecho a quitártelo es el legítimo propietario. Las leyes eran así. Pues bien, él era el legítimo propietario. Le habían prestado Flora a Arnham. Sólo sería suya a condición de que se casara con Christine, eso sin duda se daba por sentado. De todas maneras, Philip aceleró el paso. Aunque la estatua pesaba, corrió por el camino hacia la verja del garaje.

Como tenía los dos brazos ocupados, tardó en abrirla. A sus espaldas, desde el otro lado de la cerca, una voz dijo:

–Discúlpeme, ¿podría decirme qué está haciendo?

Las palabras eran muy parecidas a las que había pronunciado la señora Ripple. Philip ni siquiera se dio la vuelta para mirar al que lo interrogaba. Echó a correr. Jadeando por el peso de Flora, voló calle abajo hasta donde tenía aparcado el coche. La metió en el asiento trasero y trabajosamente se abrochó el cinturón de seguridad. El hombre no lo había seguido. Philip estaba convencido de que el vecino había hecho lo más sensato: meterse en su casa y llamar a la policía.

Imaginó que perdía el trabajo y que en su ficha figuraba una condena a causa de un delito grave. No te ahogues en un vaso de agua, no pierdas la cabeza. El hombre no había visto su coche ni apuntado la matrícula. Como le temblaban las manos, Philip hizo un esfuerzo denodado por sujetar el volante. Arrancó, giró a la izquierda y después a la derecha. No tenía a nadie delante ni detrás. Al salir a la avenida rumbo a Barkingside, oyó la sirena de un coche-patrulla. ¿Por qué pensar que lo seguía a él, que tenía algo que ver con él? No aparecería un coche-patrulla haciendo ulular la sirena sólo porque habían visto a un hombre salir de un jardín con algo guardado en una bolsa de plástico. Probablemente enviarían a un agente en bicicleta.

Debido quizás a que su madre era tan desvalida y sus

hermanas propensas a miedos irracionales, Philip se había convertido en una persona serena. Se parecía a su padre, que había sido pragmático, y pese a estar dotado de una gran imaginación, había aprendido a mantenerla a raya. En consecuencia, no cayó en las redes de todo tipo de especulaciones irreales, y cuando llegó a Gants Hill y a la amplia glorieta de la A12 ya había recobrado la calma.

Flora había rebotado de un lado a otro en el asiento trasero. Cuando llegó a la sala de exposiciones de Ilford, donde tenía que detenerse de regreso a la oficina, trasladó a Flora al maletero y la encajó cómodamente entre la rueda de recambio y una caja de cartón en la que llevaba muestrarios de papel pintado. En el aparcamiento del fondo de la sala de exposiciones, no pudo dejar de mirarla de arriba abajo. Rasgó el plástico con la punta del bolígrafo –después de intentar romperlo, sin éxito, con las uñas– e hizo una hendedura lo bastante larga para contemplar su rostro. Flora seguía con la mirada perdida en distancias olímpicas, mantenía aún su expresión grave y serena; de lo contrario, hubiera sido razón suficiente para enfadarse, pensó Philip.

Mientras volvía a casa, más tarde que de costumbre –Roy le había dado una lista de clientes, algunos furiosos o indignados, a los que tuvo que llamar por teléfono y apaciguar–, Philip reflexionó sobre su acto de esa mañana. ¿Por qué se había llevado a la chica de mármol? En teoría, porque, a su manera de ver, le pertenecía por legítimo derecho a su familia o a él. Era como si Arnham hubiese cometido una estafa para hacerse con Flora. Y no se podía permitir que nadie obtuviera beneficio de sus mentiras.

Dado que la había recuperado, ¿qué haría con ella? No podía ponerla de nuevo en el jardín de Glenallan Close. Si lo hacía, tendría que dar demasiadas explicaciones. También debía tomar en consideración a Christine. Tendría que contarle dónde vivía Arnham y cómo había descubierto a Flora. Y ése era un terreno delicado, un asunto que eludía constantemente. ¿Y si decía que no era Flora sino una réplica que, por casualidad, había visto en una tienda o en un centro de jardinería y la había comprado? No serviría de nada con la muesca en la oreja y la mancha de verdín.

Hasta sería un problema meterla en casa sin que nadie lo viera y lo interrogara. No eran una de esas familias donde cada cual lleva su propia vida, sin que los demás reparen ni se interesen. Eran una familia unida, cada uno se preocupaba de los otros, estaba dispuesto a investigar cualquier actitud fuera de lo común, cada uno sabía perfectamente dónde estaban los demás y qué hacían. Imaginó el desconcierto y las preguntas de su hermana Cheryl si, con Flora en brazos, se cruzaba con ella en la escalera.

Mientras pensaba todo esto en un atasco de Edgware Road, delante del semáforo en rojo, giró la cabeza hacia la derecha y vio a Cheryl. Por su mente habían pasado el nombre y una imagen difusa de su hermana, y ahora la veía. Salía de un local que le pareció -no lo vio con claridad, sólo distinguió un apiñado y rutilante conglomerado de colores y formas- un videoclub o una tienda de discos. Eso por pensar que sabía dónde estaban y qué hacían los miembros de su familia. Cheryl llevaba los tejanos y la cazadora negra de costumbre, además de un sombrero vaquero, de ala ancha y copa inclinada, con la cinta de cuero con flecos.

No había nada que impidiera a Cheryl estar allí. Era libre y, al menos por lo que Philip vio, no hacía nada incorrecto. Como el semáforo se puso en verde, tuvo que arrancar y dejar de mirarla, ya que un segundo de demora haría que los conductores que tenía detrás tocaran la bocina. Aunque la presencia de su hermana en ese lugar no le creaba ninguna preocupación, su aspecto y su actitud le resultaron inquietantes.

Cheryl había salido por aquella puerta como una drogada o una borracha; o acaso agotada o expulsada contra su voluntad. Su salida podía deberse a cualquiera de esas causas. Y lloraba, las lágrimas le rodaban por las mejillas. Philip la vio inclinar la cabeza y llevarse las manos a los ojos. Después tuvo que concentrarse en la calzada, poner la marcha y alejarse deprisa.

4

Las cinco chicas posaron ante las cortinas cerradas de las puerta ventanas de la casa de Christine. Las cortinas procedían de su antiguo hogar y eran de un grueso terciopelo marrón oscuro, forrado y entretelado, completamente opaco. El sol de mayo sólo se mostraba como una raya delgada y brillante en el ángulo derecho de la ventana, pero desapareció en cuanto el fotógrafo pegó con celo la cortina al marco de la ventana.

Algo incómodo con el chaqué y los pantalones a rayas de Moss Bros, Philip asomó la cabeza por la puerta, entró y se detuvo en el otro extremo de la sala. Los focos del fotógrafo provocaban un calor sofocante. El fotógrafo era un hombre mayor y su ropa estaba impregnada de olor a tabaco. A primera vista, el aspecto de las chicas consternó a Philip. Sabía que tenía buen gusto, buen ojo para las combinaciones de colores elegantes y con estilo. De no ser así, probablemente no tendría el trabajo que tenía ni le habría interesado. ¿Quién había aconsejado tan mal a Fee para que se vistiera de raso blanco, un blanco azulado, glacial, un blanco rígido y rutilante como una placa de hielo? Tal vez la elección fuera cosa suya. ¿No se había dado cuenta de que ese vestido patricio de cuello alto y mangas ajustadas, con la falda estrecha y abombada, estaba diseñado para una mujer alta, delgada y de pecho plano?

Su tocado era como el que lucían las actrices en las películas de los años cuarenta. Philip había visto montones de sombreros de ese tipo en la televisión. Una especie de bombín utilizado por las actrices que cabalgaban a asentadillas, sólo que éste era blanco y el largo del velo no correspondía. Por si eso fuera poco, llevaba un ramo de calas. Philip pensó que eran flores de muerto y se acordó de la corona que cubría el féretro de su padre. En cuanto a las damas de honor, que en ese momento recibieron la orden de sonreír y de no mirar hacia la cámara sino a Fee con adoración, se habría reído a carcajadas de sus disfraces –¿se los podía llamar de otro modo?– si los hubiese visto en una revista.

Era una especie de túnica, cada una de un color –rosa, coral, limón, albaricoque–, con grandes mangas ahuecadas de una especie de tul con lunares naranja, y del dobladillo de la túnica, a la altura de la cadera, salían faldas como globos del mismo tul salpicado de lunares. En la cabeza llevaban diademas de color rosa y naranja con flores imposibles de identificar. Resultaban grotescas. Se sorprendió pensando que, salvo una, todas eran grotescas. Cheryl, Stephanie y Janice –la vieja compañera de colegio de Fee– eran figuras ridículas y daban risa, pero la otra era distinta. La otra era... Philip no encontró palabras para definirla mientras la contemplaba.

Tenía que tratarse de Senta. No parecía emparentada con esa familia, relacionada con nadie de ese pelaje. Era extraordinaria. Su atractivo no tenía nada que ver con la estatura ni con algún rasgo sorprendente de su figura, dado que era más baja que las otras y muy delgada. Su piel era blanca, pero no del color al que se refiere la gente cuando habla de una piel blanca, muy clara, pálida o cremosa, sino más blanca que la leche, blanca como el interior de una concha marina. Sus labios eran casi del mismo color. Philip no distinguió el color de sus ojos, y su pelo muy largo, casi hasta la cintura, liso y sedoso, era plateado. Ni rubio ni cano, sino plateado y con algunos mechones deslustrados.

Para Philip lo más excepcional de la muchacha, lo más apasionante fue, quizá, su parecido con Flora. Su rostro era el de Flora: el contorno oval perfecto, la nariz recta y larga que seguía una línea continua de la punta a lo alto de la frente, los ojos serenos y muy separados, el labio superior corto, la bella boca que no era de labios gruesos ni finos. Si se hubiese recogido en un moño la cabellera plateada y la hubiera adornado con cintas, se habría convertido en el vivo retrato de Flora.

Se comportaba con paciente seguridad. Mientras las otras no paraban de moverse, se arreglaban el pelo entre una foto y otra, se acomodaban el sostén y redondeaban los ramos de flores, Senta permanecía inmóvil como una estatua. Estaba tan tranquila e impertérrita como la muchacha de mármol, pensó Philip, que tres días antes había logrado colarla en casa y subir la escalera mientras Christine atendía a una clienta en la cocina. Sólo en la figura se diferenciaba Senta de Flora, pues su estructura ósea era delicada y cabía la posibilidad de rodear su cintura con las manos.

Cuando el fotógrafo les pidió que miraran a la cámara y sonrieran por última vez, Senta se volvió para mirarlo y le dio una desagradable sorpresa. Su sonrisa era espantosamente forzada y artificial, casi una mucca. Daba la impresión de que se burlaba adrede o de que la ceremonia entera le importaba un bledo. Pero no era posible, no era posible que hiciera aposta aquella mueca horrible. Y si lo hizo deliberadamente, nadie se dio por aludido. El fotógrafo gritó:

–¡Maravilloso! Un momento, chicas, os aseguro que ésta es la última.

Tomó la foto para el archivo. Sin duda ocuparía su sitio, junto a las demás, en el álbum de la boda de Fee. A su hermana le tocaba posar sola para lo que el fotógrafo llamó «dos retratos exclusivos de la bellísima novia». Apenas se había acomodado y dado pie a que Stephanie arreglara los pliegues de la cola cuando se abrió la puerta y entró Hardy.

–¡Tengo que hacerme una foto con él! –exclamó Fee–. Es un encanto. No pasará nada. Está recién bañado.

Dos damas de honor se sentaron en el sofá arrimado a la pared, y la pálida Senta, cuya extraña cabellera metálica le caía sobre los hombros, titubeó un breve instante y cruzó lentamente la sala en dirección a Philip. Andaba como si su estatura fuera mucho mayor, erguida y con la cabeza en alto, de una forma muy graciosa. Antes de que la muchacha le dirigiera la palabra, Philip le miró la boca y pensó que era la más bella que había visto en una joven. ¿Cómo sonaría la voz que saliera de semejante boca?

Los labios se entreabrieron y habló:

–¡Qué perro tan peculiar! –comentó–. Tiene manchas de color naranja. Parece un dálmata en miniatura.

Al reparar en lo que la muchacha decía, Philip sonrió y dijo lentamente:

–Hace juego con vuestros vestidos.

–¿Lo hicisteis a propósito?

La seriedad de Senta le causó gracia.

–Mi madre lo manchó sin querer mientras teñía el pelo a una clienta y, al bañarlo, el tinte no salió.

–Creí que era de una raza extraña.

Philip esperaba una voz ronca, pero la voz de Senta era aguda, de vocales redondeadas y limpias, de tono fresco. Parecía que le habían enseñado a hablar en lugar de aprender espontáneamente. Notó que las manos que sostenían el ridículo ramillete victoriano de tulipanes anaranjados y claveles rosas eran menudas y de uñas cortas, como las de un niño. Había alzado hacia él sus ojos casi incoloros, límpidos como el agua en la que una única gota de tinte se extiende radialmente y arremolina su oscuro verdor.

–¿Eres Philip, el hermano de Fee?

–Exactamente. –Titubeó.– Me he puesto este disfraz porque soy el padrino.

Ella, hablando con gran precisión, como si alguien apuntara su nombre, dijo:

–Yo soy Senta Pelham.

–No conozco a ninguna Senta. Parece un nombre extranjero.

La voz de Senta adquirió cierta frialdad:

–La muchacha de *El holandés errante* se llama Senta.

Philip no sabía con certeza quién o qué era el holandés errante –¿un musical, una ópera?– y se alegró de que Christine lo llamara con apremio.

–Philip, Philip, ¿dónde te has metido?

–Disculpa.

Senta no dijo nada. Philip no estaba acostumbrado a la gente que miraba directamente a los ojos sin sonreír. Al salir, cerró la puerta de la sala y encontró a Christine en la cocina, presa del pánico y agitada, pero más guapa que en los últimos meses. El súbito resurgimiento de su belleza lo incomodó y le habría gustado cerrar con fuerza los ojos. Su madre vestía de azul, el color que mejor le sentaba, con un sombrerito redondo formado por bandas de seda de colores turquesa y lavanda, como los de las plumas de un pavo real.

–¡Han llegado los coches para tus tías y para mí y el de las damas de honor!

–Mantén la calma. Todos estamos listos.

«Es más simpática que la esposa de Arnham» se dijo, «es más mujer, más dulce y más tierna...» y esos pensamientos lo sorprendieron. Sus hermanas bajaron la escalera: un sombrero hongo, un ala de papagayo, tacones como zancos, medias de veinte denier, todos los anillos, pulseras y collares que guardaban en los joyeros, nubes de Tweed y de Fidji.

–No te olvides de encerrar a Hardy en la cocina antes de salir –pidió Christine–. Si no, se hará pipí en la alfombra blanca. Siempre lo hace cuando está nervioso.

Se quedó a solas con Fee. ¡Si su hermana hubiera estado

hermosa, romántica...! En su aspecto no había nada que despertara emociones fraternas, creara un nudo en la garganta o evocara recuerdos de la niñez compartida. Tenía el rostro arrugado, irritado por una infinidad de inquietudes nimias. Estaba de pie delante del espejo, viendo o creyendo ver restos de rímel adheridos a la piel del párpado inferior izquierdo, y se frotaba con un dedo cuya cutícula había mordido en los minutos de tensión previos a la llegada del fotógrafo.

–No olvides ponerte la sortija de pedida en la otra mano.

Fee se la quitó con impaciencia.

–Estoy fatal, ¿no?

–Tienes muy buen aspecto.

–Si no sale bien, nos divorciaremos. Casi todos lo hacen.

«Si pensara así, yo no me casaría.» Philip no lo expresó en voz alta. Tuvo la sensación de que le ocultaba todo a su hermana: sus ideas, sus opiniones, sus sentimientos. Fee no sabía que había guardado a Flora en el armario de su habitación ni que había visto a Cheryl salir de una tienda de Edgware Road hecha un mar de lágrimas. Muy pronto Fee tendría otra persona en la que confiar, a la que transmitirle sus pensamientos más íntimos. Y él, ¿con quién hablaría?

Fee se apartó del espejo y se volvió para recoger de la mesa el ramo de calas. Cambió de idea en mitad del gesto, por así decirlo, y se arrojó sobre Philip y entre sus brazos. Tensas corrientes parecían recorrer su cuerpo. Daba la sensación de que estaba cubierta de hilos electrizados.

–Vamos –dijo Philip–, venga ya, tranquilízate. –La abrazó procurando no apretar demasiado para no arrugar el gélido raso.– Hace años que lo conoces, es el hombre ideal para ti. –¿Qué más podía decir?– El novio de toda la vida.

Philip oyó un coche que se acercaba, los frenos, una puerta cerrada con delicadeza y pisadas en el camino de entrada.

–¿Sabes qué pienso? –preguntó Fee, se apartó, se recompuso y se arregló el vestido–. Pienso que si el cabrón de Arnham se hubiese portado como un caballero con mamá, hoy celebraríamos una boda doble.

Había pronunciado el discurso y, mientras decía rígidas frases de alabanza a Fee y Darren, tuvo conciencia de que Senta Pelham clavaba en él su mirada. Lo contemplaba de una manera fría y especulativa. Cada vez que miraba en dirección a ella –es decir, a menudo– descubría que Senta lo observaba. No lo entendía. ¿Estaba realmente ridículo o antiestético con el chaqué gris, la camisa blanca y la corbata plateada, tal como sospechaba? Pese a sus temores, tenía el convencimiento de que el chaqué le sentaba muy bien. Sabía –¿cómo no iba a saberlo?– que era apuesto y que atraía a las chicas. Afortunadamente, Cheryl y él se habían librado del gen de baja estatura y gordura que caracterizaba a su familia. Philip se parecía bastante a Paul McCartney de joven. En la funda de un viejo disco de los Beatles aparecía su propia cara sonriente.

La fiesta acabaría pronto. Sólo disponían de la sala de St. Mary's Church –un viejo barracón que olía a té recocido y a himnarios– hasta las seis. Los invitados, tíos, tías, primos, amigos del colegio y compañeros de trabajo pretéritos y actuales se marcharían en cuanto Fee y Darren partieran. Christine charlaba con un hombre maduro y muy apuesto, otro miembro de la incontable parentela de Darren. Con la sonrisa a flor de labios y comportándose con naturalidad para variar, Cheryl comía un trozo del pastel de bodas en compañía de dos chicos cuya melena hasta los hombros desentonaba con su ropa de etiqueta. Aceptó el trozo de pastel que le ofrecía Stephanie y, al alzar la vista, su mirada se cruzó con la de Senta, con los ojos de la doble de Flora.

Daba la impresión de que se habían oscurecido y de que se

había intensificado inexplicablemente la mancha verde que surcaba sus acuosas profundidades. En el transcurso de la tarde se había quitado la diadema de flores, y su pelo, por fin libre, colgaba cual dos brillantes cortinas rodeando sus facciones suaves y seductoras. Senta abrió aún más los ojos mientras lo miraba y, sin dejar de observarlo, separó los labios para pasar lenta y deliberadamente la lengua por el labio superior y luego por el inferior. La bella boca tenía el tinte rosado de la flor de un árbol frutal, pero su lengua era roja. Philip se giró bruscamente, convencido de que Senta se estaba burlando de él.

Fee y Darren aparecieron vestidos como hasta entonces nadie los había visto: él con traje gris oscuro y ella con traje blanco. Cualquier persona con la que se cruzaran esa noche durante el trayecto hasta el hotel, o al día siguiente rumbo a Guernesey, sabría sin la menor duda que estaban de luna de miel. Era la primera boda a la que asistía Philip desde la infancia y no estaba preparado para la sensación de anticlímax que experimentó al subir al coche. En cuanto los recién casados partieron, con los elegantes trajes cubiertos de confetis y el coche adornado con letreros y una lata atada al parachoques trasero, tuvo un apremiante sentimiento de abandono. Todos se iban. Se enfrentaba a una velada de aburrimiento. Christine se quedaba con una de sus hermanas. Philip era el encargado de llevar en coche a las damas de honor hasta Glenallan Close, donde habían dejado su ropa de calle.

Recogió a las chicas, a todas salvo a Senta que, charlando de pie en la barra con un hombre al que Philip no conocía, le envió a través de Janice el perentorio mensaje de que ya se las arreglaría para llegar a su casa, pediría a alguien que la llevara. Ofendido, Philip pensó que no le quedaba otra salida porque, después de la magnífica mañana y de la tarde soleada, llovía torrencialmente. Por eso el retorno y la entrada en la casa vacía resultaron aún más deprimentes. Las tres chicas subieron a la habitación que Cheryl y Fee habían compartido, y que ahora era exclusivamente de Cheryl, mientras Philip abría la puerta de la cocina para que Hardy saliera. Se puso unos tejanos y un jersey y, como la lluvia había amainado, llevó al perro a dar una vuelta. Al regresar se cruzó con Stephanie y Janice, que salían de su casa.

Era el momento de hablar con Cheryl. Seguramente seguía arriba. Hacia la mitad de la escalera oyó música al otro lado de la puerta cerrada de la habitación de su hermana y se dirigió a su propio cuarto. Estaba dispuesto a concederle diez minutos. La habitación de Philip era muy reducida, sólo contenía una cama, un armario, un escritorio y una silla pequeña de respaldo recto. A pesar de que trabajaba para una empresa especializada, entre otras cosas, en sacar el máximo provecho de los cubículos como ése mediante muebles empotrados que ahorraban espacio, Philip nunca había sentido la tentación de hacer algo semejante en su cuarto. Se debía, en parte, a que no le interesaba arreglar Glenallan Close. Si volvía más atractiva la casa, Christine –y, por lo tanto, él mismo– se sentiría tentada de aceptarla como residencia definitiva. Por otro lado, todo habría sido muy distinto si Christine fuera la señora de Arnham y viviera en Chigwell y esa casa hubiese pasado a sus manos. Entonces sí que la habría arreglado.

Abrió el armario y sacó a Flora. Seguía envuelta en la bolsa de plástico azul, con la raja para verle la cara. Philip deshizo el nudo de la bolsa y se la quitó. Puso a Flora en el rincón, junto a la ventana. Fue muy interesante comprobar que el mero hecho de tenerla allí mejoraba instantáneamente el aspecto de la habitación. Su piel blanca y marmórea parecía destellar en la luz gris filtrada por la lluvia. Philip se preguntó si sería posible limpiar la mancha de verdín que le cubría el cuello y el pecho. La mirada de Flora se perdía en lontananza y su rostro parecía cargado de sabiduría pagana.

Arnham y su esposa tuvieron que echarla de menos nada más salir al jardín. Probablemente, en cuanto regresaron, el vecino les habló del ladrón que había visto alejarse con un bulto en forma de leño, y debieron atar cabos. Philip supuso que no relacionarían con él la desaparición de Flora. Y si Arnham lo recordaba, sería como era entonces, un graduado novato, un aprendiz de Roseberry Lawn, un joven con un aspecto muy distinto a la descripción que habría hecho el vecino de un hombre trajeado y de pelo corto. Hasta era posible que Arnham se sintiera aliviado por la desaparición de Flora, ya que, quizá supersticiosamente, no estaba dispuesto a quitársela de encima por sus propios medios. Dudaba entre intentar sacar el verdín con disolvente o hablar primero con Cheryl cuando ésta lo llamó desde el rellano. Nunca llamaban a la puerta de sus habitaciones ni entraban salvo invitación expresa.

–Phil, ¿estás en tu cuarto?

Colgó en el respaldo de la silla la ropa de Moss Bros y la puso delante de Flora para esconderla. Abrió la puerta y no vio a nadie. Segundos después Cheryl salió de su cuarto, vestida de calle con el uniforme de costumbre y el sombrero vaquero en la mano. Su cabello, peinado esa mañana con la raya en medio y unos rizos grandes cayendo a cada lado –peinado de dama de honor–, contrastaba con el denso lápiz de ojos negro y con la estrella verde que se había pintado en un pómulo.

–¿Me harías un favor?

–Depende. –Era la única respuesta posible.

–¿Puedes prestarme cinco libras?

–Cheryl, debo decirte que el miércoles te vi en Edgware Road –explicó–. Eran las seis o seis y media. Llorabas e ibas dando tumbos. –Cheryl lo miró y asomó el labio inferior.– No pude parar, estaba en medio de un atasco. Parecía que estabas borracha. Últimamente he tenido la sospecha de que te drogabas, pero ese día parecías borracha.

–Yo no bebo –afirmó Cheryl–. ¿Es que no te enteras? ¿No te has fijado en que ni siquiera he probado esa porquería con burbujas durante el banquete? Un vaso de vino basta para dejarme piripi. –Lo tomó del brazo.– ¿Me prestarás o no esas cinco libras? Te las devolveré mañana.

–No se trata del dinero –aseguró aunque, hasta cierto punto, era un problema. Disponía de muy poco efectivo–. No es el dinero lo que me preocupa. Pero, ¿qué significa que me lo devolverás mañana? Mañana es domingo. ¿Cómo conseguirás dinero en domingo? –Cheryl lo contemplaba y sus ojos brillaban con desesperada intensidad.– Cheryl, ¿*cómo* consigues dinero? ¿De dónde proviene?

–Hablas como un poli –replicó–. Igual que un poli en un interrogatorio.

–Me parece que tengo derecho a preguntártelo –dijo con cierto malestar Philip.

–Pues estás muy equivocado. Tengo más de dieciocho años. Soy tan adulta como tú. Y voto.

–Eso no tiene nada que ver.

–Por favor –insistió Cheryl–, *por favor*, préstame cinco libras. Mañana te las devolveré.

–Devuélvemelas el miércoles, cuando cobres el paro.

Philip entró en su cuarto y, de la cartera que llevaba en el bolsillo del pantalón de Moss Bros, sacó el último billete de cinco libras. Le quedaban tres monedas de una libra y algunos peniques.

Cheryl le arrebató el dinero. En cuanto lo tuvo en la mano, contra las solapas de la chaqueta de piel, logró sonreír y decir:

–Muchísimas gracias, Phil.

Philip no encontró palabras de respuesta. Regresó a su dormitorio y se sentó en la cama. Cheryl bajó rápidamente la escalera y Philip se dispuso a oír un portazo. Pero la oyó hablar con alguien, un diálogo breve de palabras indescifrables. Tal vez su madre había vuelto a buscar algo olvidado. Era corriente que Christine olvidara cosas: dinero, llaves, el abrigo, unos zapatos adecuados.

Cheryl cerró la puerta con menos violencia que de costumbre y la casa no tembló de los cimientos al techo. Philip cogió de la silla la ropa de alquiler, vació los bolsillos, la puso en perchas y la colgó en el armario. La lluvia arreciaba y golpeaba el cristal de la ventana a causa del viento creciente. Alguien llamó a la puerta de su dormitorio.

Era una costumbre que ningún miembro de su familia practicaba. Pensó que tal vez fuese la policía que iba a detenerlo por haberse llevado a Flora. Un escalofrío recorrió su columna vertebral. Abrió la puerta.

Era Senta Pelham.

Había olvidado que Senta tenía que ir a cambiarse.

Aún lucía la túnica de dama de honor y estaba calada hasta los huesos. Tenía el pelo empapado, chorreaba agua, y el tul con lunares, antes ahuecado y rígido, caía como los pétalos de una flor anegada por la lluvia. El raso de color coral se adhería a su caja torácica delgada y frágil y a los pechos grandes y redondos, raramente voluminosos en una chica tan flaca. Sus pezones, erectos por el roce de la tela fría y húmeda, sobresalían.

–¿Dónde hay una toalla?

–En el cuarto de baño –respondió Philip.

¿No lo sabía? ¿No se había puesto ese ridículo disfraz en su casa?

–No he encontrado a nadie que me trajera en coche –añadió, y Philip notó que estaba sin aliento–. He tenido que venir andando. –Daba la impresión de que había corrido.

–¿Vestida así?

Senta se rió y carraspeó. Se la notaba muy nerviosa. Fue al baño y salió, secándose el pelo con una toalla grande y con otra colgada del hombro. Philip supuso que iría a la habitación de Cheryl, pero entró en la suya y cerró la puerta.

–Creo que en la casa hay un secador de pelo.

Senta movió negativamente la cabeza, se quitó la toalla y sacudió con fuerza la melena. El pelo brillante voló en todas direcciones y se lo desenredó con los dedos. Philip casi no se había dado cuenta de lo que ella estaba haciendo, apenas había asimilado que se quitara los zapatos de una patada y las medias claras, mojadas y salpicadas de barro, cuando Senta se incorporó y se quitó el vestido por encima de la cabeza. Se quedó quieta, mirándolo, con los brazos colgados a los lados del cuerpo.

El cuarto era tan pequeño que, dentro, dos personas nunca podían estar separadas por mucho más de un metro. De hecho, tenía al alcance de su mano a aquella chica desnuda cuyo cuerpo delgado y de pechos grandes era de un blanco marmóreo, con un triángulo en la base del vientre plano ni plateado ni rubio, sino rojo fuego. Al margen de lo que sintiera treinta segundos antes, Philip no tuvo dudas de lo que estaba ocurriendo y de lo que Senta tramaba. Lo contemplaba con esa mirada intensa y misteriosa que tan a menudo le había dirigido durante la boda. Dio un paso hacia ella, extendió los brazos y la sujetó de los hombros. Aunque esperaba percibir la frialdad del mármol, notó que Senta estaba tibia, incluso caliente, con la piel sedosa y seca.

Philip la abrazó lentamente, saboreando contra su cuerpo aquella desnudez resbaladiza, suave y esbelta. Cuando Senta movió la cabeza para juntar sus bocas, el pelo largo y húmedo golpeó las manos de Philip, que se estremeció. Mientras agitaba la lengua y le desabotonaba la camisa, Senta susurró:

–A la cama. Estoy helada, helada.

El calor que despedía era tan intenso que ardía como un cuerpo tendido en una playa tropical.

Calentó las frías sábanas. Se cubrieron con el edredón y estrecharon sus cuerpos en la pequeña cama. La lluvia tamborileaba en la ventana. De repente, Senta empezó a hacerle el amor con devoradora pasión. Hundió los dedos en su cuello, en sus hombros, se deslizó por su cuerpo, besó su piel, lo lamió con un extraño jadeo. Arqueada sobre él por debajo del edredón, lo barrió con la cortina de sus cabellos, lo atormentó con la lengua. Sus labios eran tiernos, extáticos, delicados.

–¡No! ¡No! –gritó Philip con la voz entrecortada porque era demasiado, porque lo forzaba al límite del estallido. En el fondo de su cabeza y dentro de sus ojos, oscilaba una luz roja. Gimió, atrajo a Senta contra sí y la penetró; su cuerpo blanco, bañado en sudor, se hundió sobre el de Philip con un ritmo extraño y tembloroso. Lo envolvió en un abrazo total, contuvo la respiración, relajándose al espirar, volvió a tomar aire, se aferró a él, y finalmente lo liberó, se liberó a sí misma con una última espiración y un suave gemido.

La cabellera plateada que envolvía los hombros de Philip pendía como la lluvia que caía recta y brillante al otro lado de la ventana. Experimentó una satisfacción profunda y extraordinaria, como si hubiera encontrado algo que siempre había buscado y comprobado que era mejor de lo que esperaba. Pensó que tenía muchas cosas que decir, pero lo único que se le ocurrió fue «gracias, gracias», y llegó a la conclusión de que sería erróneo limitarse a esas palabras. Tomó la cara de ella entre sus manos, la acercó a la suya y la besó larga y tiernamente en los labios.

Senta no había dicho nada desde que comentó que estaba helada y propuso que se metieran en la cama. Levantó la cabeza y la apoyó en el brazo que la sostenía. Con su mano izquierda tomó la derecha de Philip y entrelazaron los dedos. Dijo con su voz aguda y cristalina:

–Philip... –Pronunció su nombre reflexivamente, como si

quisiera percibir su sonido, como si lo sometiera a prueba para saber si le gustaba.– Philip.

Philip sonrió. Los ojos de Senta estaban muy próximos y su boca tan cercana a él como era posible, sin que sus labios se tocaran. Philip vio hasta el último detalle de las curvas delicadas y tiernas de la boca, las comisuras dulcemente plegadas.

–Di mi nombre –pidió la joven.

–Senta. Es un nombre hermoso, Senta.

–Philip, escúchame bien. Esta mañana, al verte, he sabido en el acto que eras el elegido. He sabido que eras el único. –Hablaba con tono muy solemne. Se había incorporado y lo miraba a los ojos.– Te he visto al otro lado de la sala y he sabido que serías mío para siempre.

Philip estaba anonadado. No era precisamente esto lo que esperaba de Senta.

–Te he buscado durante mucho tiempo –añadió–. Por fin te he encontrado y es maravilloso.

Tanta intensidad empezaba a incomodarlo. Sólo podía vencer el malestar hablando a la ligera, jocosamente.

–No puede hacer tanto tiempo que me buscas. Senta, ¿qué edad tienes? No creo que pases de veinte.

–Tengo veinticuatro. ¿Te das cuenta? Te lo contaré todo, no tendré secretos para ti. Pregúntame lo que quieras. –No tenía demasiadas ganas de hacerle preguntas, le bastaba con abrazarla, acariciarla y vivir ese inenarrable placer.– Te busco desde que tenía dieciséis años. Siempre he sabido que en el mundo sólo había un hombre para mí y que lo reconocería cuando lo viera. –Sus labios rozaron el hombro de Philip. Senta giró la cabeza y lo besó junto a la clavícula, donde el músculo se hinchaba.– Philip, estoy convencida de que las almas vienen en parejas, que cuando nacemos se dividen en dos y que pasamos la vida en pos de nuestra alma gemela. Pero a veces la gente se equivoca y escoge mal.

–Esto no ha sido un error, ¿verdad? Para mí no lo ha sido.

–Esto es para toda la vida –aseguró Senta–. ¿No lo percibes? Te he visto frente a mí y he sabido que eras mi alma gemela, la otra mitad. Por eso lo primero que te he dicho, la primera palabra que he pronunciado, ha sido tu nombre.

Por lo que Philip recordaba, lo primero que había dicho era que Hardy era un perro muy peculiar, pero seguramente estaba confundido. Además, ¿qué importaba? Senta estaba en su cama, le había hecho el amor con más pasión que cualquier otra chica y estaba casi seguro de que volvería a hacerlo.

–Para siempre –murmuró Senta y una sonrisa hierática surcó su rostro. Philip se alegró de que sonriera, porque prefería no verla tan seria–. Philip, no quiero que digas que me quieres. Aún es pronto. Y yo no te diré que te quiero, aunque te quiero. Son palabras demasiado trilladas, las usan todos, no van con nosotros. Lo que tenemos y lo que vamos a tener es demasiado profundo, nuestros sentimientos son muy hondos. –Apoyó la cara en el hueco del hombro de Philip, le pasó ligeramente los dedos a lo largo del cuerpo y volvió a excitarlo.– Philip, ¿quieres que pase la noche aquí, contigo?

Lamentablemente, tuvo que negarse. Esa noche Christine no entraría en su cuarto, pero sí lo haría a la mañana siguiente, como siempre, con la taza de té en un plato anegado y la azucarera pegajosa y con la cuchara húmeda. No lo criticaría, ni siquiera comentaría que lo había pescado en la cama con una chica, simplemente pondría cara de consternación y se sentiría muy incómoda, abriría los ojos y se llevaría la mano a los labios fruncidos, y Philip no podría soportarlo. Sería demasiado.

–Me encantaría que te quedaras, pero me temo que no es posible.

Aunque todavía no la conocía bien, imaginó una escena de cólera o de llanto.

Senta lo sorprendió con su radiante sonrisa, el modo en

que le tomó la cara con las manos y depositó un beso leve sobre sus labios. Un segundo después estaba levantada, sacudía la cabeza y se peinaba con los dedos.

–No tiene importancia. Podemos ir a mi casa.

–¿Tienes tu propia casa?

–Por supuesto. Philip, ahora también es la tuya. Lo comprendes, ¿no? También es tu casa.

Se ausentó un instante y, en la habitación de Cheryl, se puso la ropa con la que había llegado por la mañana: una maxifalda negra y un jersey largo y suelto de lana plateada, del mismo color que su pelo. Esas prendas ocultaban su figura de la misma manera que el burka esconde los contornos de la mujer islámica. Unas medias cubrían sus piernas delgadas y sus minúsculos tobillos, y calzaba zapatos bajos. Senta regresó al cuarto de Philip y descubrió a Flora en el rincón.

–¡Se parece a mí!

Philip recordó que, en el jardín de Arnham, antes de sustraerla, había pensado que si alguna vez conocía a una chica como Flora se enamoraría en el acto de ella. Paseó la mirada de Senta a la estatua y reparó en la semejanza. A menudo, cuando pensabas que alguien se parecía a otra persona o a una foto, la afinidad desaparecía en cuanto las reunías. En este caso no fue así. Eran gemelas, una en piedra y la otra en carne. Philip sintió un escalofrío, como si acabara de producirse un hecho solemne.

–Pues sí, se te parece. –Notó que había hablado con excesiva seriedad.– Algún día te hablaré de la estatua.

–Tienes que hacerlo. Philip, quiero saberlo todo sobre ti. Absolutamente todo. Entre nosotros no debe haber secretos. Vístete y ven conmigo. Me asusta la idea de encontrar a otras personas..., a tu madre, a tu hermana, no sé. No quiero ver a nadie más. Creo que nuestra primera velada debería ser sagrada. ¿Estás de acuerdo?

La lluvia amainó antes de que se fueran y el sol poniente

asomó cuando salieron a la calle empapada. Los rayos solares lograron que los charcos y las láminas de agua brillaran como un empedrado dorado. Senta había titubeado antes de dejar la casa, como si salir fuera una especie de zambullida. Y quizá lo fue, ya que la calle parecía el lecho poco profundo de un río. Una vez en el coche, contuvo la respiración y suspiró aliviada o, quizá, de felicidad. Philip se sentó a su lado y se besaron.

5

Apenas conocía ese barrio de Londres, situado en la zona más occidental de West Kilburn y al norte de Harrow Road. Oscurecía y a raíz de la lluvia ya no había gente en la calle. Frente al enorme edificio de una escuela construida a principios de siglo y rodeada por un alto muro de ladrillo había un centro de reparto de alimentos, un comedor para pobres. En la escalera hacían cola varios hombres y una vieja con un carrito donde llevaba un perro. Philip pasó por delante de una iglesia emplazada en un cementerio tan oscuro y denso como un bosque, y giró por Tarsus Street.

Sólo los plátanos a punto de echar hojas, que muy pronto serían abundantes y que ocultarían y oscurecerían las grietas de la calzada y las verjas rotas, impedían que pareciera un arrabal. Las tiernas hojas en desarrollo captaban la luz de las farolas como si fueran de oropel y creaban sombras afiladas semejantes a enredaderas. La casa donde Senta vivía formaba parte de una hilera de viviendas de ladrillos color ciruela. Todas las ventanas, hundidas en un hueco de la fachada, eran rectangulares y chatas. Diez escalones conducían a la entrada, una puerta con un grueso revestimiento de madera que muchos años atrás fue pintada de verde oscuro y que ahora estaba tan astillada y agujereada que daba la impresión de que alguien había practicado allí el tiro al blanco. Desde la escalera se divisaba el muro enlucido que servía de barandilla y el patio –atestado de basura, latas, papeles y pieles de naranja– al que daba la ventana del sótano.

Senta abrió la puerta principal. La casa era grande, tenía sótano y tres pisos, y Philip, en cuanto entró, sin saber la causa, tuvo la sensación de que estaban solos. Pero eso no significaba que Senta fuese propietaria exclusiva de la vivienda: las dos bicicletas apoyadas en la pared y el correo comercial amontonado en la mesa de caoba lo hacían poco probable. Todas las puertas estaban cerradas. Senta lo guió a través del pasillo y descendieron por la escalera hasta el sótano. El olor de la casa era algo nuevo para Philip. No podría haberlo definido, salvo diciendo que olía sutilmente a una acumulación de diversos tipos de mugre antigua, suciedad que nunca se quitaba, que jamás se trasladaba de una superficie a otra, de un nivel a otro; olía a migajas de muchos años, a fibras de ropa desechada, a insectos muertos, a telarañas, a restos de barro y de excrementos, a líquidos derramados que se habían secado hacía mucho, a pelos de animales y sus cagadas, a polvo y hollín. Olía a desintegración.

Antaño el sótano había sido una vivienda independiente. Al menos era la impresión que daba. Excepto una, todas las habitaciones se utilizaban para guardar trastos, los mismos objetos que tal vez eran parcialmente responsables del olor. Muebles viejos, cajas con botellas, frascos, montones de periódicos viejos y pilas de oscuras telas de lana que otrora habían sido mantas y que las polillas convertían en una masa velluda, grisácea y pulverizada. Había un inodoro antiguo con cisterna empotrada en el que podías aislarte corriendo una cortina de baño improvisada. También había una bañera con patas como zarpas y un único grifo de bronce para agua fría cubierto con una costra verde y vendado con harapos.

La habitación de Senta era la única habitable. Daba a la fachada y desde la ventana se veía el patio. Contenía, básicamente, una cama grande. El lecho medía metro ochenta de ancho, el colchón estaba hundido y lucía sábanas y fundas moradas cuyo olor revelaba que hacía mucho tiempo que no se cambiaban. También había un gran espejo, con el marco adornado con querubines, frutas y flores de yeso, del que habían saltado o desaparecido buena parte del dorado y algunas ramas, tallos y pétalos.

En una mesa baja destacaba una vela consumida sobre un plato lleno de cera y, a su lado, una botella de vino vacía. Había una silla de mimbre cubierta de ropa desechada, y de un tiesto de bronce lleno de polvo asomaba una planta agonizante. Aunque en la ventana no había cortinas, era posible aislarse cerrando los postigos de madera. Por ellos se filtraba una luz gris y acuosa que no bastaba para ver. Senta había encendido la lámpara, que tenía una bombilla de pocos vatios bajo una pantalla de pergamino. Aquella primera noche, después de mirar asombrado la habitación, azorado y, por consiguiente, inseguro de sí mismo, Philip le había preguntado a qué se dedicaba.

–Soy actor.

–Querrás decir actriz.

–Pues no, Philip. Tampoco se dice médica o abogada, ¿verdad?

Philip reconoció que tenía razón.

–¿Has salido en la tele? ¿Te puedo haber visto en algún programa?

Senta rió de una manera afable, indulgente.

–Estudié en la Real Academia de Artes Escénicas. Y ahora espero el tipo de papel que necesita una persona como yo para empezar con buen pie. ¿No te parece que sería un error aceptar cualquier cosa?

–No lo sé, no sé nada sobre tu profesión.

–Pues ya lo sabrás. Yo te enseñaré. Philip, quiero que

tengas opiniones sobre mí, eso será lo más importante de mi mundo, de nuestro mundo, lo que cada uno piense del otro. El intercambio espiritual será la esencia de nuestra vida en común.

Aquella velada no fue nada espiritual. Al cabo de un rato se metieron en la cama. Allí tendidos, veían por la ventana las piernas de las personas que caminaban por la acera, de modo que, si éstas se agachaban, los veían a ellos. Senta se rió de Philip cuando él se levantó a cerrar la ventana, pero de todas maneras lo hizo. La lámpara de la pantalla con flecos despedía una tenue luz amarronada que cubrió sus evoluciones amorosas de un misterioso barniz, sus extremidades en movimiento de una capa dorada. Senta poseía un ardor inagotable, una inventiva que ahondaba con el ceño fruncido por la concentración hasta que reía aguda e intensamente. Reía mucho, Philip había empezado a amar su risa. Y amaba también su voz extraordinaria, aguda sin estridencias, suave, pura y fresca.

Se había propuesto levantarse a medianoche y volver a casa, pero manejado y repetidamente acosado por Senta, devorado, mordido, abrazado y aspirado, expulsado con desesperada reticencia, excavado con los dedillos fuertes de un niño y excoriado con una lengua áspera como la de un gato, había gemido, suspirado y dormido. Lo último que le oyó decir antes de que lo venciera un sueño sepulcral fue:

–Philip, no sólo quiero tenerte, quiero *ser* tú.

El domingo por la mañana apareció en su casa a las diez –no se despertó hasta pasadas las nueve– y encontró a Christine y a Cheryl a punto de llamar a la policía.

–Ya estaba pensando lo terrible que sería perder un hijo además de una hija –comentó su madre.

Christine no le preguntó dónde había estado, pero no se abstuvo por tacto ni discreción. Como lo había recuperado, no volvió a pensar dónde había estado ni qué había hecho.

Philip entró en la sala y vio que la postal ya no estaba. ¿Su madre la había quitado porque él había planteado la cuestión o porque había hablado con Fee? En la alfombra, delante de la chimenea, había un capullo rosa pequeño y aplastado. Seguramente había formado parte de las diademas o ramos de las damas de honor, tal vez de los de Senta. Paradójicamente, era imposible pensar en Senta desde una perspectiva sentimental o romántica. No hacía falta una flor que le hubiera pertenecido para recordarla. Philip alzó el capullo y lo olió, pero no le transmitió nada. ¿Qué podía transmitirle? Tenía a Senta y volvería a tenerla esa noche, tenía a la mujer de carne y hueso, la del pelo plateado y deslustrado.

Cheryl entró y le entregó un billete de cinco libras. Se sentía distinto a como era el día anterior, hacía sólo catorce o quince horas; era una persona totalmente cambiada, y los problemas de Cheryl, si es que existían, quedaban muy lejos, no eran de su incumbencia.

–Gracias –dijo con tal tono de preocupación que su hermana lo miró.

Le habría encantado hablarle de Senta. Mejor dicho, le habría encantado hablar de Senta a Fee, si ésta no estuviera de camino a St. Peter Port. De todos modos, Senta le había pedido que no dijera nada.

«Philip, de momento prefiero que nadie sepa lo nuestro. Todavía no. Durante un tiempo será nuestro secreto más sagrado.»

Todo eso había ocurrido hacía una semana. Desde entonces la había visto todos los días. El martes le dijo a Christine que pasaría la noche fuera, al menos ésa y quizá la siguiente, porque Roseberry Lawn quería que participara en un proyecto de Winchester y le habían reservado habitación en un hotel. Por primera vez tomó conciencia de la importancia de tener una madre como Christine. La imprecisión y la ingenuidad que antes lo habían irritado, más aún, lo habían preocupado por lo que podían suponer para el bienestar futuro de Christine, ese evidente desconocimiento de cualquier respuesta convencional ahora se había convertido en un don del cielo.

Senta no tenía teléfono. Había un teléfono en la mesa del pasillo, medio oculto entre la pila de correo comercial, pero casi nunca había en la casa nadie para contestar. Seguramente vivían allí otras personas, pero Philip no las había visto; sin embargo, una noche despertó al oír música de baile por encima de su cabeza y los pasos de unos pies que interpretaban un vals. Volvió a su casa a tomar la cena que Christine le había preparado, sacó a Hardy a dar un paseo y se trasladó en coche hasta Kilburn. Sintió alivio la mañana en que Christine le dijo que pensaba pasar la velada con su amigo, pero que le dejaría la cena servida, si no le importaba. Había conocido a ese amigo en la boda de Fee. ¡Cuántas cosas importantes habían sucedido en la boda de Fee!

Philip le respondió que no se molestara en preparar la cena, que comería en cualquier restaurante. Al salir del trabajo se dirigió directamente a casa de Senta, y por primera vez salieron a cenar. Fue todo un cambio, una aproximación a la realidad. Hasta entonces Philip había aparcado el coche en la calle, entre las ocho y media y las nueve, preocupado porque era un barrio peligroso. Bajaba corriendo la escalera del sótano, con el corazón acelerado. En el hueco de la escalera el olor era más penetrante que en el resto de la casa, pero se difuminaba al franquear la puerta de la vivienda de Senta. Allí el olor húmedo y agrio a putrefacción quedaba encubierto por el perfume del pebetero de incienso, habitualmente encendido. Senta lo esperaba sentada en la ventana o en el suelo, con las piernas cruzadas. En una ocasión lo aguardó reclinada sobre la cama, desnuda, y Philip recordó la foto de una postal que alguien le había enviado a Fee: la *Olimpia* de Manet.

Ir con Senta al restaurante fue una experiencia realmente novedosa. Descubrió que no sólo era vegetariana, sino vegetariana estricta. Por suerte había elegido un restaurante indio. Senta llevaba un extraño y viejo vestido que quizá había sido de su abuela, gris con hilos de plata, sin cinturón aunque saltaba a la vista que debía llevarlo, y con una rosa arrugada de seda gris en la pechera. Su cabellera plateada caía como un velo a juego. Se había pintado los párpados de verde y los labios de morado oscuro. Aunque no supo si ese tipo de vestimenta le gustaba o no, Philip notó que verla con tales galas lo perturbaba y excitaba. En el restaurante indio, un establecimiento barato donde sonaba un casete con música de sitar y el papel de las paredes mostraba hombres con turbante y elefantes, la luz era difusa y Senta parecía una diosa de lo misterioso y lo arcano. De todos modos, le desagradó ver la boca oculta bajo esa capa de grasa morada. Con ciertas vacilaciones, le dijo que su boca era muy hermosa y le pidió que se quitara el carmín. ¿Por qué esperaba una respuesta desafiante? Senta se limpió los labios con un trozo de papel higiénico y dijo con tono humilde:

–Haré lo que me pidas. Lo que a ti te gusta es lo que está bien.

–Háblame de ti –pidió Philip–. Senta, no sé nada de ti salvo que eres actriz... perdón, actor, además de prima de Darren. Reconozco que me cuesta mucho creerlo.

La muchacha esbozó una sonrisa y rió a carcajadas. Podía ser profundamente seria, de una forma que a Philip le habría resultado difícil remedar, y era capaz de reír más libre y alegremente que nadie. Philip se hacía cargo de que tal vez no quisiera que la relacionaran demasiado con la familia Collier, un grupo jovial, regordetes todos ellos, donde los hombres eran fanáticos del deporte y las mujeres adictas al bingo.

–Mi madre era islandesa –explicó–. Mi padre estaba en la marina y la conoció cuando atracaron en Reykiavik.

–Senta, ¿qué significa ese «era»? ¿Es que no vive tu madre? –Senta le había contado que sus padres estaban separados y que ahora ambos tenían una nueva pareja.– Me contaste que tu madre tiene un amigo que no te cae muy bien.

–Mi madre murió cuando nací.

Philip la miró extrañado. Nunca había sabido de nadie que muriera en el sobreparto, salvo en los libros antiguos.

–Fue en Reykiavik, donde nací. Mi padre estaba en alta mar. –Su expresión era recelosa, parecía ligeramente disgustada.– ¿Por qué pones esa cara? ¿En qué estás pensando? Estaban casados, si es que pensabas en eso.

–Senta, no quería...

–Papá me trajo a Inglaterra y poco después se casó con Rita, la mujer a la que considero mi madre. Mi verdadera madre se llamaba Reidun, Reidun Knudsdatter, que significa hija de Canuto. ¿No te parece asombroso? No significa «hijo», sino «hija». Se trata de un antiguo sistema matrilineal.

Aquella noche también le contó que había obtenido una beca para estudiar en la escuela de arte dramático y que había sido la mejor alumna del curso. El segundo año, en vacaciones, había viajado a Marruecos y alquilado durante dos meses una habitación en la Medina de Marrakech. Como allí era difícil ser una mujer occidental sola, había lucido la vestimenta de las musulmanas, el velo que sólo dejaba al descubierto los ojos y la frente y el vestido negro que llegaba hasta el suelo. En otra ocasión había viajado con unos amigos a Ciudad de México y vivido el terremoto. También había estado en la India. Philip sintió que era muy poco lo que podía contarle de sí mismo como compensación de esos relatos de experiencias extraordinarias o exóticas. La muerte del padre, la responsabilidad hacia la madre y las preocupaciones por Cheryl no valían nada.

Cuando regresaron a la habitación del sótano y compartieron la botella de vino que Philip había comprado, le habló de Christine, de Gerard Arnham y de Flora. Hizo un relato minucioso de cuanto ocurrió a partir del momento en que vio a la muchacha de mármol desde la ventana del dormitorio de la casa de la señora Ripple. Senta rió cuando Philip describió cómo había robado la estatua mientras un vecino de Arnham lo veía e incluso le preguntó dónde había ocurrido, cuál era el nombre de la calle y otros detalles, pero tuvo la impresión de que ella no lo escuchó con tanta atención como la que él había puesto anteriormente. Tendida en la enorme cama, parecía preocupada por su imagen en el espejo. Aquella reliquia de algún desaparecido salón antaño elegante –cuyos dorados querubines habían perdido una pierna o un brazo y cuyas abundantes flores se habían quedado sin hojas– la reflejaba brumosamente, como si flotara en una corriente de agua verdosa y turbia, con su cuerpo blanco como el mármol manchado por los defectos del azogue.

Philip llegó enseguida a la conclusión de que si Senta no se concentraba en lo que le estaba diciendo se debía exclusivamente a que su deseo era casi tan ardiente como el de él. No había sido así con las chicas que, en el pasado, cuando su necesidad acuciaba, estaban cansadas, «no tenían ganas», les había venido la regla o se habían enfadado por algo que les había dicho. Los impulsos sexuales de Senta eran tan urgentes como los suyos. Y, bendito alivio con relación a las chicas del pasado, Senta se satisfacía tan rápida y fácilmente como él. Aunque parezca extraño, no estaba obligado a prestar una atención paciente e inagotable a las necesidades de su compañera. Las necesidades de ambos eran intercambiables.

La última noche de la semana, la anterior al regreso de Fee y Darren de su luna de miel, Philip empezó a conocerla a fondo. Aquella velada supuso un descubrimiento trascendental y se sintió muy complacido.

Habían hecho el amor y se separaron rodando sobre la

cama. Philip se sentía agotado y dichoso, y sólo mermaba su contento la puntillosa preocupación que esporádicamente se insinuaba en su mente: ¿cómo abordar el tema y pedirle que cambiara las sábanas? ¿Cómo plantearlo sin ser ofensivo ni crítico? En realidad, era una nadería, pero el olor de las sábanas lo perturbaba.

La plateada cabellera de Senta cubría la almohada. Había recogido en trenza varios mechones. Estaba tendida boca arriba. El vello púbico era de un color llameante y artificial y veía dos veces esa mancha rojo fuego, en su blanco cuerpo y en la imagen reflejada en el espejo, que colgaba formando un gran ángulo, pues la parte superior sobresalía al menos treinta centímetros de la pared. Sin pensar, impulsivamente, le tomó la mano, la posó en el triángulo brillante y velloso y preguntó con tono risueño:

–¿Por qué te tiñes el pelo del pubis?

Senta saltó como un resorte. Apartó la mano que, como había estado relajada y el movimiento fue brusco y repentino, golpeó el pecho de Philip. El rostro de Senta estaba demudado de ira. Tembló de cólera y apretó los puños al tiempo que se arrodillaba sobre él.

–¿Qué es eso de que me tiño? ¡Philip Wardman, vete a la mierda! ¿Cómo cojones te atreves a hablarme en ese tono?

Durante unos segundos, Philip quedó alelado, no podía entender las palabras pronunciadas por esa voz cristalina y musical. Se incorporó, intentó asirle las manos y se agachó para esquivar el puñetazo que Senta le lanzó.

–Senta, Senta, ¿qué te pasa?

–A mí, nada, el problema eres tú. ¿Cómo te atreves a preguntarme si me tiño el vello púbico?

Philip medía casi treinta centímetros más que ella y era mucho más fuerte. Al segundo intento la sujetó por los brazos, la sometió. Senta jadeaba y se retorcía. Su rostro se contorsionó con el esfuerzo de zafarse. Philip se rió de ella.

–¿Así que no te lo tiñes? Eres rubia y no es posible que tengas el pelo del pubis de ese color.

–¡Idiota, lo que me tiño es el pelo de la cabeza! –espetó.

Las risotadas lo obligaron a soltarla. Como esperaba un ataque, se llevó las manos a la cara y simultáneamente pensó que era terrible, estaban discutiendo, ¿qué pasará?, ¿qué pasará? Senta le apartó las manos con delicadeza, le cogió la cara, acercó sus labios cálidos y suaves y lo besó más dulcemente que nunca, acariciándole el rostro y el pecho. Aferró con la otra mano la que había dejado caer para golpearlo con los nudillos y la posó delicadamente en la región de su cuerpo que había provocado la disputa: el vello rojo y la piel fina, blanca y sedosa del interior de sus muslos.

Media hora más tarde Senta se levantó y dijo:

–Estas sábanas huelen mal. Siéntate un momento en la silla y las cambiaré.

Cambió la ropa de cama morada por otro juego verde esmeralda y metió las sábanas sucias en una bolsa de viaje para llevarlas a la lavandería. Philip se dijo que estaban cada vez más próximos, «me ha adivinado el pensamiento, me gusta, la quiero aunque sea irascible y temperamental». Después de medianoche, al dejarla dormida y tapada con el edredón cubierto por la funda de algodón verde y limpia, mientras subía la escalera maloliente y oscura, dudó que fuera cierto que se teñía el pelo de la cabeza. Seguramente se lo había inventado. Lo decoloraba y se ponía algo para darle el tono plateado, era evidente: ¿a qué pelirroja se le ocurriría teñirse de color metálico?

Sintió un escalofrío que muy pronto interpretó como expresión de temor. Le aterraba que Senta le dijera mentiras. Después de todo, era una mentira nimia, algo sin importancia, una cuestión sobre la cual a todas las chicas les cuesta decir la verdad. Recordó que Jenny le había dicho que su bronceado era natural cuando, en realidad, había tomado sesiones diarias de rayos ultravioletas.

Jenny... ¡Hacía tanto que no pensaba en ella! No la había visto ni había oído su voz desde enero, cuando riñeron. Jenny había pretendido que se comprometieran, empezó a machacar con el tema el mes de octubre anterior, durante las vacaciones en Mallorca. No puedo casarme, le había dicho, faltan años para que pueda pensar en casarme. ¿Dónde viviríamos? ¿Con mi madre? Jenny le había dicho que si estuvieran prometidos, sabría que significaba algo para él, sentiría que estaban unidos, que formaban una pareja. Entonces había asomado el verdadero motivo: si sólo se trata de una relación casual, no creo que deba acostarme contigo, no me parece bien si no vamos a por todas.

Lo había presionado para que le hiciera una promesa que primero no pudo y después no quiso hacer. Separarse de Jenny fue mucho más doloroso de lo que esperaba, pero luego pensó que era lo más sensato. Resultaba extraño compararla, mejor dicho, contrastarla con Senta. Mientras conducía de regreso a casa, rió al pensar en Senta pidiéndole que salieran formalmente, que se prometieran. Su idea de la permanencia, del compromiso total, de la exclusividad absoluta, de la unión perfecta e incomparable de dos seres humanos que emprenden la aventura de compartir la vida era algo con lo que Jenny, dado su estilo pusilánime y suburbano, jamás había soñado.

El retorno de Fee y su marido demostró a Philip un hecho sorprendente: sólo hacía quince días que conocía a Senta. Fee y Darren habían estado dos semanas de luna de miel, y el día de la boda Senta era prácticamente una desconocida para Philip, una chica con un ridículo vestido de color naranja que lo miraba desde el otro extremo de una sala atestada, de una manera misteriosa que él, dada su candidez, no supo interpretar.

Desde entonces el trato diario con ella lo había llevado al convencimiento de que, pese a todas las experiencias en sentido contrario, Darren, por el hecho de ser su primo, tenía que ser una persona mucho más interesante e inteligente de lo que suponía. Tal vez fuera normal pensar que ningún hombre era lo bastante bueno para una hermana. Ahora, en compañía de su flamante cuñado, se dio cuenta de que no se había equivocado. Rechoncho y con una buena tripa a los veinticuatro, Darren se desternillaba de risa con una serie de televisión que consideraba imperativo ver y no perderse jamás, aunque no estuviera en su casa. Insistió en verla los dos domingos que estuvieron fuera, comentó Fee con el tono orgulloso de una madre que habla de lo bien que come su niño.

Habían regresado el día anterior e ido a tomar el té con ellos, pese a que la merienda no era una comida habitual en Glenallan Close. Christine había presentado una de sus obras maestras del arte culinario en forma de rodajas de salchichas de jamón y nidos de espaguetis de lata. Después peinaría a Fee y estaba puerilmente contenta porque, para variar, Fee se lo permitiría. Philip pensó que su madre estaba bastante guapa. Sin duda, después de la boda tenía mejor aspecto, parecía más joven y más feliz. No se debía al alivio de haber acabado con el trajín de la boda y de ver casada a Fee, porque una o dos veces había insinuado –nunca iba más allá de una insinuación– que Fee, a su edad, podía esperar aún un par de años para sentar la cabeza. Seguramente se debía al nuevo amigo, al hecho de contar con la compañía de alguien de su edad. Se había pintado los labios de rosa, con el carmín bien aplicado y sin correrse en las comisuras, y había obsequiado a su pelo con un champú de matices dorados que hasta entonces reservaba para las clientas.

Las mujeres se fueron a la cocina. Philip oyó que su madre

felicitaba a Fee por el jersey de color azul marino que llevaba y comentaba que era muy gracioso comprar en Guernesey nada menos que un jersey de Guernesey. La paciente explicación de Fee en el sentido de que esa prenda llevaba el nombre de la isla, del mismo modo que jersey llevaba el de Jersey, dio lugar a chillidos de sorpresa.

Como de costumbre, Cheryl no estaba. Philip quedó a solas con su cuñado. Negada la televisión, Darren habló de deportes internacionales, el nuevo Fiat y los atascos en las carreteras y se explayó acerca del sitio donde habían pasado la luna de miel. Los acantilados de Guernesey eran los más altos que había visto en su vida, sin duda eran los más altos de todas las Islas Británicas, era incapaz de calcular su altura. Y las corrientes del Canal de la Mancha eran muy traidoras. Se preguntó cuántos nadadores habrían encontrado la muerte en esas aguas. Philip, que había visitado el extranjero en varios viajes organizados, pensó que Darren era uno de esos turistas que constantemente preguntan al guía si determinado monumento es antiguo o moderno, cuál es la profundidad de tal río, qué altura alcanza esta montaña, cuántos ladrillos hicieron falta para construir esa catedral y cuántos hombres para pintar el techo.

Darren sacó fotos y, ¡gracias a Dios!, todavía no tenía las diapositivas. Philip deseaba hablar de Senta con Darren. Como las mujeres no estaban, pensó que era el momento oportuno. Claro que no pensaba faltar a la palabra dada a Senta y hacer pública la relación. Hasta cierto punto, sería delicioso hablar de ella al tiempo que ocultaba que era algo más que una simple conocida. Hasta ese momento, Darren no le había dado oportunidad pues hablaba sin cesar, fascinado por su tema preferido. Philip tuvo que esperar. Ya había descubierto los gozos de pronunciar su nombre ante los demás y, de una manera despreocupada e indiferente, había hablado de ella con su madre y con Cheryl.

–Senta, la chica del pelo rubio platinado, una de las damas de honor de Fee... apuesto a que en las fotos sale bien –comentó. Luego añadió con más audacia–: Parece increíble que Senta, esa chica que fue dama de honor de Fee, esté emparentada con Darren.

El padre de Senta era hermano de la madre de Darren. Y costaba trabajo creerlo. No compartían facciones, color de piel, de pelo ni de ojos. Sus tipos eran totalmente distintos y cada uno parecía de una raza diferente a la del otro. El pelo de Darren era amarillento, grueso y áspero, parecido a la paja nueva. Tenía los ojos azules, las facciones marcadas y atractivas, y la piel rubicunda. Algún día la papada color vino colgaría sobre el cuello de su camisa y su nariz se convertiría en una fresa desmesurada. Era un hombre fornido, la sota de la baraja.

Para cubrir el breve silencio que se produjo mientras Darren guardaba las fotos en el sobre amarillo, Philip dijo:

–Conocí a tu prima Senta el día que os casasteis.

Darren alzó la mirada. Se quedó mudo unos segundos, y Philip pensó que lo miraba azorado. Se le ocurrió la disparatada idea, sumada a un amago de pánico, de que Darren negaría que tenía una prima e incluso diría: «¿Quién? Creo que hablas de Jane. Suele decir que se llama así».

Pero Darren no estaba azorado, asombrado, indignado ni nada por el estilo, simplemente se debía a su habitual lentitud de entendederas. Paulatinamente una sonrisa maliciosa cubrió su rostro.

–Te gusta, ¿eh, Phil?

–No la conozco –replicó Philip–. Sólo la he visto una vez. –Se dio cuenta de que acababa de mentir por primera vez a causa de Senta y se preguntó por qué lo había hecho. Siguió hablando:– ¿Sois primos carnales?

Era una pregunta demasiado complicada para Darren, que replicó desconcertado:

–Carnales, en segundo grado, yo qué sé. Sólo estoy enterado de que mi madre es tía suya y su padre es tío mío, lo que nos convierte en primos. ¿No es así? –Volvió a pisar terreno más seguro y conocido.– Venga, Phil, te gusta.

A Darren le bastaba con la mirada de complicidad y la sonrisa afectada, gestos que Philip le prodigó sin demasiado esfuerzo. Darren respondió con un guiño.

–Senta es una tía rara. Deberías ver la casa donde vive, es una auténtica ratonera, un vertedero. Cuando estaban preparando los vestidos y esas cosas, Fee no quiso pisar su casa y no se lo reprocho. Podría vivir perfectamente en Finchley, con tío Tom. Debería hacerse mirar de la cabeza.

Aunque sintió que con cada palabra que pronunciaba se traicionaba a sí mismo, Philip no pudo permanecer callado:

–¿Fee no la conoce bien?

–Pero, ¡hombre!, por eso no te preocupes. La conozco yo. Si lo que quieres es verla, cuenta conmigo.

Darren no perdió más tiempo hablando de Senta y volvió a mencionar Guernesey y su pasión por las alturas, las profundidades, los pesos, las medidas y los extremos de temperatura. Philip lo dejó explayarse y al rato se disculpó. Senta lo esperaba a las nueve. Antes de salir de su casa, tenía que comprobar algo en el piso de arriba. Se le había ocurrido la posibilidad de que Fee entrara en su cuarto después de su partida. Jamás lo había hecho en los años en que vivió en Glenallan Close y tampoco había motivos para que entrara ahora. Pero Phil tuvo una premonición o quizá sólo fuera aprensión. La chica de mármol seguía visible entre el armario y la pared de la ventana.

Eran las nueve menos diez, aún no había anochecido y la luz tenue daba a la piel marmórea un aspecto muy radiante, perlado y humano, como si Flora estuviese viva. Era Senta en cuerpo y alma. ¿Acaso esa mirada sosegada pero brillante hacia horizontes lejanos no le pertenecía exclusivamente? ¿Y esos labios fruncidos, exquisitamente en equilibrio con la nariz recta y delicada? Senta incluso se había peinado igual la vez que salieron, se había recogido los cabellos formando pequeñas ondas en las zonas donde las trenzas los habían rizado. Philip experimentó el súbito deseo –que consideró disparatado y que decidió reprimir en el acto– de besar esa boca de mármol, de apretar sus labios contra esos labios de aspecto tan tierno. Envolvió nuevamente la estatua en un jersey viejo y la metió en el fondo del armario.

Hablar de Senta, ver confirmadas sus afirmaciones –a ese respecto se sentía desleal, pero era así: había dudado y temido–, saborear con los labios su eufónico nombre y oír que otro lo pronunciaba a la ligera desató en él un ardor renovado y aún más impetuoso. Deseaba desesperadamente estar con ella y condujo el coche jadeando, maldiciendo los semáforos en rojo. Bajó corriendo la sucia escalera, con el cuerpo tenso y rígido de deseo, metió torpemente la llave en la cerradura y el perfume del pebetero humeante llegó hasta él cuando abrió la puerta y entró en el reino acre, polvoriento y misterioso de Senta.

6

Bajo el espino, que hacía mucho tiempo había perdido las flores y que sólo era un vulgar árbol verde, había un Cupido con su arco y su carcaj. Philip lo vio borrosamente porque habían quitado los prismáticos del dormitorio. También habían quitado todo lo demás. La señora Ripple había cumplido los requisitos de Roseberry Lawn y extrajo los libros de cocina, la chimenea, los enmaderados añadidos y la moqueta. La estancia se había quedado reducida a un esqueleto.

El Cupido causó gracia a Philip. Sabía que era el dios del amor y se preguntó si Arnham lo había escogido por esa razón o porque le gustaba. El mes anterior se habría ofendido, se habría sulfurado por la presencia de aquel sustituto de Flora. Pero en las semanas transcurridas desde entonces había cambiado mucho. Apenas recordaba por qué había robado a Flora. Ahora Arnham le importaba un bledo, le era indiferente, incluso sentía cierta simpatía por él. Su rabia había desaparecido. Y si ahora se cruzara con Arnham, sería capaz de saludarlo y preguntarle cómo estaba.

Su misión de aquel sábado –considerado por lo regular día libre– había consistido en presentarse en casa de la señora Ripple e inspeccionarla, comprobar que era verdad lo que había dicho por teléfono –no se podía confiar en los clientes– en cuanto a que la habitación estaba preparada. Los trabajadores de Roseberry Lawn se presentarían el lunes. Philip cerró la puerta y bajó. La señora Ripple lo esperaba al pie de la escalera.

–No podré prepararles té.

–No se preocupe, señora Ripple, no esperan que lo haga. –Claro que lo esperaban, pero ¿de qué servía discutir? Tampoco tenía sentido anticiparse a los problemas diciéndole que si a media mañana y a media tarde no les daba de beber algo caliente, los trabajadores se tomarían media hora libre a las once y otros treinta minutos a las tres para bajar a la cafetería.– Ya verá que son muy amables y estoy seguro de que la alegrará saber que limpian todo antes de irse.

–No acepto fumadores ni radios.

–Por supuesto, señora Ripple –replicó Philip, y pensó que la mujer ya se entendería con los obreros. Sabía de sobra quién ganaría esa batalla.

A sus espaldas sonó un portazo. Ahora entendía por qué había grietas en el techo. Se dirigió por el camino hacia el coche, donde Senta lo esperaba.

Era la primera vez que salía con él desde que cenaron en el restaurante indio, velada que no volvió a repetirse. Con excepción de una noche por semana que pasaba a regañadientes en casa, con Christine, Philip había estado con Senta todas las noches. Senta decía que cenar fuera no tenía sentido, y Philip se dio cuenta de que la comida no le importaba demasiado, aunque le encantaban los bombones y el vino. Senta nunca había cocinado para él. A menudo recordaba el comentario de Fee cuando, antes de conocerla, había preguntado por qué Senta no podía coser su vestido. Fee le había respondido que, de conocer a Senta, jamás se le ocurriría hacer semejante pregunta. Pues bien, ahora la conocía y, en efecto, no lo preguntaría. Lo mismo cabía decir de la cocina y de cualquier otra tarea doméstica. Senta le había contado que pasaba la mayoría de las mañanas en la cama, hasta mediodía o más tarde. Su vida al margen de él era un verdadero misterio. Aunque estuviera en casa en las contadas ocasiones en que Philip la telefoneó, no contestaba, a pesar de que él dejaba sonar el timbre veces y veces para darle tiempo a subir la escalera.

Su enclaustrada vida en común, la mitad de cada noche pasada en la cama de Senta, era maravillosa, la experiencia más fantástica de su existencia y, pese a todo, presentía que algo fallaba, que no era *real.* Deberían estar juntos para charlar y hacerse compañía, no sólo por el sexo. Cuando le propuso que lo acompañara a Chigwell, que esperara mientras visitaba la casa de la señora Ripple y que luego almorzaran en cualquier parte, dando tal vez un paseo por el campo, esperó un no por respuesta. Se sorprendió y se alegró cuando Senta aceptó. Se sintió aún más encantado al oírla repetir sus pensamientos y decir que deberían pasar juntos todo el tiempo libre, todo el tiempo que no estuvieran trabajando.

–Senta, tú no trabajas –le dijo en un tono medio burlón.

–Ayer me presenté a una prueba –explicó–. Es para un papel muy interesante en un largometraje. No me lo dieron, lo consiguió Miranda Richardson, pero le gusté al director, que dijo que soy extraordinaria.

–¡Miranda Richardson!

Philip estaba impresionado. El hecho de que consideraran a Senta al mismo tiempo que a Miranda Richardson hablaba muy bien de sus aptitudes profesionales. También había averiguado algunos datos sobre la Real Academia de Artes Escénicas desde que Senta le contó que había estudiado en ese centro. Era *la* escuela de teatro, equivalente a decir que había estudiado en Oxford.

Desde entonces Philip había dudado. Resultaba espantoso pensar así cuando se sentía por alguien lo que él sentía por Senta, pero, a pesar de todo, dudaba desde lo más profundo de su mente. Había empezado a dudar cuando Senta le contó que, para mantenerse en forma y preparada, iba casi todas las tardes a un local de Floral Street a hacer gimnasia y ballet. Allí había conocido a gente famosa de todo tipo, actores, actrices y bailarines. Senta le contó que una tarde ella y un par de amigos tomaron el té con Wayne Sleep.

Philip no se lo tragó. Lisa y llanamente, Senta adornaba la verdad. Con toda probabilidad había paseado por Covent Garden y visto a Wayne Sleep en la acera de enfrente. Era probable que hubiese ido alguna vez al gimnasio y probado la clase de aerobic. Existían personas así, personas para las cuales la verdad era tan desolada y cruda que necesitaban embellecerla. No era lo mismo que mentir, no se podía considerar una mentira. Seguramente Senta le hablaba a sus amigos, quienesquiera que fuesen, de él. Pero estaba convencido de que no decía que Philip era un aprendiz de topógrafo en una empresa que construía cocinas y baños nuevos y que compartía vivienda con su madre en Cricklewood. En el relato de Senta, Philip debía convertirse en un interiorista de Hampstead.

Esos pensamientos le provocaron una sonrisa. Senta se volvió hacia Philip cuando éste subía al coche y le preguntó de qué se reía.

–Me siento feliz. Es grandioso estar así contigo.

A modo de respuesta, Senta se inclinó sinuosamente y rozó su boca con sus labios suaves, cálidos y sonrosados. Philip se preguntó si la señora Ripple estaría vigilándolo desde la ventana.

–Philip, pronto estaremos juntos para siempre –aseguró Senta–. Estoy convencida. Creo que es nuestro karma oculto.

Pocos días antes Senta le había leído el horóscopo y esa misma mañana había dicho que el ocho era el número clave de su nombre. En ese momento se puso a hablar de numerología, le explicó que su número vibraba en relación con Saturno y que representaba la sabiduría, el aprendizaje a través de la experiencia, la estabilidad, la paciencia y la responsabilidad. Philip giró por la calle donde se alzaba la casa de Arnham y se la mostró.

En lugar de prestarle atención, Senta lo miró con expresión de disgusto. Philip se sintió culpable porque lo que ella decía era cierto: no la había escuchado atentamente.

–Los del ocho a menudo os mostráis fríos y poco expresivos con aquellos a los que amáis y en quienes confiáis.

–¿Fríos? ¿Poco expresivos? –preguntó–. Me tomas el pelo, Senta. ¿Es una broma?

–Se debe a que teméis que os consideren débiles. Y lo último que quieren los del ocho es pasar por débiles.

Almorzaron en un bar campestre y olvidaron lo que Senta llamaba los códigos secretos del universo. Después aparcaron el coche en una zona de Essex donde los senderos eran estrechos y había pocos visitantes. Senta lo guió a través de la arboleda e hicieron el amor sobre la hierba.

Philip se preguntó si la amaba, si estaba enamorado de Senta. La primera vez ella le había pedido que no dijera que la quería, que no hablara en esos términos. Estarían siempre juntos, serían uno, por fin se habían encontrado. ¿Estaba enamorado? ¿Sabía realmente qué significaba esa expresión tan trillada y gastada, tan amplia y constantemente utilizada?

Deseo, lujuria si se quiere, pasión, la necesidad absoluta y abrumadora de poseerla y volverla a poseer, todo eso, desde luego, lo sentía. También pensaba en ella continuamente. Senta ocupaba sus pensamientos durante los largos trayectos en coche, en sus visitas a las casas que Roseberry Lawn estaba a punto de transformar, cuando estaba con Roy, cuando cenaba en casa con Christine y Cheryl, incluso en su cama de Glenallan Close, aunque a esas alturas –después de regresar de Kilburn a altas horas de la madrugada– solía estar demasiado cansado para todo lo que no fuera dormir. A veces hablaba con ella en su cabeza. Le contaba sus ideas y temores como si, por algún motivo, no pudiera transmitírselos a la mujer real. Aunque guardaba silencio mientras él hablaba, la Senta real no parecía escucharlo. Y cuando esperaba su respuesta, la mitad de las veces era un comentario sobre el significado místico de los puntos de polaridad o una afirmación extraña en el sentido de que eran almas unidas que no necesitaban palabras para comunicarse.

¿Cómo ser la otra mitad de Senta, su alma gemela, si no estaba seguro de amarla?

A finales de junio, Christine y Cheryl se fueron juntas de vacaciones. En ese momento Philip se alegró, porque, después de reñir con Jenny y cancelar el viaje organizado que habían quedado en hacer a Grecia, no se había comprometido a ir de veraneo con su madre y su hermana. En consecuencia, disponía de dos semanas a solas con Senta.

Hasta cierto punto, fue una pena tener que quedarse en Glenallan Close, pero alguien debía cuidar de Hardy. Philip reconoció para sí que, pese a que iba todas las noches, a que le encantaba ir porque Senta estaba allí y a que anhelaba llegar con un entusiasmo desbordante, jamás se había acostumbrado, nunca había aceptado la casa de Tarsus Street. La mugre y el hedor seguían incomodándolo. Además, esa casa tenía algo de siniestro: nunca se veía a nadie y no se oía ningún sonido salvo, a veces, la música y los pies que bailaban. Realmente debería inquietarse por el hecho de que Senta viviera allí. Si realmente fuera una de esas personas «del ocho», sensatas y responsables –el mero hecho de pensarlo le provocó una sonrisa–, debería preocuparse al pensar que su amiga, su alma gemela como diría ella, residía en esa zona de Londres, en esa casa sórdida. Por la noche, en Tarsus Street había borrachos, pandillas de gamberros que merodeaban en las esquinas y deshechos humanos tendidos en las aceras o agazapados en los portales. ¿Por qué no lo inquietaba? ¿Se debía a que Senta parecía formar parte de ese paisaje –qué idea espantosa–, estar tan integrada en el barrio como ellos?

En una ocasión en que fue a visitarla a las nueve de la noche, mientras aparcaba vio que por la acera se acercaba una chica rara, se deslizaba con un vestido negro que rozaba el suelo y con la cabeza envuelta en una tela de rayas rojas, como si fuera africana. La chica le tocó el brazo mientras se apeaba del coche y le sonrió radiante. Entonces se dio cuenta de que era Senta. Durante un instante de angustia creyó que era una prostituta que se le ofrecía.

Christine y Cheryl se iban a Cornualles. Últimamente Philip no había pensado mucho en Cheryl –¿dónde estaban su sensatez y su responsabilidad?– y ahora se preguntó cómo resolvería su vicio, cualquiera que fuese, mientras estaba con Christine en Newquay. El alcohol o las drogas... bueno, pensó que estaban a su alcance en cualquier parte. Al recordar la experiencia de la sórdida calle con una Senta disfrazada, temió que, después de todo, sus miedos sin expresar estuvieran justificados y que Cheryl se prostituyera para pagarse el vicio. Incómodo, recordó las cinco libras que le había devuelto tan pronto, ya que no habían transcurrido más que una noche y una mañana desde el momento que se las prestó.

Las llevó en coche hasta la estación de Paddington. Christine lucía un vestido de algodón floreado y una rebeca blanca que había tejido durante las largas noches de invierno. Desde lejos los fallos no se notaban. Philip le había dicho que estaba muy guapa y realmente era casi risible el contraste entre ella y

Cheryl, que vestía tejanos, una camiseta de Mickey Mouse y la cazadora negra. Cheryl ya no parecía joven, una muchacha, ni siquiera muy humana. Su cutis estaba tenso y áspero y su mirada reflejaba amargura. Se había cortado el pelo casi hasta la coronilla.

–Te lo has cortado al cepillo –se limitó a comentar Christine.

–No sé qué quieres decir con eso. Se llama cabeza de ante.

–Supongo que, si te gusta, está bien... –Era lo máximo que Christine decía a modo de crítica.

Las dejó con las maletas en la rampa pues era imposible encontrar un sitio donde aparcar y a su regreso a Cricklewood pensó qué sería de su hermana. Cheryl no tenía estudios, no tenía trabajo ni perspectivas de conseguirlo, no tenía novio ni ningún tipo de amigo y parecía enganchada a un hábito cuya naturaleza Philip temía conocer. Como siempre ocurría en los últimos tiempos, pronto descartó esas ideas y se puso a pensar en Senta. En cuanto hubiera llevado a pasear a Hardy, partiría hacia Kilburn y pasaría el resto del día con ella. Quería convencerla de que lo acompañara a Glenallan Close y se quedara allí aquella noche.

Para variar, y con todo merecimiento, Hardy dio un buen paseo. En los últimos tiempos el pobre perro había tenido que soportar rápidas vueltas a la manzana. Philip lo llevó en coche a Hampstead Heath y lo pascó por el bosque que se extiende entre Spaniards Road y Vale of Health, en dirección a Highgate. Aquel junio estaba siendo frío, seco y gris. El intenso verde de la hierba y el tono más oscuro y vivo del follaje eran sedantes, extrañamente balsámicos. El perrito corrió unos metros delante de Philip, deteniéndose de vez en cuando y hundiendo el morro en las madrigueras con entusiasmo. Philip pensó en Senta, en su cuerpo blanco como el mármol, los grandes senos, los pezones que no eran marrones ni sonrosados sino del rosa perla más pálido que quepa imaginar, en el triángulo de color bronce rojizo bajo el vientre, como un ramillete de flores llameantes...

Trasladó su mente y su creación de imágenes al rostro de Senta, con los ojos paganos de Flora. La trasladó a su voz y a sus palabras. En ese momento podía pensar con ternura en las ridículas mentirijillas que le había contado, por ejemplo, que se había teñido el pelo, que se había sometido a una prueba para cierta película y que había conocido a Wayne Sleep. Probablemente también se había inventado que su madre era islandesa y que murió de sobreparto. ¿Acaso Fee no había comentado que la madre de Senta tenía un amante joven? ¡Y eso que había muerto de sobreparto!

La verdad es que Senta fantaseaba. ¿Qué importaba? Algunas cosas que le contó las inventó para impresionarlo, lo cual era muy halagüeño. El hecho de que una muchacha como ella quisiera impresionarlo era todo un detalle. Alguna vez había leído que las fantasías sustentaban a las personas cuyas vidas eran vacías, para las cuales la realidad se volvía insuficiente. Cuando sus pensamientos discurrían por estos derroteros, se sentía protector y tiernamente cariñoso. Si la veía desde esa perspectiva, indudablemente la amaba.

Después de llegar a estas conclusiones de forma tan equilibrada, Philip se sintió satisfecho de sí mismo. Hasta le pareció que podía haber algo de verdad en la historia de la numerología, pues quizá era realmente del tipo de personas que aprendía a través de la experiencia y adquiría así sabiduría. No le habría gustado que le tomaran el pelo demasiado tiempo con tales fantaseos pero, dada la situación, no se sentía embaucado ni desilusionado, lo cual estaba muy bien. Senta no le mentía y, para ser justos, tal vez tampoco pretendía engatusarlo, sino mostrarse ante él más encantadora y atractiva de lo que realmente era. Decidió que era imposible que Senta fuera *más* atractiva, y en cuanto al encanto... como más le gustaba recordarla era como la chiquilla de naturaleza dulce y amorosa que se escondía por debajo de toda esa hojarasca, la amante apasionada que al mismo tiempo era una mujer corriente con las dudas e incertidumbres de toda mujer corriente.

Durante el trayecto a Tarsus Street compró comida china. Si Senta no quería probarla, allá ella, estaba decidido a darse un festín. Compró galletas, fruta, dos botellas de vino y una caja enorme de bombones Terry's Moonlight. Senta no le salía tan cara como Jenny, porque casi nunca comían fuera, y le encantaba derrochar cada vez que le compraba algo.

Frente a la puerta de la casa de Senta, un viejo vestido con lo que parecía un impermeable de mujer, atado a la cintura con una cuerda, revolvía en una de las bolsas de plástico apiladas en la acera. Pese a que los letreros colgados de los postes de las farolas advertían que arrojar basura en la calle constituía una agresión al medio ambiente, la gente de ese barrio acumulaba las bolsas de basura en montículos malolientes, junto a las barandillas rotas. El viejo había recuperado media barra de pan cortado y envuelto en celofán; volvió a meter la mano, quizá en busca de un trozo de queso mohoso o de los restos de un asado. Philip lo vio manipular los huesos rojos y pegajosos de lo que antes había sido un ala de pollo Tandoori. Los alimentos de lujo que llevaba lograron que el viejo lo hiciera sentir peor que de costumbre. Sacó del bolsillo una moneda de una libra y se la ofreció.

–Muchísimas gracias, jefe, que Dios lo bendiga.

La posesión de la moneda no le impidió seguir excavando en el montón de bolsas de basura. ¿Tendría que haberle dado cinco libras? Philip subió corriendo los escalones y entró en la casa. Como de costumbre, estaba silenciosa y sucia. La noche anterior había llovido torrencialmente y era evidente que alguien había cruzado el suelo embaldosado rumbo a la escalera con los zapatos mojados, ya que el profundo grabado de las suelas había trazado un dibujo en el polvo.

El olor a sándalo era intenso. Lo percibió en la escalera del sótano, donde luchaba con el hedor agrio, permanente y penetrante del hueco oscuro. Senta lo aguardaba junto a la puerta. A veces –por ejemplo, ese día– se ponía un viejo kimono de desteñidos tonos azules y rosas, en cuya espalda había bordado un pájaro de color rosa con la cola larga y curva. Se había recogido el pelo sobre la coronilla, sujetándolo con una peineta de plata. Lo recibió con los brazos abiertos, lo estrechó en un abrazo sensual, lento, suave y eterno, le besó los labios ligera y delicadamente y luego capturó su boca en un beso profundo, largo y voraz.

Los postigos originales seguían adosados al marco de la ventana y Senta los había cerrado. Quedaban excluidos el sol acuoso y la luz inquietante de ese día de junio. Había encendido la lámpara, con la pantalla torcida, para iluminar de amarillo la cama, tan revuelta que tuvo la sensación de que Senta acababa de levantarse. Junto al pebetero de sándalo que humeaba en un plato ardía también una vela. Toda la habitación se reflejaba en el espejo, púrpura y dorada en tonos escarchados y polvorientos, y podría haber sido medianoche, cualquier hora. El tráfico retumbaba en la calle y a veces llegaba el taconeo de una mujer en la acera, el traqueteo de un cochecito de bebé o de las ruedas de una bicicleta.

Descorchó la botella de vino. Senta no quiso comer, no estaba dispuesta a probar la carne. Permaneció en la cama, sentada con las piernas cruzadas, escogiendo de la caja de bombones los que más le gustaban y bebiendo vino en una de las dos copas de opaco cristal verde botella que tenía. Philip no era bebedor de vino. No le gustaba el sabor ni el efecto posterior, pues hacía que le diera vueltas la cabeza y le dejaba un regusto agrio en la boca. Con excepción de un bitter de vez en cuando, consideraba bastante desagradable cualquier bebida alcohólica. A Senta le gustaba compartir el vino con él, y Philip se percató de que ella se habría sentido culpable si hubiese bebido sola. De todas maneras, era fácil gracias a la copa de color. No había forma de saber si contenía vino o agua. Y si servirse un trago resultaba ineludible, casi siempre se las ingeniaba para verterlo en la maceta que contenía la única planta de interior de la casa, una especie de aspidistra imperecedera. Después de haber sobrevivido mucho tiempo a la oscuridad, la sequía y el abandono, la planta empezaba a reverdecer con el nuevo régimen de riego.

Senta accedió a cenar fuera aunque, como de costumbre, no parecía muy entusiasmada con la idea de abandonar su cuarto. Eran casi las diez cuando regresaron a Tarsus Street. En lugar de ir en coche al restaurante italiano de Fernhead Road, caminaron cogidos de la cintura. Durante el regreso, Senta se mostró muy cariñosa y en varias ocasiones hizo un alto para abrazarlo y besarlo. Philip notó el apremio de su deseo, como si fueran rayos, vibraciones temblorosas. En el pasado a menudo había visto en la calle parejas abrazadas, en apariencia ignorantes del mundo que las rodeaba, concentradas sólo en sí mismas, besándose, acariciándose, recreándose mutuamente con una intensa exclusividad. Jamás había hecho algo semejante y a veces había experimentado una especie de pudibunda desaprobación. Descubrió que era una parte voluntaria y ardorosa de una de esas parejas y que lo regocijaba el placer de besarse en la vía pública, bajo la farola, al anochecer, junto a un muro, en un portal sombrío.

Al llegar al cuarto del sótano, Senta no podía esperar más. Estaba ávida de Philip y de amor, el sudor brillaba sobre su labio superior y en su frente, y su piel marmórea lucía un rubor febril. Cuando se reunieron en la cama, Senta se mostró más tierna y generosa que nunca, cediendo en lugar de abrumar, dando en lugar de recibir. Todos sus movimientos parecían consagrados al placer de Philip; sus manos, sus labios y su lengua eran para él, retuvo y demoró su propio goce hasta que él eyaculó. Sobre Philip y la habitación estalló una lenta marejada de alegría, se superpuso en olas minúsculas y tiernas, creció, rompió cual torres que caen e hizo que el espejo temblara y se moviera el suelo. Gimió de exaltación y ese gemido se convirtió en grito triunfal mientras Senta lo abrazaba, lo apretaba, ondulaba deprisa y le extraía, por fin, su propio triunfo.

Philip pensó que la próxima vez le daría lo que Senta le había dado, ante todo estaría ella, le haría desde la plenitud de su felicidad lo mismo que ella había hecho por él. No podía imaginar que poco después destruiría esa posibilidad con un gesto nimio, una palabra desatinada.

Las puntas plateadas del pelo de Senta se extendían sobre la almohada, junto a la cara de Philip. La cabellera resplandecía como largos y frágiles fragmentos de cristal. El rostro de la muchacha había perdido el rubor y volvía a ser blanco, puro, terso, con la piel tan suave como el interior de un pétalo ebúrneo y ceroso. Sus ojos abiertos eran cristales y esa verde fluidez los teñía como las algas al agua. Philip le pasó los dedos por el cabello, sujetó sus trenzas, sintió la aspereza saludable y resistente de los mechones.

Philip había encendido la lámpara y girado la pantalla para que la luz iluminara sus rostros, sus ojos cargados de pasión. Ahora la luz destacaba la coronilla de Senta. Miró con atención, alzó un mechón plateado y brillante y exclamó sin pensar en lo que decía:

–¡Tienes rojas las raíces del pelo!

–Claro, ya te dije que me lo decoloraba. Mejor dicho, me lo hago teñir. –Su tono no era colérico, sino ligeramente impaciente.– Tengo que volver a teñirme. Debí hacerlo la semana pasada.

–¿De verdad te lo decoloras? ¿Te lo tiñes para conseguir ese color plateado?

–Ya te lo había contado, Philip. ¿No te acuerdas?

Philip rió relajado, satisfecho, feliz. Meneó la cabeza y volvió a reír.

–No te creí, sinceramente no creí una sola palabra de lo que me dijiste.

A continuación todo ocurrió muy rápido.

Senta dio un salto. Se puso a gatas sobre la cama. Parecía un animal, con los labios tirantes y el pelo suelto. Sólo le faltaba menear una larga cola de felino. Había abierto desmesuradamente los ojos, que le brillaban, y de sus labios apretados se escapaba un siseo. Philip se había incorporado y apartado.

–¿Qué te pasa?

Senta replicó con otra voz: baja, ronca y cargada de ira.

–¡No confías en mí! ¡No me crees!

–Senta...

–No confías en mí. ¿Cómo quieres que seamos uno, que estemos unidos y seamos una sola alma si no me tienes confianza? No tienes fe en mí. –Alzó la voz, que se convirtió en una sirena ululante.– ¡Te he entregado mi alma, te he contado los secretos más profundos de mi ser, te he revelado la totalidad de mi espíritu y tú... te has cagado en todo, lo has jodido, me has aniquilado!

Se arrojó sobre Philip, lanzando puñetazos a diestro y siniestro, apuntando a su cara y a sus ojos. Pero Philip era hombre, le llevaba treinta centímetros de ventaja y pesaba casi el doble. Con todo, le costó trabajo dominarla. Senta se retorció, se agitó de un lado a otro, siseó y se volvió con la intención de morderle la mano. Philip notó que unos dientes afilados rasgaban su piel y que manaba sangre. Se sorprendió de que estuviera tan en forma. Su fuerza era puro nervio, como un cable eléctrico. Y como éste, cuando la corriente se desconectó, se apagó bruscamente.

Senta se debilitó y cayó como algo que agoniza, como un animal al que le han retorcido el pescuezo. Al temblar y ceder, se puso a llorar, grandes sollozos la atravesaron y salieron rugiendo de su interior, jadeando después como un asmático y sollozando de nuevo con vehemente aflicción. Philip la abrazó, terriblemente angustiado.

7

No podía dejarla. Tuvo que pasar la noche con ella. Quedaba un poco de vino y se lo sirvió en una de las copas verdes. Senta apenas habló, se limitó a llorar y abrazarlo. Lo sorprendió al quedarse instantáneamente dormida después de beber el vino y de taparse con el edredón.

Philip tardó en conciliar el sueño. Permaneció despierto y oyó los pies que comenzaron a bailar sobre su cabeza. Un dos tres, un dos tres, la música vibraba, parecía *El vals de Tennessee*, una melodía... ¿de Lehar? Rara vez conocía los nombres aunque Christine tenía los discos. Por la noche siempre hacía frío en el cuarto. Era verano y antes, cuando estuvieron en la calle, había tenido la sensación de que hacía una noche cálida y bochornosa, pero allí dentro las paredes destilaban un frío húmedo. Claro que estaba en el subsuelo. Poco después se levantó, abrió los postigos y la ventana. Cuando el pebetero se apagaba, volvía a dominar el olor acre de la casa.

Como sus rostros y sus cuerpos enroscados, sus figuras bajo el arrugado y desigual edredón morado se reflejaban en la penumbra del espejo, éste no parecía lo que era sino un viejo óleo manchado y oscuro. Sobre sus cabezas danzaban los pies, un dos tres, un dos tres, pim-pam-pum, pim-pam-pum, desde la pared de la ventana, cruzando el suelo, hacían temblar el espejo, llegaban hasta la puerta y volvían a la ventana. Finalmente, el ritmo de los pies y la música lo durmieron.

Por la mañana tuvo que ir a su casa a atender al perro. Por la mañana todo se veía desde otra perspectiva. A través de la ventana había entrado algo de aire fresco, tal vez el aroma verde y ligero de alguno de los jardines traseros que no estaban repletos de coches desmontados y escombros. Philip preparó café instantáneo, pan con mantequilla y zumo de naranja. Senta estaba hosca y callada. Tenía los ojos hinchados. Philip sospechaba que tenía a la funerala el ojo que había recibido un puñetazo, y el espejo empañado y con manchas le devolvió la imagen de un blanco del ojo inyectado en sangre y el inicio de una moradura azul. Tenía la muñeca tumefacta a causa del mordisco y las marcas de los dientes estaban amoratadas.

–Volveré en un par de horas.

–¿Estás seguro de que quieres volver?

–Senta, claro que quiero. Tú sabes bien que quiero volver. Lamento haber dicho que no te creía. Fue una estúpida falta de delicadeza.

–No fue una falta de delicadeza. Me demostró que no me comprendes. No te sientes uno conmigo. Te he buscado toda la vida y cuando te encontré supe que eras mi karma. Pero para ti no es lo mismo, para ti sólo soy una amiguita más.

–Te demostraré lo contrario aunque me lleve todo el día. ¿Por qué no vienes conmigo? Sería lo mejor. Así no pasaríamos todo el día en este cuarto. Acompáñame.

No quiso. Resentido, mientras subía la escalera Philip pensó que la parte perjudicada no era Senta, sino él. Mientras le empastaba una muela, el dentista le había comentado que el mordisco humano es más peligroso que el de un animal. Era ridículo, ese mordisco no le produciría ningún daño. Simplemente se preguntó cómo ocultarlo hasta que se curara.

Hardy dio su paseo y, como Philip se sentía culpable, recibió más comida de la estrictamente adecuada para un perro de su tamaño. Philip se bañó, se cubrió el mordisco con un esparadrapo y se lo quitó. Si lo veía vendado, Senta pensaría que le daba más importancia de la que tenía o que intentaba llamar la atención sobre el mordisco. Además, no podía taparse el ojo con esparadrapo. Por la mañana, Roy no se abstendría de hacer algún comentario, pero ahora Philip no estaba en condiciones de pensar en ello.

Pensó en comprar más vino. Tal vez a Senta le gustara pero, por otro lado, si no llevaba nada tendrían un buen pretexto para salir. Hacía un día maravilloso, no había una sola nube y el sol calentaba. Pensó con desolación en la perspectiva de pasar todo el día en el cuarto del sótano. Por primera vez desde que se conocieron no sintió deseos por Senta, pensó en ella sin que la imagen estuviera acompañada de la necesidad de hacer el amor. Quizá fuera lógico después de los excesos del día anterior.

Al llegar a casa de Senta, Philip hizo un alto antes de subir los escalones y miró hacia la ventana del sótano. Senta había cerrado nuevamente los postigos. Entró y bajó la escalera del sótano. Ese día no humeaba un pebetero en la habitación. Senta había vuelto a acostarse y dormía profundamente. Philip se sintió decepcionado e impaciente. Si lo hubiera sabido, se habría quedado un rato más en su casa, se habría dedicado a alguna «actividad dominical», jugado al tenis con Geoff y Ted –como solían hacer algunos domingos– o ido a nadar a Swiss Cottage. O, por lo menos, tendría que haber comprado el diario.

Se sentó en la única silla del cuarto y contempló a Senta. Paulatinamente la ternura y una especie de compasión provocaron el deseo de tocarla. Se desnudó y se tendió a su lado, rodeando con el brazo el cuerpo enroscado de la muchacha.

Senta despertó pasada la una. Se vistieron y fueron a una bodega. Senta estaba tranquila y silenciosa, preocupada por algo, y no prestaba atención a lo que Philip decía. Aunque el deseo de poseerla seguía en suspenso, Philip tuvo la impresión de que había aumentado el goce de estar con ella. No dejaba de pensar, con sorpresa, que hubo un tiempo en que no la había considerado hermosa. Mientras estuvieron fuera, no se cruzaron con ninguna otra mujer que se le pudiera comparar. Llevaba el vestido gris plateado con la rosa marchita en la pechera y unos tacones plateados que repentinamente la convirtieron en una mujer alta. Llevaba el pelo recogido detrás de las orejas, de las que colgaban largos pendientes en forma de gotas de cristal como las de las arañas de luces. Los hombres se volvían para mirar disimuladamente sus piernas blancas y desnudas, su cintura de avispa y sus grandes pechos, a los que se adhería la tela del vestido. Philip se sintió orgulloso y, sin saber por qué, extrañamente nervioso de estar con Senta.

Durante el regreso, ella habló de las extrañas cuestiones ocultistas y astrológicas que le interesaban, de armonía y frecuencias vibratorias polifacéticas, de la bella sincronía del universo y de los patrones discordantes. Más que a lo que decía, Philip prestaba atención al sonido de su voz. Seguramente había aprendido a hablar con ese acento y con ese timbre, con esa voz que parecía el canto de una soprano, en la escuela de teatro. Entonces recordó que no podía confiar realmente en que Senta hubiese estado en la escuela de teatro. ¡Qué difícil era todo, cuánto se complicaba si uno no sabía en qué creer!

Cuando entraron en la casa, sintió miedo por el modo en que pasarían el resto del día. ¿Era posible comportarse naturalmente con ella, sentarse, estar juntos y hacer cosas, no el amor, como habían hecho, por ejemplo, sus padres? Senta querría hacer el amor y, atemorizado, Philip intuyó que tal vez fuera incapaz. Casi sintió alivio cuando Senta tomó asiento en la cama, le señaló la vieja silla de mimbre y le dijo que quería hablar, que tenía algo que comunicarle.

–Philip, ¿qué significo para ti?

–Todo –replicó sencilla y verazmente.

–Te quiero –añadió Senta.

Lo dijo con tanta sencillez y afabilidad, con tanta naturalidad e inocencia que a Philip le llegó al corazón. Senta le había pedido que no lo dijera, había dicho que ella tampoco lo diría, de modo que Philip supo que había llegado el momento en que decirlo estaba bien. Se inclinó hacia Senta y extendió los brazos. La muchacha negó con la cabeza y pareció otear más allá de Philip con la mirada de Flora. Le rozó la mano y pasó suavemente el dedo por la muñeca mordida.

–Te pedí que no lo dijéramos hasta que estuviéramos seguros. Y yo ahora estoy segura. Te quiero. Eres mi otra mitad, hasta que te encontré estaba incompleta. Lamento haberte hecho daño anoche, estaba loca de dolor, te pegué y te mordí porque era un modo de aliviar mi pena, mi desdicha. ¿Lo entiendes, Philip?

–Sí, lo entiendo.

–¿Y me quieres como yo te quiero?

Parecía una ocasión solemne que exigía profundidad y una intensa seriedad. Respondió con tono firme y decidido, como si hiciera una promesa:

–Te quiero, Senta.

–Ojalá bastara con decirlo, Philip, pero no es suficiente. Tienes que demostrar tu amor por mí y yo debo demostrar el mío hacia ti. Esta mañana, mientras estabas fuera, no he pensado en otra cosa. Me quedé en la cama, pensando que cada uno ha de hacer algo trascendental para demostrar nuestro mutuo amor.

–Así es –confirmó Philip–. Y lo haré. ¿Qué quieres que haga?

Senta guardó silencio. Sus ojos verdosos y cristalinos habían abandonado el horizonte lejano y estaban fijos en los de Philip. «No será como la propuesta de comprometernos de

Jenny», pensó Philip, «no es el estilo de Senta. Tampoco me pedirá que le compre algo.» Horrorizado, abrigó la esperanza de que Senta no le pidiese que se cortara la vena para mezclar sus sangres. Eso sí que estaría en su línea, y él lo haría, pero a disgusto.

–Estoy convencida de que la vida es una gran aventura –añadió Senta–. Sé que coincides conmigo, porque nuestras opiniones en este sentido son afines. La vida es terrible, bella y trágica y la mayoría de las personas la vuelven vulgar. Cuando hacemos el amor alcanzamos un instante de mayor conciencia, un instante en que todo se ve claro y brillante, la intensidad de los sentimientos es tal que parece que lo experimentamos todo de nuevo, como si fuera perfecto. Pues debería ser así todo el tiempo, y podemos desarrollar la capacidad de vivir así, no mediante el vino o las drogas, sino viviendo hasta el límite de nuestra conciencia, viviendo cada día con todas las fibras de nuestra conciencia.

Philip asintió. Senta había dicho algo por el estilo cuando regresaban a su habitación. Y lo más terrible era que empezaba a vencerle la modorra. Había almorzado copiosamente y bebido medio litro de cerveza. Lo que más le habría gustado era tenderse en la cama con ella y abrazarla hasta quedar dormidos. Al decirle que lo amaba le había dado felicidad, y con esa certeza había recuperado un deseo soñoliento, esa lascivia moderada que puede postergarse afablemente hasta que el cuerpo descansa y se encuentra tibio y relajado. Philip sonrió a Senta e intentó tomarle la mano.

Senta apartó la mano y lo señaló con el índice.

–Algunos afirman que, para vivir plenamente, tienes que haber hecho cuatro cosas. ¿Sabes a qué me refiero? Te las diré: plantar un árbol, escribir un poema, hacer el amor con otra persona de tu mismo sexo y matar a alguien.

–Las dos primeras..., mejor dicho, las tres primeras no tienen nada en común con la última.

–Por favor, Philip, no te burles de mí. Te ríes demasiado. Hay cosas que no tienen gracia.

–No me burlo. Supongo que jamás haré ninguna de las cosas que has dicho y espero que eso no signifique que no he vivido. –La miró y gozó profundamente con su rostro, sus ojos grandes y límpidos, la boca que nunca se cansaba de mirar.– Senta, cuando estoy contigo pienso que vivo a tope.

Era una invitación al amor, pero Senta la dejó pasar. Dijo con voz queda y una profunda concentración dramática:

–Demostraré que te quiero matando a alguien por ti, y tú tendrás que matar a alguien por mí.

Por primera vez desde que habían regresado al cuarto reparó en la falta de ventilación, en el olor asfixiante y fétido de la cama y en la bolsa rebosante de ropa sucia. Philip se levantó para abrir los postigos y la ventana. Con las manos sobre la hoja móvil de la ventana de guillotina y respirando el poco aire fresco que llegaba de Tarsus Street, le habló a Senta por encima del hombro:

–Claro, por supuesto. ¿Ya has pensado en alguien?

–No ha de ser alguien concreto. De hecho, preferiría que fuese un ser anónimo. Alguien que deambule de noche por la calle. Aquella misma. –Señaló por la ventana a alguien que estaba en la calle, una vieja que acarreaba un montón de bolsas y que se había sentado en la acera, de espaldas a la barandilla, por encima del patio del sótano.– Alguien como esa mujer, cualquiera. No importa quién, sino hacerlo, cometer este acto terrible que te pone al margen de la sociedad corriente.

–Comprendo.

La espalda de la vieja parecía un saco de harapos que alguien había dejado en la calle para que lo recogieran los basureros. Resultaba difícil entender que en el interior había un ser humano, una persona con sentimientos, alguien capaz de sufrir penas y alegrías. Philip dio lentamente la espalda a la ventana pero no se sentó, se apoyó en el marco manchado y roto del espejo. El rostro de Senta mostraba una expresión intensa, vacía y concentrada al mismo tiempo. Philip pensó que hablaba como un actor –un actor con poco talento– que ha aprendido de memoria el papel para una obra.

–Yo sabría lo que has hecho por mí y tú sabrías lo que he hecho por ti, pero no se enteraría nadie más. Compartiríamos esos terribles secretos. Así sabríamos realmente que cada uno significa para el otro más que el resto del mundo, lo sabríamos si tú lo hicieras por mí y yo lo hiciera por ti.

–Senta, sé que no hablas en serio –intervino Philip e hizo esfuerzos por no perder la paciencia–. Sé que todo eso sólo son fantasías. Quizá creas que me engañas, pero no es así.

El rostro de Senta se demudó. Paseó la mirada por el cuarto y volvió a clavarla en sus ojos. Preguntó con tono frío, pero cauteloso:

–¿Qué es todo eso?

–No tiene importancia. Yo lo sé y tú lo sabes.

–Yo no lo sé. ¿Qué significa?

Philip no quería explayarse, no buscaba una confrontación, pero tal vez no hubiera otra opción.

–Si no hay más remedio. Me refiero a tu madre, a tus viajes a todos esos lugares del extranjero y a tus audiciones para un papel en compañía de Miranda Richardson. Sé que son fantasías. No quería decirlo, pero ¿qué otra cosa puedo hacer si me hablas de matar a alguien para demostrar nuestro mutuo amor?

Mientras hablaba, Philip se preparaba para repeler una agresión como la de la noche anterior. Pero Senta estaba tranquila, como una estatua, con las manos cruzadas y los ojos fijos en ellas en actitud hierática. Lo miró a la cara.

–Philip, ¿no crees lo que te he dicho?

–¿Cómo quieres que te crea cuando dices esas cosas? Sólo creo algunas.

–Vale. ¿Qué es lo que no crees?

No le respondió directamente.

–Oye, Senta, *no me molesta* que tengas fantasías, mucha gente se las hace, es una forma de volver más interesante la vida. No me molesta que inventes cosas sobre tu familia y tus papeles en el teatro, pero cuando hablas de matar a una persona... es horroroso, inútil y una pérdida de tiempo. Es fin de semana, domingo, podríamos pasarlo en grande yendo a alguna parte, hace un día maravilloso, y nosotros aquí, en este..., bueno, francamente, en este agujero inmundo, y tú me hablas de matar a esa pobre vieja que está sentada en la acera.

Sombría y grave, Senta se convirtió en la musa de la tragedia. Parecía que le estaba transmitiendo terribles noticias sobre su familia o contándole que habían muerto todos sus seres queridos.

–Hablo total y absolutamente en serio –afirmó.

Philip notó que se le demudaba el rostro, entrecerraba los ojos y fruncía el ceño en un gran esfuerzo por comprenderla.

–*No* puede ser.

–¿Dices en serio que me amas, que eres capaz de hacer cualquier cosa por mí?

–Dentro de lo razonable, sí –respondió enfurruñado.

–¡Dentro de lo razonable! ¡Esa expresión me saca de quicio! ¿No te das cuenta de que nuestro amor no ha de someterse a la razón, ha de estar por encima de la razón? Y para demostrarlo tenemos que llevar a cabo aquello que está fuera de la ley y más allá de la razón.

–Hablas realmente en serio –confirmó Philip, con amargura–. O crees hacerlo, lo cual, en tu estado actual, se reduce a lo mismo.

–Estoy dispuesta a matar a alguien para demostrarte mi amor y tú debes hacer lo mismo.

–Estás loca, Senta, completamente loca.

La voz de la muchacha sonó fría y distante:

–No vuelvas a repetirlo jamás.

–No lo diré, francamente no lo pienso. Por Dios, Senta, *por favor*, hablemos de otra cosa. Hagamos algo. ¿No podemos olvidar esta situación? Ni siquiera sé cómo hemos caído en esto.

Senta se levantó y se acercó a él. Humillado, Philip se dio cuenta de que se protegía el rostro.

–No te haré daño –aseguró Senta, con desdén. Lo sujetó de los brazos con sus manos pequeñas, sus manos de niña. Lo miró a la cara. Los tacones la elevaban tanto que apenas tuvo que alzar la cabeza–. Dime, Philip, ¿te niegas a hacerlo?

–Por descontado. Tal vez no lo sepas, aún no me conoces hasta ese punto, pero detesto la idea de matar y, si a eso vamos, todo tipo de violencia. No es que me dé asco, *me fastidia*. Ni puedo ni quiero ver una película violenta por la tele, no me interesa. Dices que quieres que mate a alguien. ¿Crees que soy un criminal?

–Te tenía por la otra mitad de nuestras almas unidas.

–¡Déjate de chorradas! Todo eso es una mierda, estoy hasta los cojones de almas, karmas, destinos y demás gilipolleces. ¿Por qué no creces de una vez y vives en el mundo real? Y después hablas de vivir... ¿Te parece vida encerrarte en este agujero mugriento y dormir la mitad del día? ¿Es vida montarse historias para convencer a los demás de lo inteligente y sorprendente que eres? Pensaba que lo había oído todo, tus visitas a México, la India y dondequiera que hayas estado, tu madre islandesa y el holandés errante; pero ahora me dices que debo matar a un pobre y desgraciado vagabundo para demostrar que te quiero.

Senta lanzó un bufido gatuno y lo empujó con las dos manos, con tanta vehemencia que Philip se tambaleó. Se sujetó al borde del marco dorado y durante un segundo pensó que el enorme espejo, que se balanceaba peligrosamente, se haría añicos contra el suelo. Sólo pendía de la cadena que lo sujetaba a la pared y dejó de balancearse cuando Philip se apoyó en él y lo agarró con ambas manos. Al volverse, vio que Senta se había arrojado sobre la cama, boca abajo, y que extrañas convulsiones espasmódicas sacudían su cuerpo. Cuando intentó tocarla, Senta se dio la vuelta, se incorporó y se puso a gritar. El sonido era espantoso, aparentemente mecánico, chillidos agudos y entrecortados que escapaban de su boca abierta, cuyos labios estaban rígidos como en una mueca de tigresa.

Philip hizo lo que había oído y leído que había que hacer: la abofeteó. Su gesto ejerció un efecto silenciador instantáneo. Senta palideció como el papel, se atragantó, jadeó y se cubrió las mejillas con las manos. Todo el cuerpo le temblaba. Después de unos segundos entreabrió los dedos y susurró:

–Tráeme agua.

Su voz sonaba débil y entrecortada, como si estuviera enferma. Philip estaba preocupado. Salió del cuarto, recorrió el pasillo que daba a las otras habitaciones del sótano, pasó por delante del retrete y entró en el baño, ruina y reliquia que había conocido mejores tiempos. El único grifo, de bronce, envuelto en harapos, asomaba sobre la bañera, en la pared verde y cubierta de moho. Llenó un vaso de agua, bebió y volvió a llenarlo. El agua tenía un desagradable regusto metálico. Regresó al cuarto. Senta estaba sentada en la cama, envuelta en el edredón morado como si fuera un día invernal. Por detrás y encima de ella, al otro lado de la ventana, aún se veía la espalda de la vieja, que se había cubierto con una chaqueta de color caqui. No dio señales de haber oído los gritos del sótano. Probablemente había oído tantas cosas a lo largo de su vida que se había vuelto indiferente.

Philip acercó el vaso a los labios de Senta y la ayudó a beber como si realmente estuviera enferma. La rodeó con el otro brazo y le apoyó tiernamente la mano en la nuca. Notó los temblores que recorrían su cuerpo y el calor febril que entibiaba su piel. Senta bebió agua lentamente hasta acabar la última gota. Apartó la nuca de la mano afectuosa de Philip, alejó la cabeza y le quitó el vaso del que había bebido agua. Lo hizo serena y afablemente, razón por la cual, de tan inesperado, el siguiente gesto resultó tan chocante. Arrojó el vaso hacia el otro lado del cuarto y lo hizo trizas contra la pared.

–¡Sal de aquí! –gritó–. ¡Desaparece de mi vida! Te odio, has arruinado mi vida, no quiero verte nunca más.

8

El coche de Darren, un cacharro a punto de jubilarse, se hallaba aparcado junto al bordillo y la puerta de la casa estaba abierta de par en par. Hardy dormía sobre un escalón, al sol, pero despertó en cuanto Philip apareció y corrió a hacerle fiestas. En ese momento Philip recordó que Fee había dicho que el domingo por la tarde pasaría a recoger el resto de sus pertenencias y, cuando entró en la casa, su hermana bajó la escalera con una pila de ropa en un brazo y un osito de peluche en el otro.

–¿Qué te ha pasado en el ojo? ¿Te has metido en una pelea?

–Me pegaron –respondió en un intento de ser sincero. Añadió con falsedad–: Me tomaron por otro.

–He llamado cincuenta veces desde ayer por la mañana.

–He estado fuera. He estado casi todo el tiempo fuera de casa.

–Ya lo veo. Pensaba que te habías largado. Ese ojo tiene muy mala pinta. ¿Fue en un *pub*?

Como su madre no lo interrogaba ni lo controlaba, tampoco se sintió obligado a aceptárselo a su hermana. Fee caminó hasta el coche y al regresar preguntó con voz chillona:

–¿Cuántas horas lleva solo este pobre perro?

Philip respondió con otra pregunta.

–¿Quieres que te ayude con esas cosas?

–De acuerdo. Quiero decir, sí, muchas gracias. Phil, pensaba que *estarías* en casa.

Fee lo precedió escaleras arriba. En la habitación que ahora sólo ocupaba Cheryl, las puertas del armario estaban abiertas y sobre una de las camas había un montón de vestidos, abrigos y faldas. Lo que primero vio Philip, lo primero que asimiló realmente, fue la prenda hecha un fardo en el suelo del armario. Era el vestido de dama de honor que Senta se había quitado la primera vez que hicieron el amor.

–Debía de chiflarle este vestido, ¿no? –preguntó Fee–. Debía de tenerle mucho aprecio. Es evidente que se lo quitó y lo dejó tirado en el armario. Por lo que parece, se empapó.

Philip no dijo nada. Simplemente evocaba. Fee recogió el maltratado vestido, con el raso manchado por el agua, el tul arrugado y el dobladillo de la falda deshecho.

–Admito que le desagradara. Al fin y al cabo, era de mi gusto, no del suyo. Pero podría haber pensado en mis sentimientos, ¿no crees? Es lamentable encontrarlo tirado aquí de cualquier manera. Y la pobre Stephanie pasó varias noches en vela para terminarlo.

–Supongo que no se dio cuenta de lo que hacía.

Fee bajó una maleta del techo del armario. Dobló la ropa y la guardó.

–Te aseguro que Senta es muy peculiar. Sólo le pedí que fuera mi dama de honor porque me lo suplicó la madre de Darren. Dijo que si no lo hacía, Senta se sentiría excluida. Estoy segura de que *no* se habría sentido excluida. Ésos viven apartados del resto de la familia. Invitamos a los padres de Senta pero no dieron señales de vida, ni siquiera respondieron.

Con aparente indiferencia, Philip comentó:

–Alguien dijo que la madre de Senta era extranjera y que había muerto. Supongo que no se llevan demasiado bien.

El hecho de pronunciar su nombre tan a la ligera le produjo

una extraña agitación. Aguardó la negación de Fee, la observó en espera de que se volviera hacia él, con el labio superior levantado, la nariz fruncida y la cara que ponía cuando le decían algo que consideraba increíble. Fee dobló el vestido de dama de honor y respondió:

–Más vale que me lo lleve. Lo enviaré al tinte, a alguien podría interesarle. Para mí es demasiado pequeño. –Cerró la tapa de la maleta.– Sí, creo que la historia es así. La madre murió cuando Senta nació. Era de un país raro. ¿Groenlandia? No, de Islandia. El tío de Darren estaba en la marina mercante, atracaron en puerto o como se diga y la conoció, pero la familia de ella se opuso porque él no era oficial ni nada que se le parezca. De todos modos, se casaron, él tuvo que hacerse a la mar y ella tuvo el niño... quiero decir, a Senta, y murió a causa de alguna complicación.

Entonces era verdad. Philip se sintió consternado y profundamente complacido, aliviado y apesadumbrado. Deseaba hacer más preguntas pero, antes de plantearlas, Fee apostilló:

–El tío Tom, supongo que ahora debo llamarlo tío, regresó y se hizo cargo de la niña. Según cuenta la madre de Darren, la familia de ella estaba furiosa porque se consideraba con derecho a quedársela. El tío Tom la trajo a Inglaterra y poco después se casó con la tía Rita. Es la que vive con un hombre mucho más joven que ella. Phil, ¿puedes bajar la maleta? Yo llevaré el abrigo de invierno y las dos muñecas.

Cargaron el coche. Phil preparó el té. El día era tan cálido y soleado que lo tomaron en el jardín.

–Es una pena que mamá regalase a Flora –reconoció Fee–. Aunque parezca una tontería, en mi opinión daba un toque de distinción a esta casa.

–No le vendría nada mal –coincidió Philip.

Jugó con la idea de volver a poner a Flora en el jardín. ¿Y si le construía un jardín de rocas? Desde que se mudaron a esta casa, en el jardín no habían hecho más que cortar el césped. Y eso era lo único que había: césped cercado por tres lados y, en el centro, la pila de cemento para pájaros. Intentó imaginar a Flora sobre las piedras, con flores a sus pies y un par de cipreses a la espalda. ¿Cómo se lo explicaría a Christine?

–Ven una noche a cenar con nosotros –propuso Fee–. No creo que eches de menos la cocina de mamá, pero al menos, cuando ella está, no tienes que prepararte la comida.

Philip respondió que iría y quedaron para el jueves. Entonces ya habría visto tres veces a Senta, por lo que sería razonable pasar la velada sin ella, tal como hacía cuando Christine estaba en casa. En cuanto Fee se marchó, llevó a Hardy a dar un largo paseo hasta Brent Reservoir, saliendo por la puerta trasera y guardando la llave en el bolsillo.

No se tomaba muy en serio el hecho de que Senta le hubiese dicho que se fuera y que había arruinado su vida. Ahora comprendía que había obrado mal. Como es lógico, se había puesto furiosa porque no le creía cuando decía la verdad. Y lo más sorprendente era que había dicho la verdad. Y todo tenía que ser cierto porque si la historia sobre la nacionalidad de su madre y de su nacimiento no era una fantasía, tampoco lo eran sus viajes, sus estudios en la escuela de teatro y sus encuentros con los famosos. Como era lógico, se había sentido dolida y ofuscada cuando Philip puso en duda sus palabras, cuando se lo echó en cara de una manera tan brusca.

La situación era problemática. No podía decirle que ahora le creía porque había hablado con su hermana. Tenía que pensar en algo. A la luz de las explicaciones de Fee, la rabia de Senta era fácilmente comprensible. Se había comportado como un patán de miras estrechas, actuando conforme a las pautas de lo que ella consideraba la gente vulgar y decidido a vivir en un mundo vulgar. ¿Acaso la histeria, una especie de tristeza incontrolable y colérica ante el hecho de que no la creyeran, la había llevado a decirle que le demostrara su amor? La dificultad residía en que Philip ya no recordaba qué se había planteado primero: ¿su propia declaración de incredulidad o la petición de Senta de que matara a alguien por amor a ella? Aclararía la situación, no perdería más tiempo. Llevaría a Hardy a casa e iría rápidamente a Tarsus Street.

Quedarse dormido y dormir hasta altas horas de la noche era algo que no preveía. Pero la noche anterior casi no había conciliado el sueño y la del viernes apenas había descansado dos o tres horas. Al volver del paseo dio de comer al perro, engulló un trozo de pan con queso, subió a cambiarse y se tendió en la cama para echar una cabezada de diez minutos. Al despertarse estaba oscuro, hacía rato que era de noche. Los números verdes fosforescentes de su reloj digital marcaban las doce y treinta y uno.

La confrontación, sus disculpas sinceras y la petición de perdón tendrían que esperar hasta el día siguiente. Mejor dicho, hasta ese mismo día por la mañana, pensó mientras volvía a dormirse. Hardy, que por una vez no pasaba la noche encerrado en la cocina, estaba hecho un ovillo a los pies de la cama.

Lo despertó el perrito cuando se acercó a su cara y le lamió la oreja. Había olvidado poner el despertador, pero sólo eran las siete. El sol brumoso y pálido inundaba su habitación. A esa hora ya se olía en el aire la promesa de un día caluroso y perfecto, esa serenidad sonriente y expectante que exhala el cielo sin nubes, aunque velado por una tenue bruma. Era lo que los ancianos llamaban «un día manso». La lluvia y el frío parecían fenómenos propios de otro país.

Se bañó, se afeitó y sacó a Hardy al jardín, paseo que esa mañana tendría que bastarle. Los kilómetros recorridos el día anterior deberían durarle uno o dos días. Se puso una camisa limpia y el traje que Roseberry Lawn esperaba que su personal llevara cuando visitaba a los clientes. Tenía que vigilar las reformas de una cocina en Wembley y calcular un presupuesto para un proyecto de cuarto de baño en Croydon. Wembley no quedaba muy lejos, pero los obreros se pondrían manos a la obra a las ocho y media. Buscó las llaves en el bolsillo del tejano que se había puesto el día anterior.

Tenía dos juegos de llaves: las del Opel Kadett y un segundo llavero que contenía la llave de su casa, la de la entrada de la oficina central de Roseberry Lawn y, desde hacía un mes, las de la casa de Tarsus Street. Comprobó con profunda consternación que estas últimas habían desaparecido.

Estaban la llave de su casa y la del despacho. Era un llavero simple, sin cadena. Era imposible que las llaves se hubieran salido. ¿Cabía la posibilidad de que Senta las hubiese sacado? Se sentó en la cama. A pesar de que el día era cálido, estaba aterido de frío, pero las manos, que sostenían el llavero con sólo dos llaves, le sudaban. Nada más pensarlo, tuvo claro lo que había ocurrido: Senta le había pedido agua y, cuando fue a buscarla, sacó del llavero las llaves de su casa.

A mediodía, durante la pausa para el almuerzo, intentó telefonearla desde una cabina. Nunca había logrado que alguien contestara el teléfono del vestíbulo de Tarsus Street y tampoco ahora lo consiguió. Hizo algo tajantemente prohibido por las reglas de Roseberry Lawn y preguntó a la señora Finnegan, la dueña de la casa de Croydon, si podía usar el teléfono. Una mujer de la calaña de la señora Ripple le habría puesto dificultades, se habría negado y soltado una perorata, pero la señora Finnegan sólo puso como condición que llamara a través de la operadora y pagara la comunicación. No sirvió de nada, pues nadie respondió.

Philip midió la minúscula superficie del dormitorio que la

señora Finnegan quería convertir en cuarto de baño con bañera entera, inodoro, tocador y bidé; le dijo que dudaba de que fuera posible, escuchó sus protestas, discutió con suma amabilidad, sonrió y asintió cuando la mujer declaró que él era muy joven y que le convenía consultarlo con alguna otra persona. No dejó de mirarlo provocadoramente a los ojos. Salió a las cinco y cuarto, la peor hora para cruzar Londres en coche.

Eran las siete menos veinte cuando llegó a Harrow Road y giró hacia las afueras. Paró en la puerta de una tienda de Cairo Street y compró vino, patatas fritas y bombones de menta recubiertos de chocolate, ya que no tenían otras variedades. Al aproximarse a la casa de Tarsus Street, notó que en su interior crecía una especie de malsana excitación.

El viejo con el impermeable de mujer estaba sentado en la acera, con la espalda apoyada en la barandilla que daba al patio de Senta. Llevaba el impermeable a pesar de que hacía mucho calor, de que las aceras se habían teñido de blanco por el sol y de que el alquitrán se derretía en la calzada. El viejo, cuyo rostro estaba cubierto por una incipiente barba de color blanco amarillento, se había quedado dormido con la cabeza inclinada sobre el montón de harapos que utilizó para almohadillar la barandilla. Sobre sus piernas había restos de alimentos: un trozo de tostada quemada, un *croissant* envuelto en celofán, un bote con un dedo de mermelada de naranja amarga en el fondo. Philip pensó que, si se despertaba, le daría otra moneda de una libra. No sabía por qué ese viejo vagabundo, desgraciado e indigente, lo conmovía tanto. Al fin y al cabo, no era un ejemplar único, se veían muchos hombres y mujeres en sus mismas condiciones. Se congregaban en esa calle y en las adyacentes por la cercanía del centro de la Madre Teresa.

A menudo, las puertas de entrada de las casas similares a la de Senta, en las que había muchos inquilinos, estaban abiertas. Pero aquélla nunca la había encontrado abierta y en esta ocasión tampoco. Esa vivienda no se parecía en nada a las casas donde, junto a la puerta de entrada, hay una hilera de timbres con los nombres de los inquilinos encima de cada uno en pulcros letreros. Hacía mucho tiempo que la aldaba de bronce se había vuelto negra. Al tocarla se le adhirió a los dedos algo pegajoso. Llamó y volvió a llamar.

Senta le había quitado las llaves del llavero porque no quería verlo. No quería que regresara. Ésa era la verdad y Philip no estaba dispuesto a afrontarla. Se agachó y miró por la ranura del buzón. Sólo divisó el teléfono sobre la mesa y el oscuro pasillo que conducía a la escalera del sótano. Bajó los escalones de entrada y miró hacia el patio. A pesar del calor, los postigos de la ventana del cuarto de Senta estaban cerrados. Tuvo la sensación de que la muchacha había salido. Las pruebas a que se presentaba, los famosos con que se codeaba... todo era verdad.

Retrocedió por la acera y miró hacia arriba. Había tres plantas por encima del sótano. Era la primera vez que observaba el edificio de arriba abajo. En el pasado había tenido demasiada prisa para detenerse, había estado demasiado impaciente por entrar e ir a su encuentro.

El tejado era plano, de pizarra gris y rodeado por una especie de pretil. Era el único adorno de la lóbrega fachada: ladrillos color hígado perforados por tres filas de ventanas, cada una instalada en un simple rectángulo y hundida. En uno de los alféizares de la segunda planta había una jardinera rota que en su día fue dorada, a la que aún se adherían restos de ese color. Contenía varias plantas secas y atadas a rodrigones.

Philip reparó en que el viejo había despertado y lo observaba. Aquel anciano despertaba en él un extraño sentimiento supersticioso. Si no le hacía caso y lo rehuía, jamás volvería a ver a Senta. Pero si le daba una limosna considerable, contaría a su favor en el centro místico de beneficencia donde cada uno recibía un premio mayor o menor según la cuantía de su caridad. Alguien, de cuya opinión se había reído Philip a la sazón para sus adentros, había dicho que lo que damos a los pobres es lo que nos llevamos al morir. Aunque no podía permitírselo, sacó de la cartera un billete de cinco libras y lo puso en la mano ya preparada para recibirlo.

–Páguese una buena comida –dijo incómodo.

–Jefe, es usted todo un caballero. Dios los bendiga a usted y a todos sus seres queridos.

Aquello de «jefe» era curioso, pensó Philip mientras retornaba al coche. ¿Dónde habría cogido la costumbre? ¿Con el director de una cárcel... o de un asilo para pobres? Sintió un escalofrío pese a que el coche estaba caliente y mal ventilado. El viejo seguía sentado en la acera y contemplaba el billete de cinco libras con gran complacencia y satisfacción. Philip volvió a casa, preparó café y judías con salsa de tomate y tostadas, se comió una manzana y dio un corto paseo a Hardy. Mucho más tarde, alrededor de las nueve y media, volvió a marcar el número de teléfono de Senta, pero nadie respondió.

La mañana siguiente recibió una postal de Christine. Mostraba St. Michael's Mount, en la costa sur de Cornualles. Christine decía: «No hemos estado aquí y no creo que vayamos porque no está en el itinerario del autocar. Pero ésta era la postal más agradable de la tienda. Ojalá estuvieras aquí para disfrutar esta ola de calor con nosotras. Besos, Mamá y Cheryl». Cheryl no había firmado la postal, escrita en su totalidad por Christine. De pronto, Philip recordó quién había dicho que el dinero que damos a los pobres es todo lo que nos llevamos al morir. Había sido Gerard Arnham. Lo había dicho la única vez que Philip lo vio. Tal vez ocurrió mientras iban al restaurante y Christine mencionó a Stephen, recordando que solía decir: «Bueno, no puedes llevártelo contigo...».

Cuando Christine dejó de tener noticias de Arnham, ¿sintió lo mismo que él ahora? Philip desbarraba. Senta sólo estaba furiosa, de mal humor, y lo castigaba. Tal vez se mantendría en sus trece algunos días más, debía estar preparado para aguantar unos días. Quizá lo mejor fuese no intentar ir a su casa, dejarla estar. Esa noche, al volver a su casa de una visita a Uxbridge, el influjo de Tarsus Street le resultó irresistible. Hacía más calor que la tarde de la víspera y estaba más húmedo y bochornoso. Dejó abiertas las ventanillas del coche. Las dejó abiertas porque pensó que sería un buen augurio: si cierro las ventanillas y echo la llave al coche, Senta no me dejará entrar, pero si las dejo abiertas me lo permitirá y tendré que volver a cerrarlas.

El viejo se había esfumado, sólo quedaba un trapo atado a la barandilla de la planta baja. Philip caminó hasta la entrada y le dio a la aldaba, golpeando un sinfín de veces. Al retroceder miró hacia el patio y tuvo la impresión de que los postigos se movían. Durante unos segundos pensó que los postigos estaban abiertos y que Senta –o alguien que se encontraba en el cuarto del sótano– los había cerrado al oír sus pisadas en los peldaños de piedra. Probablemente lo había imaginado, quizá se engañaba a sí mismo. Fuera como fuese, ahora estaban cerrados.

El miércoles ni se acercó. Fue el mayor esfuerzo de toda su vida. Empezaba a desearla con ansia, un ansia no sólo sexual pero en buena parte sexual. El calor incesante empeoró las cosas. Se tendió en la cama desnudo, se cubrió la mitad del cuerpo con la sábana y evocó la primera vez que Senta lo había visitado en ese mismo lecho. Se puso boca arriba, abrazó la almohada y gimió. Cuando por fin concilió el sueño, tuvo una polución nocturna por primera vez en muchos años. Le hacía el amor en la cama del sótano de Tarsus Street y, a diferencia de la mayoría de los sueños de ese tipo, le hacía realmente el amor, la había penetrado a fondo, avanzaban hacia un triunfal clímax compartido, lo vivía y gemía de felicidad y placer. Despertó en el acto, masculló, gimió y, al volverse, sintió junto al muslo una humedad pegajosa.

Eso no fue lo peor. Lo peor fue haber experimentado ese goce y saber que no era real, que no había ocurrido. Se levantó muy temprano y cambió las sábanas. Llegó a la conclusión de que tenía que verla, no podía seguir así, no concebía otro día igual. «Ya me ha castigado bastante, sé que me equivoqué, sé que fui poco amable, insensible, incluso cruel, pero no puede seguir castigándome, tiene que darme la oportunidad de aclarar las cosas, de disculparme.»

¿No era ridículo que no pudiera entrar en una casa corriente y moliente de una vulgar calle de los suburbios de Londres? La casa no estaba tapiada, tenía puertas y ventanas normales. Mientras cruzaba Londres para hacer otra visita a la señora Finnegan de Croydon, tuvo la idea realmente desagradable de que allí sólo vivía Senta. Ese inmenso caserón estaba vacío, salvo la habitación de Senta en el sótano. «Puedo entrar, puedo romper el cristal de la ventana del sótano», pensó.

Los planos del cuarto de baño para la señora Finnegan, delineados por Roy, incluían una ducha del tamaño de un armario mediano.

–Quiero que tenga bañera –declaró la señora Finnegan.

–En tal caso tendrá que sacrificar la mitad del dormitorio, no sólo la cuarta parte.

–Necesito un dormitorio lo bastante grande para poner dos camas o, por lo menos, una de matrimonio.

–¿No ha pensado en instalar literas? –sugirió Philip.

–A su edad están muy bien, pero casi todos mis amigos pasan de los sesenta.

Philip le pidió permiso para utilizar el teléfono. La mujer accedió siempre y cuando pagara la llamada. Habló con Roy para pedirle consejo. Roy, que en los últimos tiempos estaba extraordinariamente contento y expansivo, propuso que le dijera a la vieja imbécil que se mudara a una casa más grande.

–No, será mejor que no se lo digas. Propónle un baño de asiento. A decir verdad, son excelentes, un modo magnífico de darte un baño, sobre todo si tienes un pie en la tumba y el otro... y el otro en la pastilla de jabón. –Celebró su propio chiste.

Philip intentó llamar a Tarsus Street a través de la operadora. Alguna vez Senta tenía que responder, no le quedaba otro remedio. ¿Y si su agente la buscaba? ¿Y si salía elegida en alguna audición? No respondió. Le sugirió el baño de asiento a la señora Finnegan, que respondió que se lo pensaría. Tenía que existir algún modo de entrar en una casa. ¿Senta nunca contestaba a los aldabonazos? ¿Qué pasaba cuando iban a mirar el contador del gas o la electricidad, cuando el cartero llevaba un paquete? ¿O acaso no respondía porque sabía que era la hora en que probablemente se presentaría él?

Dejó de trabajar temprano. Era demasiado tarde para regresar a la oficina y muy pronto para dar el día por terminado. Pero dejó de trabajar. ¿Y todos los sábados que había trabajado sin cobrar horas extraordinarias? Eran las cinco menos veinte y se encontraba en West Hampstead, a diez minutos en coche incluso si había atascos. Y a esa hora Senta no lo esperaba.

Los truenos retumbaban desde Hampstead Heath. La señora Finnegan le había comentado que pronto se desataría una tormenta que despejaría la atmósfera. Un brillante árbol de relámpagos surgió del tejado del Tricycle Theatre y extendió sus ramas por el cielo encapotado. Gotas de lluvia del tamaño de los antiguos peniques, que Philip apenas recordaba, cayeron negras sobre la blanca acera de Tarsus Street. El viejo estaba ocupado revolviendo en un cubo de basura del que sobresalían bolsas rojas de Tesco. Philip hizo un alto y miró la casa. En esta ocasión notó que no había cortinas en ninguna de las ventanas pero que, detrás de la jardinera con plantas secas, alguien había abierto los postigos, semejantes a los del cuarto de Senta.

Cabía la posibilidad de que ya estuvieran abiertos la última vez que se le ocurrió mirar. La idea no le gustó, pero no se acordaba. ¿Viviría realmente sola en esa casa? ¿Era una ocupante ilegal de la vivienda? No tenía la menor intención de darle a la aldaba. Se inclinó hacia el patio y golpeó el cristal de la ventana con los nudillos. Naturalmente, los postigos estaban cerrados. Llamó con más fuerza y sacudió la ventana. Un hombre y una mujer pasaron por la acera. Ni lo miraron. Podría haber sido un ladrón de verdad que pretendía entrar a robar o a romperlo todo, pero la pareja no mostró ningún interés, no le hizo el menor caso.

Philip subió los escalones y, olvidando su decisión anterior, llamó a la puerta de entrada. Ahí se quedó, dándole a la aldaba una y otra vez. Un trueno tremebundo pareció sacudir la hilera de casas de la que esa vivienda formaba parte. El vecino de al lado cerró una ventana de la planta baja. La lluvia cayó en una súbita cascada de barras rectas, plateadas y relucientes. Se protegió en el portal, pero las salpicaduras lo alcanzaban como aguijones fríos y puntiagudos. Siguió llamando mecánicamente, aunque tenía la certeza de que no había nadie. Como para él habría sido imposible, estaba convencido de que nadie podía permanecer en la casa y oír semejante alboroto sin dar señales de vida.

Corrió hacia el coche en cuanto el aguacero amainó. Vio que el viejo se había sentado en lo alto de una escalinata más larga que la de la casa de Senta y que, cobijado en un soportal de techo alquitranado y columnas de madera, mordisqueaba huesos de pollo. Senta nunca estaba mucho tiempo fuera. Decidió aguardar su regreso. Le sorprendió pensar que hacía menos de una semana se había preguntado si estaba enamorado de ella. ¿Tan ciego había sido, había perdido todo contacto con sus sentimientos más profundos? ¡Enamorado de ella! Si aparecía por la calle en ese momento, lo suyo le costaría no arrojarse a sus pies. ¿Cómo abstenerse de hacerlo, abrazar sus piernas y besar sus pies, llorar de alegría por el mero hecho de verla, de volver a estar con ella, aun cuando Senta se negara a dirigirle la palabra?

Transcurridas dos horas, que Philip pasó sentado en el coche pensando en Senta, imaginándola, representándose su aparición a lo lejos y su acercamiento paulatino, después de esas dos horas de trance se apeó, subió los escalones y volvió a darle a la aldaba. Y eso que en casa de la señora Finnegan había pensado en romper la ventana. Había un ladrillo suelto en el lomo de cemento situado entre la barandilla y el declive que caía hacia el patio. Philip saltó sobre el cemento y cogió el ladrillo. Por casualidad, en ese instante se volvió para mirar la calle, quería comprobar si el viejo de las bolsas lo vigilaba, y gracias a eso se percató de la presencia del policía. Dejó caer el ladrillo en el patio, regresó al coche y se dirigió hacia Kilburn High Road.

Comió una hamburguesa en McDonald's y después tomó varios bitters en el bar de Biddy Mulligan. Aunque casi eran las ocho y media, todavía era de día. No llovía, si bien el cielo seguía tronando. La señora Finnegan se había equivocado, pues la tormenta no despejó la atmósfera. De vuelta en Tarsus Street, llamó nuevamente a la puerta de entrada y golpeó la ventana del sótano. Miró la fachada desde la acera de enfrente y vio que los postigos de la ventana del primer piso seguían cerrados. Quizá siempre estuvieron cerrados y Philip se hizo la ilusión de que hasta esa tarde habían permanecido abiertos. Estaba enloquecido, quizá todo era pura ilusión: que Senta vivía allí, que allí vivía alguien, que la había conocido, le había hecho el amor y se había enamorado de ella. Tal vez estaba loco y todo era producto de sus alucinaciones. Acaso se tratase de una esquizofrenia. A fin de cuentas, ¿quién sabía qué era padecer esquizofrenia antes de sufrirla?

Una vez en casa, encontró al pobre perro tembloroso y gimiendo, ocultándose de la tormenta bajo la mesa del comedor. Su cuenco de agua estaba vacío. Philip lo llenó, le sirvió la comida y, como el perro no quiso probar bocado, lo alzó e intentó calmarlo. Evidentemente, Hardy sólo quería a Christine. Cuando los truenos resonaron a lo lejos, el perro tembló como una hoja al viento. Philip llegó a la conclusión de que no podía seguir así. No podía afrontar la vida sin Senta. «¿Qué haré si no vuelvo a verla ni a tocarla ni a oír su voz?» Sujetó al perro con un brazo, se acercó al teléfono y marcó el número de Senta.

Comunicaba.

Nunca antes había ocurrido. Por lo tanto, alguien contestaba al teléfono. En el peor de los casos, alguien descolgaba y cuando intentaban llamar, la línea comunicaba. Experimentó una intensa y absurda oleada de esperanza. Habían pasado como mínimo diez minutos desde que oyera los últimos truenos. En el cielo cada vez más oscuro se abrían zonas despejadas entre las nubes, semejantes a colinas ondulantes. Llevó a Hardy a la cocina y lo dejó delante de su plato. El perro empezó a comer cauteloso, y entonces sonó el teléfono.

Philip se acercó al aparato, cerró los ojos, apretó los puños y rezó: «que sea ella, que sea ella». Levantó el auricular, dijo hola y oyó la voz de Fee. Antes de que su hermana pronunciara dos palabras, recordó que habían quedado para cenar.

–¡Vaya por Dios! Tenía que ir a cenar con vosotros.

–¿Qué te pasa?

–En el trabajo nos han tenido de aquí para allá. He vuelto tarde a casa. –¡Últimamente se había convertido en un mentiroso!– Se me ha pasado. Lo siento, Fee.

–Más lo siento yo. Por si no lo recuerdas, yo también trabajo. He ido a comprar a la hora del almuerzo y he preparado un pastel.

–Iré mañana. Nos lo comeremos mañana.

–Mañana Darren y yo vamos a casa de su madre. ¿Dónde has estado? ¿Qué te pasa? El domingo te noté raro, con el ojo a la funerala. ¿A qué te has dedicado desde que mamá se fue de vacaciones? Casi me he vuelto loca esperando.

«Tú y yo, Fee, los dos.»

–Ya te he dicho que lo siento. Lo lamento de verdad. ¿Qué te parece el sábado?

–Me parece bien.

Cuando sonó el teléfono tuvo su primera experiencia de espera, soñaba con oír la voz querida y anhelada y oyó otra. La experiencia le resultó muy amarga. A pesar de que sólo estaba con Hardy, notó avergonzado que los ojos se le llenaban de lágrimas. ¿Y si Senta no se le resistía? ¿Si le había pasado algo? Recordó involuntariamente la desaparición de Rebecca Neave, la muchacha que no había estado presente para contestar a las llamadas telefónicas cuando la buscaron. En comparación con el sitio donde había vivido Rebecca, Tarsus Street era un barrio bajo. Philip pensó en esa calle de noche y en la enorme casa vacía.

Pero hacía un rato el teléfono *comunicaba.* Volvería a intentarlo y si recibía la misma señal, preguntaría a la operadora si estaban hablando. La idea de que enseguida podría oír la voz de Senta le resultó casi insoportable. Se sentó encorvado sobre el teléfono y soltó aire en un largo suspiro. ¿Y si hablaba con ella y en cinco minutos, en menos de cinco minutos, volvía a subir al coche, iba hasta Cricklewood y bajaba por Shoot-up Hill, con destino a Tarsus Street? Marcó.

Ya no comunicaba. Oyó el conocido timbrazo tal como lo había oído en casa de la señora Finnegan, como lo había oído treinta o cuarenta veces en los últimos días. Sonó cuatro veces y cesó. Habló una voz de hombre:

–Hola, le habla Mike Jacopo. En este momento no nos es posible hablar con usted, pero si deja un mensaje, su nombre y su número, nos pondremos en contacto lo antes posible. Por favor, hable después de oír la señal.

Por el estilo engolado y la pronunciación, Philip supo casi desde la primera palabra que el mensaje estaba grabado en un contestador automático. Sonó un único silbido agudo. Mientras colgaba, se preguntó si su prolongada aspiración se había grabado y si Jacopo la escucharía.

9

Fee y Darren habían comprado el piso merced a una hipoteca que pagarían durante cuarenta años. Se la concedieron sólo porque eran muy jóvenes. Sentado en la pequeña y luminosa sala que daba a la entrada de un nuevo centro comercial, Philip se preguntó cómo lo soportaban, cómo aguantaban la perspectiva de esos cuarenta años, semejantes a cuarenta eslabones de una cadena de hierro.

El piso estaba en West Hendon, barrio en el que la comunidad hindú era muy numerosa y la mayoría de las tiendas de alimentación vendían poppadom, especias indias y harina de garbanzos. Casi todas las viviendas eran nuevas pero humildes. Si el apartamento hubiera estado en otro barrio, no habrían podido comprarlo, ni siquiera pagando el préstamo durante más de media vida. Darren dijo que los primeros años no pagarían el préstamo propiamente sino los intereses. El piso disponía de sala, un dormitorio, la cocina, donde Fee corría de un lado a otro como una auténtica ama de casa, guisando unas patatas y vigilando el pastel de carne a través de la puerta de cristal del nuevo horno, y una ducha del tamaño de la que Philip le había sugerido a la señora Finnegan. Darren comentó que desde hacía un mes no se bañaba. Rió al decirlo y Philip lo imaginó repitiéndolo al infinito con sus compañeros de trabajo, encantado con el chiste.

–Hablando en serio, las duchas son mi debilidad. Hoy no

daría nada a cambio de una bañera. ¿Sabías que los indios no se bañan? Fee, ¿qué te dijo el hombre de la tienda? Ya no me acuerdo cómo se llama, tiene uno de esos nombres indios tan raros.

–Jalal, se llama Jalal. Dice que su gente se ríe de nosotros porque chapoteamos en nuestra agua sucia.

–Si lo piensas, es exactamente lo que hacemos –dijo Darren–. Mejor dicho, lo que hacen los que tienen bañera. –Recitó estadísticas sobre la cantidad de casas británicas con bañera, las que tenían dos cuartos de baño y las que carecían de este servicio.– Phil, ¿quieres ducharte?

Philip no había regresado a Tarsus Street desde que oyó la voz del contestador automático. Había pasado en blanco la noche del jueves. Estaba convencido de que Mike Jacopo era el amante de Senta. Vivían juntos, era eso lo que significaba el nosotros del contestador. Jacopo se había largado o se pelearon, y Senta, para fastidiarlo, para demostrarle que le importaba un bledo, se había volcado en Philip y lo había conducido al cuarto secreto del sótano. Eso duró tres semanas. Entonces Jacopo regresó, y Senta montó la marimorena con Philip para quitárselo de encima. Aunque su hipótesis tenía lagunas, la sustentó con diversas variaciones durante el viernes y el sábado hasta que, al caer la tarde del sábado, se le ocurrió que Jacopo bien podía ser, simplemente, otro inquilino, tal vez el de la planta baja. El nosotros del contestador no se refería, necesariamente, a Senta y a él. Podía aludir a Jacopo y a cualquier otra persona.

Ahora, en el piso de Darren y Fee, supo que probablemente hallaría respuesta a esas dudas planteándolas sin ambages. Pero si hacía más preguntas sobre Senta, aunque sólo fuese una, sospecharían. Pensó: «la verdad es que no quiero saber nada de Jacopo, sólo me interesa recuperarla, sólo deseo verla y conversar con ella». Darren hablaba del nuevo Rover y del fútbol y el gamberrismo de los hinchas en Alemania. Comieron el pastel de carne y un empalagoso bizcocho, y luego Darren sacó las diapositivas, como mínimo cien, que Philip se sintió obligado a ver.

Habían llegado las fotos de la boda, las que tomó el viejo fotógrafo que olía a tabaco, y Philip contempló a Senta con su vestido de dama de honor. ¿Acaso era lo más cerca que lograría estar de ella, un retrato en el que aparecía con cuatro chicas más y cuya contemplación él tuvo que compartir con otras dos personas? Darren estaba sentado a su lado y Fee miraba por encima de su hombro. Reparó en los fuertes latidos de su corazón y se preguntó si los recién casados también los oirían.

–Se nota que ha estudiado para actriz –comentó Darren.

El corazón de Philip pareció palpitar más rápida y ruidosamente.

–¿De verdad? –logró preguntar con voz ronca.

–Salta a la vista. Cuando acabó el instituto, entró en la escuela de teatro. Es un poco presumida. Mira la forma en que posa.

Fee lo invitó a comer el domingo, ya que pensaba preparar cordero asado. Philip se vio incapaz de afrontar la situación. Respondió que tenía cosas que hacer en casa, que debía poner al día asuntos de trabajo. Por la mañana se arrepintió, pues el día vacío se extendía solitario ante él, pero no telefoneó a Fee. Paseó a Hardy por el Heath y caminó buscando el modo de entrar en la casa sin necesidad de forzar la puerta. Durante la interminable tarde llamó al teléfono de Tarsus Street y volvió a oír el mensaje grabado por Jacopo. Colgó sin decir nada e hizo un desesperado esfuerzo por pensar. Algunos minutos más tarde levantó el auricular, volvió a marcar y, cuando sonó la señal, dijo:

–Soy Philip Wardman. Por favor, ¿puede pedirle a Senta

que me llame? Me refiero a Senta Pelham, la que vive en el sótano. ¿Será tan amable de pedirle que me llame? Se trata de un asunto urgente.

El miércoles regresarían Christine y Cheryl. Philip era incapaz de afrontar la idea de estar con otras personas, hablar con ellas, conocer las peripecias de sus vacaciones. Acostado en la penumbra y atento a la llovizna que acariciaba los cristales de la ventana, pensó en la veracidad y la sinceridad de Senta y en la forma en que había achacado a su fantasía los relatos de sus experiencias. Durante la noche llovió a cántaros y por la mañana seguía diluviando. Cogió el coche y fue a Chigwell por calles parcialmente inundadas para comprobar que los trabajadores no tenían ningún problema con el cuarto de baño de la señora Ripple.

Esta vez ni siquiera miró por la ventana hacia el jardín de Arnham. Aquello ahora le traía sin cuidado. Había perdido el interés por todos y por todo lo que no fuera Senta. Ella ocupaba su mente, se había instalado en su cerebro y tendido en la cama, desde donde miraba a sus ojos interiores. Philip se movía torpemente, como un zombi. El hecho de que la señora Ripple se quejara con voz chillona y autoritaria sólo era un ruido, un incordio. Se quejaba de la tapa de mármol del tocador, porque había un defecto en la veta, un defecto casi imperceptible, sólo un arañazo en la cara interior, pero la mujer quería que cambiaran toda la tapa de mármol. Philip se encogió de hombros y respondió que ya vería qué podía hacer. El obrero le guiñó un ojo, gesto que Philip logró devolver.

Senta lo había acompañado la última vez que había estado allí. Lo besó en el coche, frente a la casa de la señora Ripple, y más tarde, en el campo, hicieron el amor tendidos en la hierba, ocultos por una hilera de árboles. Philip estaba desesperado: tenía que recuperarla. Volvió a pensar en romper la ventana, en abrir los postigos por la fuerza y, si no había otra alternativa, serrarlos. En su imaginación, se vio forzando la entrada y a Senta aguardándolo, agazapada a los pies de la cama y reflejada en el gran espejo. Y también vio una entrada similar en el cuarto, a través de cristales rotos y maderas astilladas, pero encontrándolo vacío.

Tarsus Street era fea con sol y horrible bajo la lluvia. Una de las omnipresentes bolsas de basura se había reventado y su contenido, papeles en su mayor parte, se desperdigó por la acera y la calzada, quedando algunos trozos en posiciones surrealistas. La lluvia había adherido la envoltura del paquete de un bizcocho al poste de una farola, como si fuera un anuncio municipal. Las púas de la barandilla traspasaban las hojas de un libro de bolsillo. Húmedo papel de diario chapoteaba en los rincones, con cajas de cerillas y briks de zumo en su seno. Philip se apeó del coche y cruzó un charco en el que flotaba un vaso de yogur. La fachada de la casa seguía igual, salvo por el hecho de que la jardinera se había llenado de agua, que descendía como un torrente por los ladrillos húmedos y oscuros. Los postigos de la planta alta y del cuarto de Senta seguían cerrados.

Se quedó de pie bajo la lluvia, mirando la casa: no tenía otra cosa que hacer. Había empezado a reparar en detalles insignificantes que al principio le habían pasado por alto. Vio una pegatina de Greenpeace en el ángulo izquierdo de la ventana del extremo izquierdo del último piso. En el marco pintado de los postigos del primer piso alguien había escrito algo a lápiz junto a un pequeño dibujo, también hecho a lápiz. Philip estaba demasiado lejos para ver qué habían escrito o dibujado. En el alféizar interior de la ventana central del segundo piso reposaba una botella de vino, de cristal verde, ligeramente descentrada. La lluvia caía sin cesar de un cielo que tenía exactamente el mismo tono que la pizarra gris del tejado. Notó que faltaba una teja en el tejado embreado del soportal.

Subió los escalones y llamó a la puerta, evitando pisar el excremento enroscado de perro del segundo peldaño. Al cabo de un rato miró por la ranura del buzón. En esta ocasión vio el teléfono, el pasillo que conducía a la escalera del sótano y algo nuevo: sobre la mesa, junto al teléfono, había dos sobres.

Al llegar a casa se quitó el traje, lo puso a secar en una percha, se enjugó el pelo con una toalla y recordó que la primera vez Senta le había pedido una toalla para hacer eso mismo. Se preparó unos huevos con bacon y, cuando lo hubo servido en un plato con una rebanada de pan untada con mantequilla, fue incapaz de probar bocado. Sonó el teléfono y se le cayó el alma a los pies. Estaba convencido de que, en cuanto cogiera el auricular, no oiría ninguna voz. Respondió con una especie de gruñido.

–¿Estás enfermo? –preguntó Fee–. Pareces congestionado.

–Estoy bien.

–Llamo para saber si quieres que le lleve algo a mamá el miércoles. Ya me entiendes, pan, jamón o algo por el estilo.

La pregunta que Philip soñaba con plantear, que se moría por hacer, fue cambiada por otra aparentemente menos significativa:

–¿Senta estudió en la Real Academia de Artes Escénicas?

–*¿Qué?*

Philip repitió la pregunta. Estaba mareado.

–No tengo la menor idea –replicó Fee–. ¿Cómo quieres que lo sepa?

–¿Puedes preguntárselo a Darren?

–¿Para qué quieres saberlo?

–Fee, hazme el favor de preguntárselo.

Oyó que su hermana transmitía la pregunta a Darren con un tono cargado de sarcasmo. Tuvo la impresión de que discutían. ¿Fue necesario el matrimonio para que Fee se percatara de que su novio de toda la vida era duro de entendederas? Fee volvió a ponerse:

–Darren dice que una vez fue con su hermano para ver una obra en la que ella actuaba. No era un edificio, ya me entiendes, era sólo una casa grande. Cae hacia el oeste, en Ealing o en Acton.

–La Real Academia de Artes Escénicas está cerca del Museo Británico, en Bloomsbury. ¿Darren está seguro de que no fue allí?

–Insiste en que fue en Ealing. Phil, ¿qué pasa? ¿Qué está ocurriendo? Constantemente haces preguntas sobre Senta.

–Eso no es verdad.

–Darren pregunta si quieres su número de teléfono.

¡Qué irónico! Conocía ese número de teléfono mejor que el suyo propio, mejor que su fecha de nacimiento y sus señas. Replicó:

–No a lo último y sí a la primera pregunta. Fee, te agradeceré que traigas pan y algo para cenar.

Su hermana rió mientras se despedía.

Philip meditó. Para él era una novedad la revelación de que alguien pudiera decir la verdad al tiempo que fantaseaba, dado que ése era el caso. Senta le había dicho la verdad y, a la vez, la había adornado. Si la verdad era suficiente se la ofrecía, y donde no daba la talla en cuanto a encanto o teatralidad, la inventaba. ¿Hacía él lo mismo? Todos lo hacemos. Y en ese esquema, ¿dónde encajaba la petición de Senta de que le demostrara su amor? ¿Era una fantasía o la exigencia real de un acto real?

Pocos minutos después llamó a su casa. El contestador automático no estaba conectado y el teléfono sonó sin que nadie respondiera.

*

Era ya muy entrada la noche. El cielo estaba opaco, sin estrellas, sin luna, levemente neblinoso y de un rojo humo en la línea donde se divisaba un horizonte de tejados. La humedad resultaba palpable en el aire fresco y quieto. En la esquina de Tarsus Street y Caesarea Road había tres hombres de la edad de Philip, uno rastafari y los otros blancos, inclasificables, uno de ellos con varios pendientes en el lóbulo de la oreja derecha. Philip reparó en los pendientes, porque relucieron a la luz de los faros del coche. Los hombres se volvieron para mirarlo, observaron el coche y lo contemplaron a él mientras se apeaba. No hicieron nada.

El viejo de las bolsas no estaba. Philip no lo había visto desde el cambio en el tiempo. La calle seguía cubierta de restos de papel, cajas de cartón, briks cuboides de zumo de los que aún asomaban pajas. La luz verdosa de la farola satinaba las aceras húmedas y pegajosas, las barandillas, las jorobas relucientes de los coches aparcados. Un perro apareció por el irregular asfalto de Samaria Street, concentrado en pos de un objetivo desconocido, quizá el mismo perro que había dejado la cagada en el peldaño. Se metió en el patio contiguo. De vez en cuando una gota de agua serpenteaba entre las hojas de los plátanos y acababa cayendo.

Philip experimentó una extraña sensación que surgió espontáneamente. Fue como si una voz interior le preguntase qué hacía buscando amor, pasión, acaso una compañera para toda la vida, en aquel sitio inmundo. ¿Qué mujer que pudiera elegir, que tuviera otras opciones, residiría en ese tugurio mugriento del noroeste de Londres, en ese agujero rancio? Esa reflexión inoportuna se desvaneció tan pronto como había llegado porque al mirar cansadamente hacia la fachada, vio que estaban cerrados los postigos de la ventana central de la planta baja y que entre las tablas, donde la madera se había combado, se divisaban brillantes líneas de luz.

Subió corriendo los peldaños. La entrada estaba abierta. Mejor dicho, no tenía echado el cerrojo, sólo estaba cerrada con picaporte. Casi no se lo creía. Del interior llegaba música de vals, el mismo tipo de música que en ocasiones, a altas horas de la noche, había oído acostado junto a Senta. El *Danubio azul.* En cuanto se detuvo, cesó la música y oyó risas y palmas. Accionó el picaporte y entró. La música procedente de la habitación de la izquierda, a través de cuyos postigos se filtraba la luz, volvió a sonar: en esta ocasión era el tango *Celos.* En todas sus visitas apenas había reparado en que en ese pasillo había varias puertas, jamás se le había ocurrido pensar que del otro lado había habitaciones. Sólo había tenido el propósito de reunirse con Senta. Sin duda, esa habitación estaba justo encima de la de ella.

Aunque no se dio cuenta, debió de hacer algún ruido. Tal vez aspiró aire bruscamente o sus pisadas hicieron crujir las tablas del suelo, ya que la puerta de la habitación se abrió de par en par y un hombre gritó:

–¿Qué coño está haciendo?

Philip enmudeció y quedó paralizado como una estatua, tanto por la visión de las dos personas que estaban en el cuarto como por el tono violento y grosero del hombre. Ambos vestían de etiqueta. Le recordaron a Fred Astaire y Ginger Rogers en una de esas películas de los años treinta que a veces pasaban por televisión. Enseguida se dio cuenta de que en realidad no se parecían. La mujer superaba la cincuentena, llevaba una larga melena de pelo cano, su rostro era áspero y ajado pero vivaz, y tenía una figura esbelta y cimbreante a la que se adhería su raído vestido de seda roja. El ramillete de gastadas flores artificiales de color rojo y rosa que llevaba en el cuerpo del vestido tembló cuando tomó aire. Su compañero era bastante apuesto, pese a que no se había afeitado y tenía el pelo enmarañado. Su cara era blanca y delgada, rubio el pelo, y sólo tenía cuatro o cinco años más que Philip.

Finalmente Philip logró decir:

–Lo siento. Buscaba a Senta..., a Senta Pelham, la que vive abajo. La puerta de calle está abierta.

–Vaya, otra vez se ha olvidado de cerrarla –se quejó la mujer–. Siempre la misma historia, es tan descuidada...

El compañero de la mujer se acercó al magnetofón y bajó el volumen.

–Ha ido a una fiesta –explicó el hombre–. A propósito, ¿usted quién es?

–Soy Philip Wardman, amigo de Senta.

La mujer se echó a reír.

–El mismo que dejó un mensaje en nuestro contestador automático.

Entonces ese hombre era Mike Jacopo. Philip logró preguntar tartamudeante:

–¿Ustedes son... están... viven aquí?

La mujer tomó la palabra:

–Soy Rita Pelham y ésta es mi casa. Últimamente hemos estado fuera, en los concursos del norte.

Philip no tenía la menor idea de a qué se refería, pero entendió que era la madre de Senta, o la mujer a la que consideraba su madre, y que Jacopo era el joven amante del que había hablado Fee. La confusión lo dejó perplejo. De todos modos, lo único que importaba era que Senta no estaba, había salido, había ido a una fiesta.

Jacopo subió el volumen de la música. El tango siguió sonando. Se movieron uno en brazos del otro, con las manos rígidas y las cabezas erguidas. Rita se echó hacia atrás, en la curva de los brazos de Jacopo, y su melena cana barrió las tablas del suelo. Jacopo se movió al son de los pasos estilizados de la danza. Cuando pasaron junto a la puerta, Jacopo la cerró de un puntapié. Se habían olvidado de Philip. Franqueó la entrada, accionó el picaporte y, al salir, cerró la puerta.

Tarsus Street estaba desierta. El rastafari y los dos blancos se habían esfumado... lo mismo que la radio del coche, que no había cerrado, y el impermeable que dejó en el asiento trasero.

Sólo cuando llegó a casa y se acostó, se le ocurrió pensar que tendría que haberse quedado. Debió aguardar en el coche el regreso de Senta, toda la noche si era necesario. No lo había pensado antes porque el robo de la radio y del impermeable –un Burberry que había comprado con la tarjeta Visa y que aún no había acabado de pagar– lo dejó bastante alterado. También podría haber convencido a Rita Pelham o a Jacopo de que le permitieran entrar al cuarto de Senta y pasar la noche allí. Claro que no habrían accedido, seguro que no.

El hecho de que Rita fuera propietaria de la casa y viviera en ella modificaba, en cierto modo, el estado de cosas. Significaba que Senta, lo mismo que él, vivía en casa de su madre. No era exactamente igual, se dio cuenta de que no lo era, pero la situación era bastante afín. Vistas desde esa perspectiva, las cosas resultaban menos sórdidas. Senta convivía con su madre y no era responsable del deterioro de la casa, la mugre y el olor.

Se durmió y soñó con Senta. En el sueño se encontraba en el cuarto de ella, mejor dicho, dentro del espejo, y miraba la estancia a través del cristal: la cama con las almohadas y el edredón morados, la silla de mimbre con la ropa que ella se había quitado, los postigos, la puerta que conducía a aquellos pasillos y cavernas de basura, cerrada y con una silla encajada. Estaba en el interior del espejo, que era como hallarse en un aljibe de aguas verdosas en el que nadaban organismos minúsculos como partículas, en el que se balanceaban débilmente frondas verdes y delgadas, y en el que un caracol reptante dejaba su rastro plateado al otro lado del cristal. Senta entraba en el cuarto forzando la puerta y tirando la silla. Se acercaba al espejo y miraba la transparencia verde y moteada sin verlo, ni siquiera lo veía cuando unían sus rostros con el cristal húmedo de por medio.

Al sacar a Hardy por la mañana y pasearlo por Glenallan Close y Kintail Way, para regresar a través de Lochleven Gardens, se cruzó con el cartero, que le entregó la correspondencia. Había otra postal de Christine, pese a que ese mismo día volvía a casa, y una carta para su madre, enviada por una de sus hermanas. En esta ocasión la postal representaba una calle de Newquay y decía: «Como es posible que esté en casa antes de que la recibas, no te daré noticias. Se supone que la X señala nuestra habitación, pero Cheryl dice que está mal porque nos alojamos en el tercer piso. Con todo cariño, Mamá».

Philip dejó sobre la repisa de la chimenea la carta para su madre. Casi nunca recibían cartas. Si querían comunicarse, sus parientes y conocidos llamaban por teléfono. ¿Y por qué no escribirle a Senta? Mecanografiaría el sobre en la oficina para que no supiera quién le enviaba esa carta. El día anterior por la mañana ni siquiera habría considerado esa posibilidad, pero la situación había cambiado. Rita y Jacopo estaban en casa y recibían cartas. Había visto dos sobres junto al teléfono cuando miró por la ranura del buzón. Si llegaba una carta para Senta, probablemente cualquiera de los dos se la entregaría y, ella la abriría. Cuando viera que la había escrito él, ¿la tiraría?

Despojado de la radio, condujo de West End a la sede central de Roseberry Lawn inmerso en sus pensamientos. La dificultad radicaba en saber qué decirle para evitar que echara la carta a la basura.

Philip casi nunca escribía cartas personales. Ya no recordaba la última vez que lo había hecho y jamás había redactado una carta de amor, que era lo que ahora tenía que hacer. Por lo general, cuando consignaba sus pensamientos por escrito o, más a menudo, cuando le dictaba algo a Lucy –la mecanógrafa que compartía con Roy y otros dos compañeros de trabajo–, el resultado era, más o menos, el siguiente: «Estimada señora Finnegan: Esta misiva es para confirmar la recepción de su cheque en pago por el trabajo acordado, que asciende a mil libras. Si tiene alguna duda, no deje de ponerse en contacto conmigo en la sala de exposiciones cuyas señas figuran arriba...». De todas maneras, se sabía capaz de escribir una carta de amor, ya se le ocurrían frases salidas de la plenitud de sus sentimientos y de su pasión, podía pedir disculpas y suplicar perdón. No le molestaría, no lo consideraría humillante. Sin embargo, Senta le había pedido que le demostrara su amor...

Roy, que seguía de buen humor, lo descubrió poniendo la dirección en el sobre con la máquina de escribir de Lucy.

–Parece que ahora escribes tus cartas de amor en horas de trabajo.

Era extraordinario hasta qué punto podía acercarse la gente a la verdad de las cosas sin darse cuenta. Philip arrancó el sobre del rodillo. Sin duda, Roy creyó que era una carta para la señora Ripple, pues dijo:

–Ha llegado el pedido de la nueva tapa de mármol. ¿Puedes telefonear a la vieja bruja y decirle que la tendrá a mediodía?

Intentó llamar por el teléfono de Lucy. Las dos primeras veces comunicaba. Mientras esperaba, hojeó el *Daily Mail* de Lucy, leyó un artículo sobre el IRA, otro acerca de un perro que había evitado que su amo se ahogara en el Grand Union Canal, y un tercero que relataba el asesinato de una anciana en Southall. Alzó el auricular y volvió a marcar el número de la señora Ripple.

–Diga. ¿Quién habla? –Su voz sonó como una ráfaga aguda y la frase pareció una palabra polisilábica. Philip se identificó y transmitió el mensaje de Roy.– ¡Ya era hora! No estaré en casa. Tengo que salir.

Philip añadió que volvería a llamarla. Se le acababa de

ocurrir una idea, una idea genial, la gran solución. Quedó tan alterado que habló con imprecisión, vacilante, incapaz de dar voz a palabras corrientes.

–¿Cómo ha dicho?

Philip hizo un esfuerzo y repitió:

–Señora Ripple, tengo que hablar con mi colega. Si le parece bien, la llamaré en cinco minutos.

Cerró la puerta como si temiera que alguien, observándolo u oyéndolo, pudiera adivinarle el pensamiento. Volvió a abrir el periódico y leyó por segunda vez el artículo sobre el asesinato de la mujer de Southall. ¿Por qué no se le había ocurrido antes esa salida? Era tan simple, otra jugada de la misma partida. Porque para Senta era eso, puro juego, y él también tenía que jugar. La idea incluso le gustó, la idea de un juego íntimo y secreto en el que ambos participaban, aun cuando ninguno conociera la verdad de la estrategia del otro. Así se volvía más emocionante.

Senta era una fantaseadora que, además, contaba la verdad de su propia historia. Aunque a Philip aún le resultaba difícil de asimilar, supo que era un análisis preciso de Senta. Acababa de descubrir otra faceta de su personalidad. Senta quería que su amante *–¿su marido?–* tuviera una vida onírica igualmente fantástica. En el breve lapso transcurrido desde que se conocían, tal vez ya la había desilusionado por su imposibilidad de narrar aventuras y prodigios de su pasado. La cuestión consistía en *que Senta sabría que se lo estaba inventando y esperaría que lo hiciese.* Ella misma lo hacía: era su estilo de vida. Súbitamente, Philip se consideró necio e insensible. Por haber sido tan torpe a la hora de responder a su sugerencia, la propuesta sencilla e inocente de que compartieran la fantasía, había provocado toda aquella desdicha, los diez peores días de su vida.

Se abrió la puerta y entró Lucy. Levantó el auricular

cuando sonó el teléfono y lo sostuvo a cierta distancia para defenderse de la andanada ensordecedora de la señora Ripple.

Redactó la carta sentado en la mesa de la sala, donde se vio sometido a diversas interrupciones. Primero Hardy quiso dar un paseo. Lo llevó hasta el final de Kintail Way y empezó de nuevo: «Querida Senta...».

Le pareció frío. Escribió «Amada Senta» y, a pesar de que nunca en su vida había llamado amada a ninguna mujer, le gustó. «Amada Senta: No te imaginas cuánto te he echado de menos, hasta ahora no sabía lo que significaba añorar. Por favor, nunca más volvamos a estar separados así.» Le habría gustado escribir unas líneas sobre sus encuentros sexuales, sobre el placer de hacer el amor y la terrible privación que había supuesto prescindir de ello, pero lo contuvo una timidez íntima y profunda. Aunque el acto era bello, abierto y libre, las palabras lo turbaron.

El sonido de la llave en la cerradura lo obligó a pensar en Christine, aunque era temprano. Había olvidado que Fee llevaría pan y jamón. También había comprado pastas danesas, una cesta de fresas y un brik de nata.

–¿A quién le escribes?

A pesar de que había tapado rápidamente la carta con el *TV Times* sobre el que tenía apoyada la hoja, se veía un ángulo. Como su hermana jamás creería la verdad, dijo con tono frívolo:

–A Senta Pelham. ¿A quién quieres que le escriba?

–Deberíais salir juntos; seguro que haríais buenas migas. Eso me recuerda que llevé al tinte el vestido de dama de honor, el mismo que Senta tuvo la amabilidad de dejar tirado en el suelo, y ha quedado como nuevo. Dile a mamá que de paso recogí su abrigo de invierno y lo colgué en su armario.

Philip esperó a que la puerta de calle se cerrara.

«Amada Senta: He intentado verte, no te imaginas las veces que he ido a tu casa. Claro que ahora comprendo que no me dejaras entrar ni quisieras verme. Te ruego que no vuelvas a hacerlo, es muy doloroso.

»He pensado mucho en lo que me pediste. Todos estos días he pensado en ti, creo que no se me ha pasado por la cabeza nada ni nadie más y, lógicamente, también he pensado en lo que dijiste que debía hacer para demostrarte mi amor. Personalmente, opino que para qué mayor prueba que todo lo que he padecido desde que aquel día te dejé y me quitaste las llaves de tu casa...»

Sería mejor que suprimiera el último comentario. Se parecía mucho a un reproche, a una queja. El zumbido de un motor diésel en la calle le indicó que Christine había llegado. Volvió a cubrir la carta con el *TV Times* y acudió a la puerta. Christine llegó sola, sin Cheryl. Tenía la piel bronceada, la cara dorada, las mejillas sonrosadas y el pelo desteñido por el sol. Se la veía joven y guapa, y Philip nunca había visto el vestido que llevaba, una prenda de lino color natural más sencilla y elegante que las que usaba habitualmente. Hardy pasó corriendo al lado de Philip, se arrojó sobre Christine y ladró de entusiasmo.

Christine cruzó el umbral con el perro en brazos y besó a Philip.

–Dijiste que tomara un taxi y te hice caso. Ha sido una carrera muy agradable, pero me ha cobrado más de cinco libras. Le he dicho al taxista que me parecía injusto que el reloj, el medidor o como se llame, siga cobrando incluso cuanto te quedas parado en medio de un atasco. Le he dicho que el reloj debería pararse si el taxi no se mueve, pero el hombre se lo ha tomado a risa.

–¿Qué ha pasado con Cheryl?

–Tiene gracia que me lo preguntes, porque ha estado a mi

lado hasta que llevábamos diez minutos en el taxi. Íbamos por una calle llena de tiendas la mar de agradables, de pronto le ha pedido al taxista que parara y la dejara bajar, el hombre ha frenado y Cheryl me ha dicho: «Hasta luego, nos veremos más tarde». Se ha bajado, y reconozco que me ha llamado la atención porque todas las tiendas estaban cerradas.

Era Edgware Road, pensó Philip.

–¿Te has divertido en Cornualles?

–Han sido unas vacaciones tranquilas, muy tranquilas. –Era lo mismo que respondía cuando alguien le preguntaba si lo había pasado bien en Navidad.– He estado mucho tiempo sola. –No se quejaba, simplemente expresaba la realidad.– Cheryl prefería moverse por su cuenta. Ya sabes, es joven y no quiere que el viejo murciélago aletee a su alrededor. ¿No crees que Hardy está encantado de verme? Querido, el perro tiene muy buen aspecto, lo habrás cuidado con esmero. –Observó la cara de adoración del perro y luego, con su actitud afable pero aprensiva, la de Philip.– Phil, no puedo decir lo mismo de ti, estás muy paliducho.

–Estoy bien.

Gracias a la deserción de Cheryl, tendría que quedarse con su madre en lugar de concluir la carta. No podía subir a su habitación y abandonarla la tarde de su regreso. Al evocar esos diez días terribles, pensó que habían sido un verdadero desperdicio. Si no hubiese sido tan necio, habrían estado juntos cada noche, toda la noche...

Eran las diez y media pasadas cuando volvió a ocuparse de la carta. Christine prefirió retirarse temprano. Una rápida ojeada a la agenda le permitió saber que a las nueve de la mañana siguiente tenía que cortar, lavar y secar el pelo a una clienta. Philip se sentó en la cama, puso el papel de carta sobre el *TV Times* y éste sobre su viejo atlas escolar, que apoyó en las rodillas.

«Amada Senta: No sabes cuánto te he echado de menos...» Releyó lo que había escrito y se dio por satisfecho. Supo que no podía hacerlo mejor. «No sé por qué me puse de aquella manera cuando hablaste de lo que debíamos hacer para demostrar nuestro mutuo amor. Sabes que haré cualquier cosa por ti, claro que sí. Por ti lo haría cincuenta veces, lo haría con tal de volver a verte. Te quiero. A estas alturas ya debes saberlo, pero lo repetiré porque quiero que lo recuerdes y que sepas que te lo demostraré: Te quiero. Con mi eterno amor, Philip.»

10

Senta no respondió.

Philip sabía que tenía que haber recibido la carta. Poco dispuesto a confiar en el correo, la había llevado personalmente a Tarsus Street de camino al trabajo y la había introducido en el buzón. Luego miró por la ranura y vio la carta en el suelo, no en el felpudo inexistente, sino en las sucias baldosas rojas y negras. La casa estaba en silencio y cerrados los postigos de la ventana del sótano y de las dos de arriba. Sobre la mesa, el teléfono quedaba oculto bajo una pila de folletos, revistas y correo comercial.

En cuanto se le ocurrió la idea de escribirle –mejor dicho, en cuanto se le ocurrió la idea de que debía escribirle–, desapareció su desdicha y se sintió pletórico de esperanzas. Esa euforia no se basaba en nada. El mero hecho de escribir una carta y enviarla no le permitiría recuperarla. En un nivel de su conciencia sabía que eso era verdad, pero en otro –el que más parecía influir en sus emociones– había resuelto sus problemas, puesto fin a la pena, la había recuperado. Se sintió contento en el trabajo, casi tanto como antes de aquel domingo en que le dijo todo aquello a Senta y ella lo echó.

No había pensado de qué modo tendría lugar el retorno de Senta. Seguramente sería a través de una llamada telefónica. Pensándolo bien, nunca lo había llamado, ni una sola vez. Tampoco se la imaginaba escribiendo una carta de respuesta.

¿Debía ir a su casa como en los viejos tiempos? Aunque habían pasado menos de quince días, cabía decir los viejos tiempos. Transcurrió el jueves sin que pasara por Tarsus Street. El viernes la llamó desde la oficina y oyó las palabras de Jacopo en el contestador. Dejó el mismo mensaje que la última vez: que Senta le telefoneara, pero en esta ocasión solicitó que fuera esa misma noche y dejó su número. Aunque pareciera extraño, tuvo la sospecha de que Senta no sabía su número de teléfono. Y era harto improbable que en esa casa hubiera listines.

Esa noche, Christine sacó a pasear a Hardy. Philip no quiso moverse de la casa. Dijo a su madre que esperaba una llamada del director de arte desde la oficina central. Christine se lo tragaba todo, incluso que una empresa como Roseberry Lawn tuviera un director de arte, que ese personaje mítico trabajara hasta las tantas de la noche del viernes y tuviera que consultar a un ejecutivo novato como Philip. Mientras Christine paseaba al perro, Philip experimentó una de las peores sensaciones que se conocen en el terreno de las emociones: esperar horas y horas junto al teléfono a que llame la persona de la que uno está desesperadamente enamorado, oír por fin los timbrazos y que sea la propia hermana.

Fee quería averiguar si Christine le arreglaría el pelo el domingo por la noche, después de que cenaran todos juntos. Se le había metido en la cabeza que quería unas mechitas rubio ceniza. Habitualmente Philip desconocía las citas y los compromisos de su madre, pero la había oído decir por teléfono a su amigo que el domingo a las seis le haría la permanente a una anciana a quien la artritis le impedía salir de casa. Fee añadió que llamaría más tarde, cuando Christine estuviera de vuelta, y Philip tuvo que aceptarlo, pese a que pensó que si para entonces Senta aún no había llamado se haría la ilusión de que era ella cuando sonara el teléfono. Sería incapaz de dominarse y no contestar.

En realidad, fue lo que sucedió, ya que Senta no telefoneó pero sí lo hizo Fee, y volvió a sentir las mismas esperanzas y la misma decepción. A medianoche, cuando por fin se fue a la cama, Senta aún no había telefoneado.

El sábado por la tarde fue en coche hasta Tarsus Street. El viejo con impermeable de mujer había conseguido una especie de carretilla de madera donde apilaba sus pertenencias guardadas en bolsas de plástico. Estaban dispuestas a modo de cojines y tenían los mismos colores llamativos que los almohadones: rojo Tesco, verde Marks & Spencer, amarillo Selfridge, y azul y blanco de la farmacia Boots. El viejo estaba reclinado encima de las bolsas, como un emperador en su carro, y comía un bocadillo de pan blanco, en el que sus dedos dejaban marcas negras, relleno de algo grasoso.

Saludó a Philip moviendo el bocadillo. Nunca lo había visto tan animado. Su sonrisa, con la boca abierta, dejó ver unos dientes cariados y verdosos.

–Jefe, fíjese en lo que he conseguido con su generosísimo regalo. –Dio una patada al lateral de madera de la carretilla–. Ahora tengo transporte propio y voy unos ratos a pie y otros andando.

Después de ese comentario, Philip fue incapaz de negarle una moneda de una libra. Quizá tenía derecho a algo a cambio.

–¿Cómo se llama?

La respuesta del viejo fue cautelosa e indirecta:

–Por estos lares me llaman Joley.

–¿Anda siempre por aquí?

–Por aquí y por Caesarea –lo pronunció incorrectamente– y me llego a veces hasta Ilbert.

–¿Ha visto alguna vez a la chica que vive en esa casa?

–¿La chavala de pelo gris?

A Philip le pareció un modo disparatado de describir a Senta, pero asintió.

El viejo dejó de comer.

–No será usted de la pasma, ¿eh?

–¿Yo? ¡Ni hablar!

–Jefe, le diré una cosa: en este momento la chica está en la casa. Ha vuelto hace diez minutos.

El viejo extendió descaradamente la mano. Philip no supo si creerle o no, pero le dio otra moneda de una libra. Pronto se disipó la ilusión de que la puerta de entrada no tuviera echado el cerrojo, pero al mirar hacia el patio vio que los postigos estaban entreabiertos. Si salvaba el bajo muro de yeso de los peldaños y se agachaba en el cemento, podría mirar hacia el cuarto de Senta. Verlo después de dos semanas de privación –salvo en los sueños– le aceleró el pulso y notó que le bullía la sangre. En la habitación no había nadie. Del respaldo de la silla de mimbre colgaban su vestido plateado y unas medias color lila, usadas y desechadas, que aún mostraban débilmente el contorno de las piernas y los pies de Senta. La cama estaba hecha con el edredón y las fundas moradas.

Esta vez no llamó a la puerta. El viejo lo observaba sonriente y con cierto interés. Philip se despidió y le dijo «hasta pronto», aunque no creía que volviera a verlo. Regresó a casa y se dijo que no volvería más, que tenía que soportar la pena, que más le valía hacerse a la idea de que no compartiría la vida con ella, que debía seguir adelante a pesar de todo. Pero, aunque no era lo que se proponía, subió a su habitación arrastrando los pies, trabó la puerta con una silla y sacó a Flora del armario. Su rostro, su pelo ondulado y ordenado, su sonrisa lejana y sus ojos hipnóticos ya no le recordaban a Senta. Experimentó una sensación nueva y extraña. Sintió deseos de destrozar a Flora, hacerla añicos con un martillo y pisotear los fragmentos hasta convertirlos en polvo. Para alguien que detestaba todo tipo de violencia, se trataba de deseos desagradables y vergonzosos. Guardó a Flora en su escondite. Se tendió boca abajo en la cama y, sorprendido y avergonzado, lloró dolorosamente sin lágrimas. Se cubrió con la almohada y la mordió para que, si subía, Christine no lo oyera.

Había transcurrido medio domingo cuando renunció a toda esperanza. Fee estaba en casa pues había quedado en que Christine le haría las mechitas por la tarde. Cheryl también estaba en casa; ésa era la primera vez que Philip veía a su hermana desde que había regresado de Cornualles. No estuvo mucho rato. Después de comer o, mejor dicho, de picar un poco en el almuerzo, muy superior a los que habitualmente preparaba Christine –pollo relleno asado, puré de patatas instantáneo y judías frescas–, Cheryl se retiró de la mesa y cinco minutos después salió. En un momento que se había encontrado a solas con él, le pidió cinco libras. Philip tuvo que negarse porque no las tenía y añadió, quizá inútilmente, que no entendía para qué quería dinero un domingo. Siguió sentado a la mesa, delante de un cuenco de cristal con dos mitades de melocotones en almíbar, y pensó: «no volveré a ver a Senta, así son las cosas, se acabó, es el fin, punto y aparte». Lo aterrador era su incapacidad de imaginar cómo sobrellevaría otra semana en esas condiciones. ¿Llegaría el domingo siguiente y estaría aún vivo? ¿Sobreviviría a la tortura de otra semana igual?

Fregados los platos, Christine y Fee se apoderaron de la cocina. Aunque Christine nunca cobraba a sus hijas el servicio de peluquería, les permitía pagar el coste de los cosméticos. Fee y ella se liaron en una discusión acerca del porcentaje que se le permitiría abonar a Fee.

–Sí, claro, querida, nos trajiste buen jamón, fresas y nata y yo sólo te he pagado el pan –decía Christine.

–Mamá, las fresas fueron un regalo, no me debes nada, ya lo sabes.

–Y hacerte las mechas es mi regalo, cariño.

–Te propongo una cosa. Dime el precio del tinte rubio ceniza, y, como querré acondicionador, cuéntalo también, lo mismo que el gel que utilices, resta lo que costó el jamón, una libra veintidós, y te daré la diferencia.

Philip estaba en la sala, tenía delante el *Sunday Express* pero no lo leía, simulaba hacerlo, y había puesto a Hardy en sus rodillas. Christine apareció con el bote de PG Tips en el que guardaba el cambio.

–Habría jurado que antes de irme había aquí siete libras cincuenta y sólo quedan treinta peniques.

–Yo no lo he tocado –afirmó Philip.

–Ojalá lo hubiese mirado el miércoles. Mi duda es si desapareció ayer por la tarde, mientras estabas fuera. Di la vuelta a la manzana con Hardy y no cerré con llave. Sé que tendría que haberlo hecho, pero sigo pensando que éste es un buen barrio. Sólo estuve fuera diez minutos, pero bastante para que alguien entre, eche un rápido vistazo y se lleve lo que encuentre a mano. Supongo que algún pobre sin un céntimo y desesperado. Lo comprendo, pero ya está bien, por amor de Dios.

Philip sabía perfectamente quién era ese pobre sin un céntimo y desesperado. El robo no había ocurrido el día anterior, sino poco antes del almuerzo. En otro momento le habría preocupado, habría sabido que tenía que hacer algo, por lo menos decirle a Christine lo que sabía. Pero ahora sólo se interesaba por sí mismo. Vació los bolsillos y entregó a su madre todo el cambio que tenía. Se preguntó fugazmente dónde estaría Cheryl, en qué negocios se había metido con esas siete libras cincuenta. ¿Qué se podía comprar con una cantidad tan insignificante? Ni coca, ni hierba, ni crack. ¿Una botella de whisky? Eso, por descontado. ¿Algún tipo de disolvente? No imaginó a su hermana adicta a esnifar pegamento.

Una vez terminado el trabajo, la cabellera de Fee parecía un casco de mechitas color miel y nata, ahuecadas y centelleantes. A pesar de que casi no entendía nada de estas cosas, Philip sabía que Christine seguía haciendo peinados que estuvieron de moda cuando era muy joven. A veces los llamaba por su nombre, el «italiano» y la «colmena», como si fueran títulos eternos y comprensibles para las generaciones posteriores, no sólo para las que habían sido jóvenes en 1960. Pero Fee parecía satisfecha. Si también sospechaba que Cheryl había sustraído el dinero del bote de PG Tips, no lo comentó con Philip.

En cuanto Fee se fue, Christine guardó en una bolsa de viaje cuanto necesitaba para hacerle la permanente a la anciana señora que no podía moverse de casa. Mientras organizaba sus trastos, charlaba con Philip y le narraba la experiencia de su madre, que se había hecho una permanente en los años veinte, cuando aún extendían el pelo sobre una máquina eléctrica y lo cocían hasta rizarlo, de manera que una se pasaba todo el día enchufada en aquel extraño artilugio de cocina. Philip lamentó que su madre tuviera que salir, porque no quería quedarse a solas consigo mismo y sus pensamientos. Era absurdo, como cuando de pequeño no quería que su madre saliera de casa, si bien siempre se quedaba alguien para cuidarlo.

Un mes antes había soltado un suspiro de alivio cada vez que su madre le comunicaba que tenía que salir. Menos de un año atrás, deseaba que se casara con Arnham.

–¿A qué hora volverás? –preguntó, sorprendido de hacer una pregunta que Christine, con su peculiar tacto, jamás formulaba.

Su madre lo miró azorada: era comprensible.

–Philip, no tengo la menor idea. Tardaré unas tres horas. Intentaré hacerle una permanente agradable a la pobre viejecita.

Philip no volvió a abrir la boca. Subió la escalera. Sonó el timbre cuando entraba en su dormitorio. Christine abrió la puerta casi en el acto. Debía de estar al lado, a punto de partir. La oyó decir:

–Hola, querida. ¿Cómo estás? ¿Vienes a visitar a Cheryl?

Seguramente le respondieron, pero Philip no oyó nada. Puesto que no vio ni oyó nada, ¿cómo lo supo? ¿Cómo reaccionó lo suficiente para asomarse por el hueco de la escalera, contener la respiración y apretar los puños?

La madre de Philip dijo:

–Cheryl ha salido, pero estoy segura de que volverá enseguida. Querida, tengo que irme, se me hace tarde. ¿No te apetece entrar y esperar a Cheryl?

Philip bajó la escalera. Senta había entrado y estaba en el vestíbulo, mirando hacia arriba. Ninguno de los dos habló ni tuvo ojos para nada ni para nadie que no fuera el otro. Si a Christine le llamó la atención, no dijo nada, no dio señales de haberse enterado, cruzó la puerta y, al salir, la cerró. Philip se acercó a Senta en silencio, ésta dio un paso hacia él y cayeron uno en brazos del otro.

Al abrazarla, olerla y degustar sus labios suaves, curvos, húmedos y salados, al notar la presión de sus senos contra su pecho, Philip pensó fugazmente que se desmayaría de éxtasis. Lo dominó una oleada de fuerza y seguridad, de profundo bienestar, y la alzó. En mitad de la escalera Senta forcejeó, se zafó y corrió al dormitorio de Philip.

Yacieron en su cama como la primera vez. Nunca habían hecho el amor de una manera tan sublime, tan infinitamente gratificadora, ni la primera vez ni en los reiterados y voluptuosos momentos de complacencia en el lecho del cuarto del sótano. Tendidos el uno al lado del otro, con el brazo de Philip rodeando lánguidamente los hombros de Senta, se sintió dominado por una cálida y profunda ternura hacia ella. Reprocharle algo era impensable. Las horrorosas visitas a Tarsus Street, los aldabonazos, el espiar por la ventana y los intentos de telefonear adquirieron el carácter de un sueño; de ese tipo de sueño que, mientras ocurre, es muy vívido y real, que al despertar persiste, un rato de forma inquietante y luego se desvanece rápidamente en el olvido.

–Te quiero, Senta –afirmó–. Te quiero. ¡Cuánto te quiero!

Senta volvió la cabeza hacia Philip y sonrió. Paseó una pequeña uña color nata por su mejilla, hasta llegar a la comisura de los labios.

–Philip, te quiero.

–Ha sido maravilloso que te hayas presentado aquí, en casa. Ha sido lo más fantástico que podías hacer.

–Ha sido lo único que podía hacer.

–Conocí a Rita y a Mike Jacopo.

Senta permaneció impávida.

–Me dieron tu carta. –Se enroscó a su alrededor para lograr que la mayor parte posible de sus cuerpos estuvieran en contacto. En sí, era otro tipo de encuentro sexual y parecía que lo utilizaba para ser uno con él.– No les he dicho nada. ¿Para qué? No me importan. Además, otra vez se han ido.

–¿Se han ido?

–Participan en concursos de baile. Así se conocieron. Han ganado varias copas de plata.

La tierna risilla de Senta provocó las carcajadas de Philip.

–Ay, Senta; ay, Senta. Me basta con repetir tu nombre una y otra vez. Senta, Senta. Resulta curioso, es como si nunca te hubieras alejado y, al mismo tiempo, como si empezara a darme cuenta de que has vuelto, de que te he recuperado. Me gustaría reír y gritar de felicidad.

Cuando Senta habló, Philip notó el movimiento de sus labios contra su piel.

–Philip, lo siento. ¿Me perdonas?

–No hay nada que perdonar.

Senta apoyó la cabeza en el pecho de Philip. Éste le miró la coronilla y vio que había teñido de plateado las raíces rojas de sus cabellos. Durante unos segundos un dedo frío tocó su felicidad y tuvo una idea espontánea y muy inoportuna: estuvo perfectamente sin mí, hizo sus cosas, se tiñó el pelo. Asistió a una fiesta...

Senta alzó la cabeza y lo miró.

–Esta noche no hablaremos de lo que cada uno hará por el otro. No lo estropearemos. Ya hablaremos mañana.

Los fantaseos no tenían espacio en la configuración emocional de Philip. Mientras hacia el amor con una chica, jamás imaginaba que estaba con otra más bella o más atractiva, ni se tendía en la cama por las noches a evocar visiones de mujeres en su fabulosa desnudez, repantigadas en delirantes posturas pornográficas. Nunca había soñado despierto con ser un hombre de éxito, rico e influyente, dueño de una vivienda lujosa y de un cochazo, ni un refinado viajero que se pasea de un extremo a otro del mundo, ni financiero o magnate. Su imaginación apenas lo transportaba hasta la alfombra que se extendía delante del escritorio del director gerente de Roseberry Lawn, convirtiéndolo en destinatario de innumerables felicitaciones y un rápido ascenso. Philip poseía un poderoso sentido de la realidad inmediata.

Crear una fantasía que satisficiera a Senta, pues de eso se trataba, sería una tarea difícil. Durante la primera semana del reencuentro, la necesidad de proceder a esa elaboración se cernió como una amenaza. Notó su lóbrega presión incluso cuando se sentía más feliz; por ejemplo, cuando estaba con ella en Tarsus Street e inmerso en la profunda paz que surge después de hacer el amor, momento en que se tendría que haber sentido más relajado, se presentaba esa amenaza silente y escrutadora. Parecía mirarlo, parecía algo vivo que se inmiscuía en su conciencia en el momento más inoportuno y allí se instalaba, cruzada de brazos y destilando amenazas.

No podía seguir postergando el acto que debía realizar, aunque sólo fuese verbal. Debía afrontarlo y darle forma, un guión construido con actores... dos actores, él y su víctima. Senta se lo recordó más de una vez.

–Philip, necesitamos pruebas de nuestro amor. No basta con que nos sintiéramos desdichados al estar separados. Eso le pasa a cualquiera, a la gente vulgar. –Siempre insistía en que no eran gente vulgar, en que se semejaban a dioses.– Debemos demostrarnos mutuamente que estamos dispuestos a ponernos por encima de las leyes humanas corrientes. Más aún, reducirlas a nada, demostrar que para nosotros no cuentan.

Pensando mucho en el tema durante la separación, Senta había llegado a la conclusión de que Philip y ella eran reencarnaciones de una famosa pareja de amantes del pasado. Aún no había decidido la identidad exacta de esos personajes históricos o, como solía decir, esa verdad aún no se le había revelado. Mientras estuvieron separados se presentó a una prueba y consiguió un papel en una producción teatral marginal. Era un papel de poca monta, con menos de veinte líneas, pero en realidad no era tan secundario porque, al final, resultaba que la mujer que interpretaba era la agente secreta que todo el reparto había buscado a lo largo de quince actos surrealistas.

La situación provocó en Philip un desasosiego no deseado en esa fase de la relación. Habría preferido regocijarse en el amor renovado y tal vez haber hecho planes razonables y sensatos para el futuro, pensando en un posible matrimonio. Durante mucho tiempo no tuvo la certeza de que quería casarse, aunque sabía que jamás soñaría con contraer matrimonio con otra mujer que no fuera Senta. Y se sintió muy incómodo cuando ella le pidió que intentara recordar si en una vida anterior había sido Alejandro, Marco Antonio o Dante.

También tuvo dificultades para dilucidar si el papel en la obra de teatro marginal era una fantasía o una realidad.

Estaba bastante convencido de que se trataba de una fantasía. El hecho de que a menudo Senta le hubiera dicho la verdad sobre su pasado no significaba que era invariablemente veraz, de eso estaba convencido. Su mayor fantasía era lo que Philip tenía que afrontar y el muchacho fue postergando para el día siguiente sus movimientos de esa partida tan desagradable y absurda. Cuanto más lo atrasaba, más lo pensaba y más chocante le resultaba. Matar a alguien era algo monstruoso, lo peor que podías hacer –razón por la cual, obviamente, Senta hablaba de hacerlo–, de modo que sostener que lo había hecho sin hacerlo era erróneo e incluso corrupto. Philip apenas sabía a qué se refería con esa palabra, pero de lo que sentía no le cabían dudas.

¿Era posible que un hombre realmente cuerdo y normal le dijera a una mujer que había matado a alguien, reivindicara un asesinato, cuando en realidad era inocente? Y, yendo al grano, ¿podía *ser* inocente la persona que afirmaba semejante atrocidad? Sabía que debería convencerla de que esa fantasía era una locura, ni siquiera era bueno que pensaran en ella. Si se amaban tanto como él sabía que se amaban, tendrían que poder hablar de cualquier tema, esclarecerlo todo. Llegó a la conclusión de que el fallo era de los dos. Philip sabía que no era un dios y, cuando se defendía de ello, Senta se limitaba a responder que no podía saber si lo era o no y que, con el tiempo, la verdad se revelaría.

–Somos Ares y Afrodita –le dijo–. Esos viejos dioses no murieron con la llegada del cristianismo. Se ocultaron y de vez en cuando renacen encarnados en individuos especialmente elegidos. Philip, tú y yo pertenecemos a esa categoría. Anoche tuve un sueño en el que todo me fue revelado. Estábamos en la curva del globo terráqueo, en medio de una luz cegadora, y vestíamos túnicas blancas.

Aunque Philip no sabía bien quiénes habían sido Ares y Afrodita, sospechaba que sólo existían en la mente de los seres humanos. ¿Tal vez en la mente de mujeres como Senta? Ella le contó que esa pareja de dioses (también llamados Marte y Venus, lo cual para Philip tuvo mucho más sentido) hizo matar a muchos mortales, no se inmutaba al dar muerte a todo aquel que los ofendía o que incluso los estorbaba con su mera existencia. Philip fue incapaz de pensar en alguien que lo hubiese ofendido y, menos aún, cuya existencia fuera una molestia. En otro tiempo no muy lejano, Gerard Arnham habría encajado en esa categoría. Y ahora era irreal pensar que pudiese hacerle daño.

El lunes, más de una semana después de que Senta hubiese regresado a su lado, tomó la decisión de que, al margen de las consecuencias que pudiera tener en la evaluación moral de sí mismo, no podía postergar más esa jugada decisiva. En cuanto la ejecutara, se acabarían sus problemas. Senta consideraría que le había demostrado su amor, jugaría a un juego parecido para demostrar el suyo propio y, una vez cumplido el trámite, se asentarían en esa relación placentera que debía alcanzar la convivencia, el compromiso e incluso la boda. Se consoló con la idea genial y espontánea de que la realidad del amor compartido pronto curaría a Senta de la necesidad de fantasear.

Para variar, no fue un día muy movido. De camino al trabajo compró varios periódicos. Después de inspeccionar uno de los pisos remodelados en Wembley, compró el diario de la tarde. El primer contingente no le había servido de mucho. Pasado casi un año, volvían a ocuparse de la desaparecida Rebecca Neave. Nunca encontraron su cadáver. Su padre y su hermana habían creado una asociación llamada Fundación Rebecca Neave y solicitaban donativos. Los querían para crear un centro donde enseñar a las mujeres defensa personal y artes marciales. En una foto, Rebecca aparecía con el chándal de terciopelo verde que llevaba el día de su desaparición. Utilizarían una representación estilizada de la foto para el logotipo de la fundación.

El *Evening Standard* publicaba un artículo de fondo sobre Rebecca y otras dos chicas que habían desaparecido el año anterior. También le proporcionó a Philip un párrafo que se ajustaba exactamente a lo que estaba buscando. Lo leyó sentado en el coche, en uno de los aparcamientos del centro comercial de Brent Cross, donde había ido a comprar vino, fresas y bombones para Senta.

El cadáver de un hombre hallado en un derribo de Kensal Rise, al noroeste de Londres, se ha identificado como perteneciente a John Sidney Crucifer, de sesenta y dos años, descrito como vagabundo y sin domicilio conocido. La policía opina que se trata de un asesinato.

La propia Senta había sugerido que bastaría alguien de esas características y señalado a la vieja de las bolsas que se había sentado de espaldas a la barandilla. La única pega consistía en que la policía encontrara al asesino de John Crucifer y los diarios publicaran la noticia. No le gustaba pensar que a Senta le importara un bledo que otra persona acabara en la cárcel por un crimen cometido por Philip. ¡Qué estupidez! ¿Qué significaba que a ella le importaría un bledo? Para Senta no eran más que fantasías. Tal vez ni siquiera dijese que sabía que en realidad no había matado a nadie, pero sabría que no lo había hecho. Ya sabía, tenía que saber, que su compromiso era uno de los movimientos de la partida. Además, Senta nunca leía la prensa, jamás la había visto hojear un periódico.

John Crucifer le venía como anillo al dedo. No necesitaba ocuparse de detalles ni del hecho improbable de que el caso se convirtiera en algo importante, de interés nacional, porque la verdad era que Senta no quería que la luz de la realidad lo iluminase. Quería sueños y, al menos por una vez, los tendría. Fue presa de cierta vergüenza mientras permanecía en el aparcamiento del centro comercial. En realidad, se debía a la idea de la conversación que iba a sostener con Senta, durante la cual tendría que contarle todo aquello y ser testigo de su satisfacción. Philip mentiría, Senta aceptaría como verdadero su embuste, y ambos los sabrían.

A la hora de la verdad, fue mucho peor de lo que había imaginado.

Primero fue a cenar a su casa y llegó a Tarsus Street alrededor de las siete y media. Durante el trayecto ensayó por enésima vez la historia que había preparado para Senta. Llevaba el artículo del *Standard*, que había recortado con la tijera de peluquería de Christine, y en el bolsillo una moneda de una libra para el viejo Joley.

Sus sentimientos hacia Joley tenían un matiz supersticioso. Era como si lo hubieran nombrado guardián de Senta y de su amor, pero no en un sentido real, más bien como si hubiera que apaciguar al viejo con dádivas para que se mantuviera estable la relación entre Philip y Senta. Si no entregaba las monedas de una libra surtiría efecto cierto maleficio del que serían víctimas tanto Senta como él. A modo de prueba, la noche anterior había hecho un comentario en este sentido –intentaba suministrar ilusiones que estuvieran a la altura de las de ella– y Senta lo había relacionado con los honorarios de un barquero y con la comida para comprar la benevolencia de un perro que vigilaba la entrada del averno. A Philip le resultó totalmente ininteligible, pero se alegró de ver satisfecha a Senta.

Esa noche Joley no estaba. No había huellas del vagabundo ni de la carretilla cargada con los vistosos cojines. Le pareció un mal agüero. Philip sintió la tremenda tentación de postergar un día más la historia que debía contarle a Senta. ¿Cuándo volvería a presentarse otra oportunidad? Tal vez pasarían varias semanas. Tenía que hacerlo, dejar de pensar en el asunto de esa forma tan propia de un intolerable examen de conciencia, y hacerlo de una vez por todas.

Con tono frío, muy distinto al que habituaba a emplear con ella, le dijo bruscamente que había hecho lo que esperaba. El rostro de Senta se iluminó. Relampaguearon sus ojos como olas marinas, verdes y de un blanco acuoso. Lo sujetó de las muñecas. A Philip le resultó imposible pronunciar las palabras. Le entregó el recorte.

–¿Para qué me das esto?

Philip habló como si sometiera a prueba sus conocimientos de un idioma extranjero, atento a cada palabra:

–Así sabrás lo que hice.

–¡Aaah! –Fue una aspiración prolongada y satisfecha. Senta leyó el párrafo dos o tres veces y una sonrisa se formó poco a poco en sus labios.– ¿Cuándo lo hiciste?

Philip había supuesto que no pediría muchos detalles.

–Anoche.

–¿Después de irte?

–Sí.

Philip recordó una representación de aficionados de *Macbeth* que había visto cuando todavía era alumno del instituto.

–Veo que has seguido mi sugerencia. ¿Y qué pasó? ¿Cuando saliste de casa fuiste por Harrow Road? Supongo que tuviste suerte y lo encontraste holgazaneando por ahí.

Philip experimentó una terrible sensación de repugnancia, no por Senta sino por el tema, un asco físico tan intenso como el rechazo ante el excremento de perro en el peldaño, ante una masa hormigueante de gusanos.

–Dejémoslo en que lo hice –logró articular. Tenía la garganta cerrada.

–¿Y cómo lo hiciste?

Si hubiera podido, Philip habría eludido la idea. Habría escapado de la confirmación absoluta e indiscutible de que Senta estaba entusiasmada, de que se regodeaba con una especie de interés lascivo, libidinoso y placentero. Se humedeció los labios y los entreabrió como si le faltara aire. Las manos que lo sujetaban de las muñecas treparon por sus brazos y lo atrajeron.

–¿Cómo lo mataste?

–Senta, no puedo, no quiero hablar del tema. –Se estremeció como si de verdad hubiese cometido un terrible acto de violencia, como si recordara una navaja que se hunde en un cuerpo, un chorro de sangre, un grito de dolor, el forcejeo y una entrega definitiva e impotente a la muerte. Detestaba esos temas y la babeante fascinación que ante ellos sentían los demás.– No me preguntes nada, no puedo hablar.

Senta le tomó las manos y las extendió con las palmas hacia arriba.

–Ya lo sé. ¡Lo estrangulaste con estas manos!

Era tan terrible como analizar la perspectiva de la navaja y la sangre. Philip imaginó que notaba cómo temblaban sus manos en las de Senta. Se obligó a asentir, a responder:

–Sí, lo estrangulé.

–Estaba oscuro, ¿no?

–Por supuesto. Era la una de la madrugada. Y no me hagas más preguntas.

Comprendió que Senta no entendía que se negara a darle detalles. Ella esperaba una descripción de la velada, la calle desierta y silenciosa, la indefensa confianza de la víctima... y su depredador aprovechamiento de la oportunidad. Senta palideció como le ocurría a veces, cuando se desilusionaba. Perdió toda animación, todo sentimiento y pareció que sus ojos se volcaban hacia adentro para contemplar los vericuetos de su propia mente. Sujetó con sus manos de niña dos gruesos mechones de pelo plateado y los cruzó sobre los hombros. Sus ojos se volcaron nuevamente hacia afuera y se llenaron de luz.

–¿Lo hiciste por mí?

–Sabes que sí. Era lo que habíamos acordado.

Un prolongado estremecimiento –que pudo ser real o fingido– sacudió a Senta de la cabeza a los pies. Philip recordó que era actriz. Estas cosas eran necesarias para ella y debía aprender a soportarlas. Senta apoyó la cabeza en su pecho, como si quisiera oír los latidos de su corazón, y susurró:

–Haré lo mismo por ti.

11

Cuando salieron nada estaba más lejos de su intención que seguir a Cheryl. Era la primera vez que estaba fuera de casa con su hermana desde el día en que visitaron a Arnham, pero entonces los acompañaban Christine y Fee. Desde la muerte de su padre, Cheryl y él nunca habían salido solos.

Era sábado por la noche, y Philip se dirigía a Tarsus Street. Decirle a una madre que jamás hacía preguntas que no iba a regresar hasta la noche siguiente era más difícil que planteárselo a una madre cotilla y entrometida. Por fin se lo había dicho como quien no quiere la cosa y Christine le había dirigido una sonrisa inocente y confiada.

–Que te diviertas, cariño.

Muy pronto todos lo sabrían. En cuanto se prometieran, no tendría reparo en decir que pasaba la noche con Senta. Estaba subiendo al coche cuando Cheryl apareció corriendo y le pidió que la llevara.

–Voy en dirección a Edgware Road.

–Venga ya, desvíate y llévame a Golders Green.

Aunque suponía un gran rodeo, Philip accedió porque sentía curiosidad. Había algo inquietante en la idea de que Cheryl guardaba un secreto al tiempo que él hacía lo mismo. No habían terminado de girar en la esquina de Lochleven Gardens cuando Cheryl le pidió dinero prestado.

–Venga, Phil, sólo cinco libras y me llevas a Edgware Road.

–Cheryl, nunca más te dejaré dinero. –Calló. Como Cheryl no dijo nada, preguntó:– ¿Qué pasa en Golders Green? ¿Qué se te ha perdido allí?

–Tengo un amigo que me dejará el dinero –respondió Cheryl a la ligera.

–Cheryl, ¿qué te pasa? No me queda más remedio que preguntártelo. Sé que andas en algo raro. Salvo por las noches, nunca estás en casa, no tienes amigos, estás siempre sola e intentas conseguir dinero por todos los medios. ¿Estás metida en algún lío?

–No tiene nada que ver contigo.

La voz de su hermana había recuperado su antiguo tonillo sombrío y hosco, pero también contenía una nota de indiferencia, de «me importa un bledo» que le demostró que las preguntas sobraban, que sus intervenciones no valían nada porque las eludía sin admitir la menor responsabilidad.

–Como tú comprenderás, algo tendrá que ver conmigo si te presto dinero.

–Pero no piensas hacerlo, ¿no es así? Ya me has dicho que no y más te vale cerrar el pico.

–Al menos podrías contarme qué piensas hacer esta noche.

–Vale, pero antes dime qué piensas hacer tú. La diferencia es que a mí me da igual. Además, lo sé. Sales con Stephanie, ¿no?

Su equivocada certeza acerca de lo que Philip había hecho y haría lo llevó a preguntarse si era igualmente desacertada su convicción de que Cheryl era adicta a las drogas o al alcohol. Si ella podía equivocarse –y *estaba* equivocada–, él también. Ni siquiera se molestó en negar lo que su hermana acababa de decir y reparó en su triunfal gesto de asentimiento. La dejó en Golders Green, junto a la estación en la que los autobuses daban la vuelta. Su intención era bajar por Finchley Road, pero al ver que Cheryl se alejaba en dirección a High Road, se le ocurrió la idea de seguirla y ver qué hacía. Le llamó enormemente la atención que Cheryl llevara paraguas.

Había llovido y daba la sensación de que volvería a llover. Los pocos transeúntes que vio llevaban paraguas, pero en Cheryl era algo inaudito. ¿Qué quería proteger de la lluvia? Ciertamente, no se trataba de su pelo corto y erizado. Tampoco sus tejanos ni la brillante cazadora de plástico. Verla con paraguas era tan ridículo como imaginar a Christine en tejanos. Aparcó el coche en una bocacalle. Al llegar a la vía principal, creyó que había perdido de vista a su hermana y enseguida la divisó a lo lejos, en la curva de High Road, caminando por la ancha acera.

En cuanto se encendió la figura verde del peatón autorizando a cruzar, Philip atravesó deprisa Finchley Road. Era pleno verano y sería de día durante dos horas más, pero la luminosidad era plomiza a causa de la lluvia y del cielo encapotado y amenazador. Cuando abrían las tiendas, la zona se llenaba de gente, los coches aparcaban en doble fila y los autobuses tenían dificultades para avanzar. Sólo era un centro comercial y, sin cines ni bares, con una única bodega, la calle estaba vacía salvo por Cheryl, que caminaba pegada a los escaparates. En realidad, no estaba del todo desierta. Contrariado, Philip se dio cuenta de que lo que había querido decir era que estaba vacía de personas responsables, convencionales y pacíficas. Había tres punkis mirando el escaparate de una tienda de accesorios para motos. Un hombre deambulaba solitario por la otra acera, la de Cheryl, un hombre alto, delgado, vestido con pantalón y chaqueta de cuero y el pelo recogido en una coleta.

Durante unos segundos Philip creyó que Cheryl abordaría a aquel individuo. El tipo caminaba hacia ella, mucho más próximo al bordillo, y cuando se aproximó Cheryl pareció abandonar la protección de los escaparates. Philip vigilaba desde el portal del edificio de una empresa constructora, en la misma acera que los punkis. Más de una vez se había preguntado si Cheryl se dedicaba a la prostitución. Esa posibilidad le resultaba extraordinaria y angustiosamente repugnante. En tal caso, se explicarían sus ingresos repentinos, pero no su necesidad acuciante de pequeños préstamos esporádicos. En ese momento comprobó que estaba equivocado –al menos en ese caso–, porque Cheryl desvió la cabeza al cruzarse con el hombre de pantalón y chaqueta de cuero. Lo dejó pasar, se detuvo y miró cautelosa a su alrededor. Era indiscutible que estaba comprobando si la calle se encontraba tan desierta como parecía.

Philip tuvo la certeza de que a él no podría detectarlo. Cheryl miró a los punkis que se habían apartado del escaparate y que la observaban desde la acera de enfrente, pero sin interés, sin intención de abordarla. Philip se dio cuenta de algo más. Antes de que Cheryl llevara a cabo el acto que dio al traste con todas sus suposiciones acerca de los motivos por los que su hermana estaba allí, Philip se dio cuenta de que la traía sin cuidado que los punkis la observaran, ya que todos eran de la misma especie y no sólo hacían caso omiso de la ley sino que, sin pacto explícito, estaban en su contra. Serían las últimas personas del mundo en delatarla.

¿Delatarla por qué delito?

Después de comprobar que nadie la observaba, Cheryl se metió en la entrada de una de las tiendas. Era una *boutique* con puerta de vidrio cilindrado. Philip vio que su hermana se agachaba delante de la puerta e introducía algo por la gran ranura del buzón de metal plateado. ¿Pretendía forzar la entrada de la tienda? De su interior escapó un grito de protesta que reprimió tapándose la boca con la mano.

Desde esa distancia y con tan poca luz le resultó imposible ver qué hacía su hermana. Sólo divisaba su espalda, su cabeza inclinada y los ademanes, semejantes a los de un arponeador.

La calle seguía desierta y pasó un coche rumbo a la estación. Philip percibió un silencio ronroneante que respondía al latido lejano, eterno y regular del tráfico. De pronto Cheryl dio un brusco tirón con el brazo derecho, retrocedió agachada, se irguió y extrajo algo del buzón. Entonces Philip lo vio todo, lo comprendió todo.

El paraguas convertido en garfio había sacado una prenda de un perchero o mostrador de la tienda. Podía tratarse de un jersey, una blusa o una falda, no estaba seguro. Cheryl no le dio oportunidad de verlo porque lo enrolló y se lo metió dentro de la chaqueta. Philip estaba estupefacto por lo que acababa de ver, con los sentimientos momentáneamente embotados, pero también fascinado. No podría decirse que quisiera que Cheryl lo hiciese de nuevo, pero sí le gustaría volver a ver cómo se hacía.

Durante unos segundos creyó que ocurriría, porque Cheryl se aproximó a otra *boutique* cercana y se detuvo con la nariz pegada a la luna. Su hermana lo sorprendió una vez más con su celeridad, dio media vuelta y echó a correr. Cheryl no corrió en la dirección que Philip suponía –es decir, hacia Finchley Road–, sino en la contraria, cruzando la calle y perdiéndose por una travesía próxima al puente del ferrocarril. Pensó en seguirla, pero descartó rápidamente la idea y regresó al coche.

¿De qué iba la cosa? ¿Se reducía a aquella especie de adicción delirante a robar en las tiendas? Alguna vez había leído que la cleptomanía era un disparate, que no existía realmente. Además, ¿qué hacía Cheryl con lo que robaba?

Pensó en contárselo a Senta, pero cambió de opinión casi en el acto. Luego, pensándolo mejor mientras conducía por North London y bajaba por West End Lane, reconsideró la posibilidad. ¿Acaso no debía consistir en eso una relación como la de ellos, no debían confiar el uno en el otro y compartir sus dudas y temores? Si iban a estar siempre juntos, unidos para toda la vida, tenían que liberarse el uno en el otro, compartir sus preocupaciones.

Se dirigió a casa de Senta por Caesarea Grove y pasó frentre a la iglesia grande y oscura de piedra gris burdamente labrada en cuyo pórtico occidental a veces pernoctaba Joley. Pero el pórtico estaba vacío y la verja de hierro del cementerio cerrada con cadena y candado. De pequeño, Philip había tenido miedo de pasar delante de sitios como ése, iglesias o casas con la apariencia de un lóbrego edificio medieval, y habría dado un rodeo o apretado el paso desviando la mirada. Bajo los árboles de tronco negro y hojas correosas y puntiagudas no quedaban más que doce lápidas. Había aminorado la velocidad para mirar hacia la iglesia, pero después aceleró, giró en la esquina y aparcó delante de la casa de Senta.

En el último piso vio más ventanas con los postigos cerrados que en todas sus visitas anteriores. La única luz procedía del sótano y ese hecho le bastó para que se le acelerara el pulso. Nuevamente tenía la sensación de llegar allí sin aliento. Subió corriendo los escalones y entró. Oyó música, pero no la que solían poner Rita y Jacopo para bailar. Los sonidos parecían trepar por la escalera del sótano. Era tan insólito que fugazmente tuvo el temor de que Senta estuviera acompañada. Vaciló junto a la puerta, permaneció atento a la música buzuki y se quedó pensativo. Senta debió de oír sus pasos en la escalera, porque le abrió la puerta e inmediatamente se arrojó en sus brazos.

Como era de prever, Senta estaba sola. Se sintió imbuido de amor por lo que ella había hecho, algo que parecía enorgullecerla profundamente: había comida y vino en la mesa de bambú, sonaba el magnetofón, la habitación estaba más limpia y aireada y había cambiado la ropa de cama morada por un juego marrón. Senta lucía un vestido que nunca le había visto: negro, corto, fino y ceñido, con un escote ovalado que revelaba sus blancos pechos. Philip la abrazó y la besó tierna y lentamente. Las manos pequeñas de Senta, tibias y llenas de fríos anillos, le acariciaron la cabeza, la nuca.

Philip susurró:

–¿Estamos solos?

–Se han ido al norte.

–Me gusta más cuando estamos solos.

Senta sirvió vino para los dos y Philip le habló de Cheryl. A veces Philip pensaba que era una extraña traición, un recelo infundado, creer que a Senta no le interesaban las cosas que le contaba, su familia, sus actividades. Suponía que Senta estaría preocupada y deseosa de atender sus propios asuntos. A decir verdad, Senta *estaba* interesada, le gustaba oírlo, le consagraba toda su atención, se sentaba con las manos cruzadas y lo miraba a los ojos. Cuando le contó que Cheryl había metido el paraguas por la ranura del buzón, el rostro de Senta se iluminó con una sonrisa que, de no saber que era imposible, habría tomado por admiración.

–Senta, ¿qué crees que debo hacer? ¿Debo contárselo a alguien? ¿Debería hablar *con ella*?

–Philip, ¿quieres saber mi sincera opinión?

–Claro. Para eso te lo he contado. Quiero conocer tu opinión.

–A mi juicio, te preocupas demasiado por las leyes, la sociedad y todas esas cosas. ¿No te parece que las personas como tú y yo, los seres excepcionales, estamos por encima de la ley? Digamos que estamos más allá de la ley.

Durante toda su vida a Philip le habían enseñado a respetar las leyes, la autoridad y el gobierno democráticamente constituido. Su padre, aunque jugador, era inflexible con relación a la honradez y la absoluta integridad de sus transacciones. A Philip, la idea de crear sus propias reglas le sonaba a anarquía.

–Si la detienen, Cheryl no estará por encima de la ley.

–Philip, tú y yo no vemos el mundo de la misma manera. Sé que aprenderás a verlo desde mi perspectiva, pero aún es pronto. Me refiero a verlo como un sitio de misticismo y magia, como si se encontrara en un plano distinto al de las cosas aburridas y pragmáticas en que la mayoría de las personas desperdician sus días. Cuando te eleves conmigo a esa esfera, hallarás un mundo de maravillosas cosas ocultas en el que todo está permitido, nada se excluye. Allí no hay policías ni leyes. Empezarás a ver cosas que jamás vislumbraste: figuras, prodigios, visiones y espectros. Diste un paso hacia esa esfera cuando mataste al viejo por mí. ¿No te habías dado cuenta?

Philip la miró desconcertado, no feliz como había estado hasta hacía unos segundos. Fue consciente de que Senta no le había dado el tipo de opinión que esperaba oír, en realidad no había contestado a su pregunta. Sus expresiones eran imprecisas, abiertas a todo tipo de definiciones, no estaban relacionadas con cuestiones concretas como reglas y restricciones, el decoro, un comportamiento socialmente aceptable, el respeto por la ley. Philip pensó que Senta hablaba bien, se expresaba con maravillosa elocuencia y no decía tonterías. Esa sensación se debía a su propia incapacidad de entender. Mientras Senta hablaba, aprendió algo, no precisamente lo que ella se proponía enseñarle. Fue interesante e inquietante a un tiempo. Aprendió que si uno miente en relación con algo que ha hecho –en este caso, el asesinato del vagabundo–, se olvida rápidamente, hay algo en la memoria que lo anula. Se dio cuenta de que, si en lugar de referirse a la cuestión dándola por sentada, Senta le hubiese preguntado naturalmente qué había hecho el domingo anterior por la noche, habría respondido que después de dejarla volvió a su casa en coche y se acostó. Philip habría hecho lo más lógico: decir la verdad.

*

El sol se filtraba por las grietas de los viejos postigos y dibujaba varillas de oro en el techo y barrotes dorados en el edredón. Fue lo primero que Philip vio al despertar muy tarde el domingo por la mañana: una cuerda de rayos solares sobre su mano, fláccidamente extendida sobre las sábanas. Retiró la mano, se dio la vuelta y buscó a Senta. No estaba. Se había ido.

La muchacha volvió a sorprenderlo. Se había incorporado, atenazado por el terror de que Senta lo hubiese abandonado y de no volver a verla cuando encontró la nota sobre la almohada: «Enseguida vuelvo. He tenido que salir, era importante. Espérame. Senta». ¿Por qué no había acabado con «Besos, Senta»? Daba lo mismo. A fin de cuentas, le había dejado la nota. ¿Que la esperara? La habría esperado una eternidad.

Según su reloj, eran más de las once. La mayoría de las noches no dormía lo suficiente, no lograba más que cinco o seis horas de reposo. No era extraño que estuviera cansado y hubiese dormido tanto. Totalmente despierto y relajado, se puso a pensar en Senta, aliviado y feliz porque en esa región de su mente que era el sitio de Senta y de sí mismo no había de momento preocupaciones ni temores. Como si su conciencia no quisiera que estuviese en paz, dejó entrar a Cheryl. Lo monstruoso de la situación lo asaltó por primera vez desde que presenció las actividades de su hermana. Había quedado conmocionado, pero ahora el elemento sorpresa había desaparecido. Supo en el acto que no podía dejarlo estar y simular que no había visto nada, tendría que encararse con Cheryl. La otra opción sería, inevitablemente, el telefonazo de la policía para comunicar que habían detenido a Cheryl y que estaba acusada de robo. ¿Sería mejor o peor decírselo antes a Christine?

Philip ya no pudo quedarse en la cama, tuvo que levantarse. Logró lavarse en el desagradable rincón donde estaban el retrete y el grifo de bronce goteante y vendado sobre la bañera. Regresó al cuarto y abrió los postigos y la ventana. Senta decía que al abrir la ventana entraban moscas, y al levantar el marco corredizo una enorme mosca azul siseó junto a su mejilla, pero la habitación requería aire fresco. Era un día de verano despejado y radiante, precisamente el tiempo que nadie esperaba después de una semana gris y lóbrega. Las sombras cortas que se dibujaban en el cemento eran negras y los rayos solares de un blanco ardiente y cegador.

Entonces sucedió algo que hasta ese momento no había ocurrido y que le provocó una gran excitación: la vio llegar. Vio sus piernas en tejanos y sus pies en zapatillas... algo sin precedentes, ya que hasta la fecha nunca la había visto en pantalón. ¿Habría sabido que era ella si Senta no se hubiese agachado junto a la barandilla para mirarlo a través de los barrotes? Metió la cabeza, luego un brazo y lo estiró hacia él con vehemencia. Tenía la mano abierta, con la palma hacia arriba, como si quisiera tomarlo de la mano. Apartó el brazo y subió los escalones. Philip aguzó el oído y oyó cada paso de Senta por el vestíbulo, el corredor y la escalera.

Senta entró lentamente. Cerró la puerta con sumo cuidado, como si la casa estuviera repleta de personas dormidas. Philip pensó que era imposible decir que estaba muy pálida por tratarse de una mujer de piel blanca, a la que jamás se le subían los colores a las mejillas. Su cutis tenía un tono plateado verdoso. Además de los tejanos y las zapatillas, llevaba una especie de túnica suelta de algodón rojo oscuro que se ceñía al talle con un cinturón de piel negra. Se había recogido el pelo sobre la coronilla y llevaba una gorra de pana como las de los chicos. Se quitó la gorra, la arrojó sobre la cama y sacudió la melena. Philip vio que Senta lo miraba, percibió un atisbo de sonrisa en sus labios y descubrió el reflejo de su espalda en el espejo empañado y manchado, con el pelo suelto como un gran abanico plateado.

Senta le ofreció la mano y Philip la tomó. La atrajo hacia el pie de la cama, donde estaba sentado. Con ambas manos le apartó el pelo del rostro, acercó la cara de Senta hacia la suya y besó esos labios fríos a pesar de que el día era muy cálido.

–Senta, ¿dónde has estado?

–Philip, ¿estabas preocupado? ¿No has leído mi nota?

–Claro que sí, la he leído y te la agradezco. Pero no aclarabas adónde ibas, sólo decía que era importante.

–Y lo era. Era muy importante. ¿No lo has adivinado?

¿Por qué razón Philip pensó espontáneamente en Cheryl? ¿Por qué supuso que había visitado a Cheryl y le había dicho algo que él prefería no expresar? Philip no le respondió, no dio expresión a sus pensamientos. Senta habló en voz baja, casi rozando la piel de Philip con los labios:

–He salido a hacer por ti lo que tú hiciste por mí. Philip, he salido a demostrarte mi amor.

Era sorprendente la rapidez con que lo incomodaba la emoción de esos actos recíprocos. Más que incomodarlo, le provocaban horror, el deseo de huir. En esos pocos segundos pensó: tal vez intente enseñarme su filosofía y yo le enseñaré la mía, es necesario poner fin a estas fantasías. Pero sólo pudo decir:

–¿De verdad? A mí no tienes nada que demostrarme.

Cuando no quería enterarse, Senta no oía lo que Philip le decía.

–He hecho lo mismo que tú: he matado a una persona. Por eso he salido tan temprano. Sabes que soy capaz de despertarme a la hora que me da la gana. Me he levantado a las seis y he salido. Tenía que madrugar porque el viaje era largo. He pensado que te preocuparías y he decidido dejarte una nota.

En medio de una creciente exasperación, Philip se conmovió por su ternura, por su interés por él. Tuvo conciencia de algo maravilloso y aterrador. Ahora Senta lo amaba más que antes de la separación, su amor por él no dejaba de crecer. Le tomó tiernamente la cara con las manos para besarla, pero Senta se apartó.

–No, Philip, quiero que me escuches. Lo que voy a decirte es muy importante. Verás, he ido a Chigwell en metro, y el viaje es muy largo.

–¿A Chigwell?

–A un sitio llamado Grange Hill, es la siguiente estación. La más próxima a donde vivía Gerard Arnham. ¿Todavía no lo has adivinado? He matado por ti a Gerard Arnham. Lo he matado esta mañana a las ocho en punto.

12

Philip le creyó durante casi medio minuto. Le pareció que transcurrían horas, una eternidad. El impacto de la revelación le provocó algo extraño en el cerebro, una especie de latido canturreante, una oscura cortina roja ante los ojos, una sensación de ruedas girando y moviéndose tras los ojos. La razón lo disipó todo. Eres un idiota, se dijo, un infeliz. ¿Todavía no sabes que Senta habita en un mundo de ensueños?

Se humedeció los labios secos con la lengua seca y se estremeció. El corazón le azotaba el pecho y las costillas. Aunque parezca extraño, Senta no reparó en esos terremotos que sacudieron su interior, en esos vuelcos e intentos de atrapar la realidad, en esas grietas de la serenidad por las cuales se filtraron sonrientes pesadillas.

–Lo estuve observando –dijo Senta–. La semana pasada fui dos veces a la casa que me mostraste. Comprobé que por la mañana, antes de ir a trabajar, pasea al perro por el bosquecillo. Calculé que también lo haría los domingos, pero un rato más tarde... y así era. Lo he aguardado escondida entre los árboles y lo he visto acercarse con el perro.

Si aún le quedaba alguna duda acerca de la falsedad de las afirmaciones de Senta, la última frase tendría que haberla disipado. ¡Gerard Arnham paseando a un perro! Philip recordó que Christine había comentado que a Arnham no le gustaban los perros, motivo por el cual aquel fatídico día no quiso llevar a Hardy. Ese hecho le proporcionó una pregunta para Senta, una especie de pregunta digna de la policía destinada a desentrañar el tipo de información que a veces el mentiroso no tiene en cuenta.

–¿Cómo es el perro?

–Muy pequeño, de color negro. –Respondió de inmediato. Había preparado hasta los detalles circunstanciales.– Creo que era un terrier escocés. Philip, si hubiera sido un dóberman grande y feroz, probablemente no habría podido hacer lo que he hecho. Sabrás que elegí a Arnham porque era tu enemigo. Me dijiste que era tu enemigo y por eso lo elegí.

A Philip le habría gustado preguntarle qué aspecto tenía Arnham, pero recordó lo que había ocurrido la última vez que osó poner en duda sus palabras. Buscó la manera de replantear la cuestión.

–Lo interesante es que una muchacha se aterra si se encuentra en el bosque con un desconocido, pero ningún hombre se asusta si se le acerca una chica –añadió Senta–. Me he acercado a él tapándome un ojo. Le he dicho que me había entrado algo, que me dolía, que no podía quitármelo y estaba asustada. ¿No te parece genial?

–Es un hombre muy alto, ¿no? –Philip se sintió orgulloso de sí mismo. Era el tipo de pregunta que había visto en las series policíacas de televisión.– Tuvo que agacharse mucho para mirarte el ojo.

–Ya lo creo, ya lo creo. Se ha agachado y yo he levantado la cara para que me viera el ojo. –Senta asintió con satisfacción. Philip sonrió ante esa segunda confirmación definitiva, lo único que necesitaba. Arnham medía un metro setenta y cinco, a lo sumo.– Estaba tan cerca de mí como tú ahora. Sabía dónde debía darle. Le he clavado un puñal de cristal en el corazón.

–¿Cómo dices? –preguntó Philip, casi divertido con la inventiva de Senta.

–¿Nunca te había enseñado mi puñal veneciano? Los hacen con cristal de Murano y son tan afilados como cuchillas de afeitar. Cuando los hundes, se desprenden del mango y sólo se ve un arañazo. La víctima ni siquiera sangra. Tenía dos, pero usé el otro para otra cosa y ya no me queda ninguno. Los compré en Venecia, en uno de mis viajes. Philip, te aseguro que me ha dado lástima el pobre perro. Se ha acercado corriendo a su amo muerto y se ha puesto a gemir de una manera horripilante.

Philip no sabía mucho sobre Venecia, nunca había visitado la ciudad, y entendía aún menos sobre cristal veneciano. Deseó preguntarle –y tuvo que reprimirse– si se había puesto una máscara con cara de pájaro y una capa negra.

–Mañana aparecerá en todos los diarios –afirmó Senta–. Habitualmente no leo el periódico, pero mañana lo compraré para leer la noticia. ¡No, ya lo tengo! Más tarde subiré y veré las noticias por la tele.

En primer lugar, Senta se metería en la bañera de Rita y Jacopo. Suponía que no llevaba una sola gota de sangre en su ropa pero, la hubiese o no, no se sentía limpia después de lo que había hecho. Por eso se había puesto la túnica de color rojo oscuro, para que la sangre no se notara si la salpicaba. Si había alguna mancha, tenía que ser ínfima. Había practicado una minuciosa inspección de su ropa durante el viaje en metro.

Philip la siguió a la planta baja y al primer piso. Nunca había estado en las plantas altas de la casa. La vivienda presentaba en todas partes un aspecto ruinoso y sucio, una especie de monótona sordidez. Miró una habitación cuya cama deshecha estaba cubierta de sacos de plástico de los que asomaban prendas de vestir. Junto a las paredes había cajas de cartón apiladas que en otro tiempo albergaron botes de alimentos. Un montón de moscas zumbaba alrededor de las bombillas colgantes sin pantalla. Senta entró en un cuarto de baño cuyas paredes y techo eran de un verde brillante y vivo y el suelo estaba formado por baldosas de linóleo de diversos colores. Senta se desnudó y amontonó la ropa en el suelo.

Entonces sucedió algo inesperado: Philip no la deseó. La vio desnuda, innegablemente bella, y no sintió nada. Senta era menos que una imagen, mucho menos que una foto, tan poco erótica como la pétrea Flora. Philip cerró los ojos, se los frotó, volvió a abrirlos, la miró meterse en la bañera... y no sintió nada. Desde la bañera Senta le relató el regreso en metro, su miedo de que la siguieran, la posterior búsqueda obsesiva de una mancha de sangre, el examen de los dedos y las uñas. Philip estaba asustado, fuera de sí. Era precisamente lo que más detestaba, el crimen, el principal ingrediente de las novelas y películas de suspense, el ensimismamiento en cosas repelentes y violentas.

No podía seguir con ella en el cuarto de baño. Deambuló por las demás habitaciones sin rumbo fijo. Senta lo llamó con su tono dulce y agudo, como si no hubiera pasado nada, como si Philip fuese una visita.

–Sube a echar un vistazo al último piso. Antes vivía allí.

Philip subió. Las habitaciones eran más pequeñas y estrechas, y el techo se inclinaba bajo el tejado. Había tres dormitorios, un retrete y una cocina pequeña con un horno muy antiguo en un ángulo y un hueco que en el pasado probablemente había ocupado una nevera. Todas las ventanas estaban cerradas y en un alféizar descubrió la botella verde de vino que había divisado desde la calle. Olía como si hiciera meses, años, que nadie abría una ventana. Afuera brillaba el sol pero parecía muy lejos: entre esa distante luz solar y el espacio interior se interponían, como una neblina, barreras de cristal sucio. Al otro lado de las ventanas grises y mugrientas, los tejados de Queens Park y Kensal eran una foto descolorida o sobreexpuesta.

Philip había subido con un propósito. Quería estar a solas con el dolor y el miedo. Se vio apartado de esas emociones y se movió envuelto en una nube de asombro. Los cuartos estaban sucios con el tipo de mugre a que esa casa lo tenía acostumbrado y el olor era penetrante –en algunos sitios a chamusquina, en otros dulce y a pescado, en el retrete, cuya taza era marrón oscuro, se volvía tan penetrante y acre como el de las cebollas podridas–, pero eran habitaciones, era un *alojamiento.* Empezó a fijarse en las cosas que le exigía su trabajo: los grandes armarios de puertas revestidas con paneles, las tablas del suelo, el fregadero de acero inoxidable, los rieles de las cortinas, los escasos muebles.

Senta lo llamaba. Philip bajó y le preguntó:

–¿Por qué te mudaste al sótano?

La muchacha soltó una carcajada semejante a un prolongado trino musical.

–¡Philip, qué cara pones! Noto tu desaprobación. –Philip intentó sonreír.– No me gustaba subir las escaleras. Además, ¿para qué quiero tantas habitaciones?

Senta se secó, se puso el vestido plateado con la flor gris y salieron a comer. Philip la llevó a Hampstead, se sentaron en el jardín de un *pub*, tomaron panecillos con queso y ensalada, y bebieron un Lambrusco rosado y espumoso. Pasearon por el Heath, y Philip alargó el tiempo, postergando el retorno a Tarsus Street. Tal como se sentía, se veía incapaz de hacer el amor con Senta. Era víctima de una espantosa desolación. Lo que había considerado su gran amor por ella había desaparecido, se había extinguido. Cuanto más hablaba Senta –y habló de todo, de lo divino y de lo humano, de la magia, del asesinato, de lo que la sociedad llama crímenes, de sí misma, de él y de su futuro en común, de su pasado y de sus pinitos como actriz–, peor era. Lo tomó de la mano y Philip dejó caer su mano fría e inerte en la de Senta.

Propuso que fueran al cine, al Everyman o al Screen on the Hill, pero Senta prefería volver a casa. Siempre quería volver a casa. Le gustaba encerrarse entre cuatro paredes, en el subsuelo. Philip se preguntó si Senta había abandonado el último piso porque las alturas eran un lugar demasiado expuesto y peligroso para ella. Se acostaron uno al lado del otro y, para alivio de Philip –alivio muy transitorio y amargo–, Senta se quedó dormida. La rodeó con el brazo y percibió la cálida energía de su ser, el ritmo ascendente y descendente de su respiración. Pero no sintió más deseo que si a su lado yaciera una chica de piedra, de mármol en tamaño natural.

Senta le había escrito una nota y ahora Philip haría lo propio: «Nos veremos mañana. Buenas noches». Ella no le había escrito «Besos» pero él añadiría: «Con todo mi amor, Philip». Se levantó sin molestarla y cerró la ventana y los postigos. Senta estaba muy hermosa tendida en la cama, con los ojos cerrados y las largas pestañas cobrizas reposando cual mariposas sobre su nívea piel. Sus labios cerrados eran los de Flora, esculpidos en mármol, perfectamente acoplados en las comisuras. La besó en la boca y se estremeció porque tuvo la sensación de que besaba a una mujer mortalmente enferma o a un cadáver.

Antes de partir comprobó que tenía las llaves en el bolsillo. A pesar de todo, pareció haber algo definitivo en el ruido seco con que se cerró la puerta de la entrada, aunque él sabía de sobra que no era definitivo, que sólo estaba en los comienzos.

Pensándolo bien, Arnham no era tan bajo. No se podía considerar bajo a un hombre de metro setenta y cinco. Sólo a Philip le parecía bajo en virtud de su propia estatura. Arnham no había tenido tratos con perros, pero ahora estaba casado. ¿Y si el animal era de su esposa? Tal vez a ella le gustaban los perros y tenía el terrier escocés desde antes de contraer matrimonio. Si Arnham se hubiera casado con Christine, por descontado habrían conservado a Hardy. Philip pensó en todas estas cosas durante el trayecto a Glenallen Close. Entró en la sala y encontró a Fee y Darren, que veían la tele con Christine.

Acababa de empezar el telediario, más breve por ser domingo por la tarde. A Philip se le revolvió el estómago. Él no habría puesto las noticias, no quería saber nada, pero como habían comenzado tuvo que quedarse y oírlas. El suspense se agudizó con las incesantes exclamaciones de Darren, que apremiaba al locutor para que terminara de una vez y se ocupara de los deportes. No hubo el menor comentario sobre ningún asesinato y Philip se sintió más animado. Ya había empezado a preguntarse cómo podía haber sido tan estúpido de creer por un instante que Senta había matado a alguien, una Senta menuda, frágil y con manos de niña.

–Cheryl dice que has salido con Stephanie –comentó Fee y encendió un cigarrillo. El humo volvió a producirle náuseas a Philip–. ¿Es verdad?

–No son más que fantasías de Cheryl –replicó–. ¿Has visto a Cheryl, pues?

–¿Y por qué no iba a verla? ¿No vive aquí?

Tendría que hablar con Fee acerca de Cheryl. Fee era la persona más indicada. Pero no lo haría en ese momento ni esa noche. Se preparó algo de comer, un bocadillo de carne y una taza de café instantáneo, y se ofreció para sacar a Hardy. Paseando a Hardy con la correa, volvió a pensar en Arnham, en Arnham muerto y en el pobre perro gimiendo sobre su cadáver. El problema era que Senta había hecho una descripción muy vívida, dándole vueltas y vueltas. Pero ahora era él quien volvía machaconamente sobre el tema, que dominaba su conciencia. Fue incapaz de modificar el discurrir de su pensamiento y esa noche soñó con puñales de cristal. Estaba en

Venecia o, cuando menos, caminaba junto al canal de una ciudad y, al doblar una esquina, vio que un hombre embozado atacaba a otro, mientras un puñal de transparencia perfecta y perversa relampagueaba a la luz de la luna. El asesino escapaba y Philip se acercaba corriendo a la víctima, tendida boca arriba y con una mano fláccida rozando las aguas tenebrosas. Philip buscaba la herida, pero no encontraba nada en el sitio donde había penetrado el puñal, sólo un arañazo como el que producen las uñas de un gato. Pero el hombre estaba muerto y su cuerpo se enfriaba deprisa.

Hacía una semana que Philip evitaba los periódicos. No había querido enterarse de si la policía había dado con el asesino del vagabundo John Sidney Crucifer. Apartó esa cuestión de su mente y eludió todo lo que pudiera relacionarse con ella, todos los medios de comunicación que pudieran dar a conocer más detalles. Apenas había visto la televisión desde su reencuentro con Senta. Se dio cuenta de que no había movido un dedo para reemplazar la radio del coche porque no quería oír las noticias.

Sólo era posible adoptar esa actitud de avestruz si lo que estaba en juego tenía poca importancia. Ahora ya no podía seguir haciendo caso omiso a la prensa. Necesitaba saberlo a ciencia cierta. De camino a Highgate, donde Roseberry Lawn estaba instalando dos nuevos cuartos de baño en la residencia de una actriz, hizo un alto y compró tres diarios de la mañana. Aparcó el coche en doble fila porque ya no podía esperar más tiempo para satisfacer su curiosidad. Sólo tenía que mantenerse atento a la aparición de un agente de tráfico.

El domingo se habían cometido dos asesinatos, el primero en Wolverhampton, en un lugar de Essex conocido como Hainault Forest. Los tres diarios daban la noticia, pero ninguno incluía un artículo de fondo. La situación habría sido distinta si las víctimas hubiesen sido mujeres, sobre todo mujeres jóvenes, pero en ambos casos eran hombres. Y los hombres asesinados son menos noticiables. El de Hainault Forest de momento no estaba identificado y lo describían como un cincuentón. Un guardia forestal había hallado el cadáver. Ninguno de los periódicos hacía el menor comentario sobre la causa de la muerte ni el modo en que se cometió el asesinato.

Philip fue a la casa de la actriz. Era joven, se llamaba Olivia Brett y había tenido un éxito arrollador gracias a una serie de televisión. Ahora todos querían contar con ella. Era muy delgada, demacrada y tenía el pelo decolorado del mismo tono que Senta, pero más corto y mucho menos denso y brillante. Era diez años mayor que Senta y la capa de maquillaje que llevaba la avejentaba aún más. Quiso saber el nombre de pila de Philip, también lo llamó «encanto» y le pidió que la llamara Ollie, como todo el mundo. Adoraba los cuartos de baño de Roseberry Lawn, eran superiores a cuanto había visto en Beverly Hills. Adoraba el color, la vida merecía la pena gracias al color. Le ofreció una copa. Ella no probaba el alcohol, sólo bebía Perrier porque estaba tan gorda que muy pronto sólo podría representar papeles de abuela obesa.

Mareado por tal acometida, Philip rechazó la copa y subió a estudiar las dos habitaciones que se convertirían en cuartos de baño. No era más que una inspección preliminar, ni siquiera tomaría medidas. Philip entró en la primera habitación, que ya se utilizaba como baño con sanitarios muy viejos y gastados, y miró por la ventana. Londres yacía a sus pies y se extendía en las estribaciones de las colinas del norte. ¿Chigwell era Londres o Essex? De pronto recordó que había una estación de metro llamada Hainault. Durante su «confesión», Senta había mencionado un bosquecillo. ¿Acaso se refería a Hainault Forest? ¿No era la zona arbolada próxima a la casa de Arnham?

El muerto tenía aproximadamente la misma edad. A Senta,

que era tan menuda, un hombre de metro setenta y cinco le parecería alto. Ya está bien, corta de una vez, se dijo, corta. Para ella son puras fantasías, invenciones. También podrías pensar que fue real el sueño de anoche sobre el hombre acuchillado con el puñal de cristal. Además, ¿de dónde sacaría una chica como Senta un puñal de cristal? Esas cosas no son de venta libre. Una vocecilla le susurró: ah, ya sabes que Senta inventa una parte y que otra es real. Estudió en la escuela de teatro, aunque no fuera la Real Academia de Artes Escénicas. Viajó, pero no tanto ni tan lejos como dijo.

Olivia Brett había desaparecido y en la planta baja lo aguardaba una severa ama de llaves para acompañarlo a la puerta de salida, según dijo. Philip pensó: evidentemente no se trata de Arnham, sabes que no, te estás poniendo neurótico por nada. Lo único que puedes hacer es apartarlo de tus pensamientos como hiciste con Crucifer. No compres el periódico de la tarde ni veas el telediario. Si quieres que la relación con ella marche, tienes que demostrarle que sus fantaseos no conducen a ninguna parte, que son pueriles, y no lo conseguirás si sigues el juego de sus delirios. No debiste dejarte llevar por ese camino.

Pero ya sabes lo que ocurrió cuando protestaste, cuando te resististe. Senta se negó a verte. ¿Te preocuparías realmente si ahora se negara a verte? Esa idea atroz le heló la sangre. No era posible amar a alguien como Philip había amado a Senta y después olvidarlo todo en cinco minutos sólo por un puñado de mentiras e ilusiones. ¿Se podía? ¿Se podía acaso?

En ningún momento se le pasó por la cabeza no ir a Tarsus Street esa noche. Mientras conducía por Shoot-up Hill, se convenció de que ya sabía por qué las mentiras y los fantaseos estaban mal: porque provocaban muchos problemas, penas y sufrimientos. Compró vino y bombones para Senta. Eran un soborno y lo sabía.

Entrando por Caesarea Grove, lo asaltó una súbita inquietud por Joley. Desde que lo conocía, Joley nunca había faltado durante un período tan largo a su cita habitual. La verja de la iglesia estaba nuevamente cerrada y vacío el pórtico. Una semana antes, nada habría impedido que Philip acudiera al encuentro de Senta lo más rápido posible. La situación había cambiado. Philip estaba dispuesto a postergar media hora el encuentro mientras buscaba a Joley, e incluso le agradaba.

El vagabundo le había contado que tenía otra guarida en Ilbert Street. Esa larga calle enlazaba Third Avenue con Kilburn Lane. La recorrió entre los coches aparcados. Hacía una tarde sofocante, presagio sin duda de una noche calurosa, el tipo de noche en la que Joley dormiría contento al aire libre sin más protección que un portal o un solar. A Philip le resultó imposible divisar la acera porque los coches aparcados estaban muy juntos. Logró estacionar y se dispuso a recorrer la calle a pie. No vio a Joley por ninguna parte. Abandonó la vía principal y se internó por las calles adyacentes, todas ellas pobres, sucias y pequeñas. El sol se había puesto y unas plumas rojas se extendían a lo largo y ancho del cielo gris. Volvió a tener la sensación de que su suerte dependía de Joley, pero el vagabundo se había esfumado.

Sus pocas ganas de ver a Senta crecieron al regresar a Tarsus Street. ¿Por qué le había dicho que mató a un hombre? ¿Cómo pudo ser tan imbécil? Aunque, desde luego, se lo había contado tan a la ligera, de un modo tan despreocupado y mecánico que cualquiera notaría que todo eran invenciones suyas. Seguramente Senta no le había creído. Entró despacio en la casa, casi con hastío. Parecía un marido abatido que retorna al hogar para reunirse con unos hijos escandalosos y con una esposa gruñona.

El pebetero perfumaba la escalera del sótano. Philip entró en el cuarto. Los postigos estaban cerrados y encendida la lámpara de la mesilla de noche. La habitación apestaba y el olor aromático y fuerte del pebetero resultaba abrumador. Senta se hallaba en la cama, boca abajo, con la cabeza entre los brazos. Cuando Philip entró, la muchacha hizo un movimiento convulsivo. Philip le tocó el hombro, pronunció su nombre. Senta se dio lentamente la vuelta y lo miró. Tenía la cara arrugada y surcada de lágrimas, hinchada por el llanto, rosada y húmeda. La almohada en la que había apoyado la cabeza estaba empapada por las lágrimas o el sudor.

–Pensaba que no volverías. Pensaba que no volverías más.

–Senta, por supuesto que he vuelto, claro que sí.

–Creía que no volvería a verte.

La abrazó. Fue como sostener a una niña asustada y gimoteante. «¿Qué nos ha pasado?», se preguntó Philip. «¿Qué hemos hecho? Éramos tan felices... ¿Por qué lo estropeamos con tantas mentiras, con estos juegos?»

Philip buscó a Gerard Arnham en el listín de Chigwell. Su nombre no figuraba. Como estaba editado hacía un año era lógico que no apareciera. Se había mudado hacía menos de seis meses. La alternativa era pedir el número en información, pero Philip se preguntó qué diría si respondía alguien que no era Arnham, por ejemplo, su esposa. No podía preguntarle si su marido seguía vivo.

Habían pasado tres días desde que Senta le contó que había matado a Arnham. Hasta ese momento ella había sido distinta y él también. Se habían vuelto las tornas. Ahora era él quien se distanciaba y ella la que se pegaba como una lapa y lloraba. Senta dijo que había matado a su enemigo y, en lugar de sentirse agradecido, Philip la odiaba. Su evaluación era casi exacta, salvo que sabía perfectamente que Senta no había asesinado a Arnham, sólo lo había dicho. Al analizar sus sentimientos, descubrió que su antipatía respondía al orgullo de Senta por la idea de matar a alguien de una manera decididamente brutal. ¿O no? ¿No se debía, más bien, a que no estaba convencido de que Senta era libre de culpa y cargo, de que en su interior persistía un atisbo de temor a que lo hubiese hecho?

Había leído en el periódico que el hombre asesinado en Hainault Forest fue identificado como Harold Myerson, de cincuenta y ocho años, asesor técnico, vecino de Chigwell. Su residencia en Chigwell sí que era una coincidencia, pues no cabía ni la más remota posibilidad de que Myerson fuera Gerard Arnham. No podía tener dos nombres, y Arnham no era tan mayor. El otro asesinato ocurrido en las Islas Británicas el domingo anterior era el de Wolverhampton, en el que un chico de veinte años fue muerto de un navajazo en una reyerta a las puertas de un bar. Philip sabía que era verdad porque había leído tres diarios del lunes por la mañana y el de la tarde, además de comprar y hojear otros tres el martes. Eso significaba que el domingo Senta no había hecho nada, que Arnham tenía que estar vivo y que Philip era estúpido e imaginaba cosas absurdas. La gente que uno conocía no asesinaba. Eso ocurría al margen del mundo conocido, en otros ámbitos.

Para explicar su actitud hacia Senta, había intentado convencerla de que respondía a su ansiedad. La hizo repetir la historia con todo lujo de detalles, con la esperanza de encontrar fallos, de hallar discrepancias entre el relato original y el posterior.

–¿Cuándo fuiste? Dijiste que visitaste Chigwell y vigilaste la casa por las mañanas.

–Philip, fui el martes y el viernes.

Aunque las palabras casi se le atragantaron, Philip se obligó a añadir:

–Entonces fue después de mi relato del lunes, cuanto te conté que había matado a John Crucifer. El lunes por la noche estuve aquí y te conté cómo había acabado con Crucifer la noche del domingo.

–Exactamente –confirmó Senta–. Eso es. Entonces supe que tenía que actuar. Supe que debía trazar un plan, puesto que tú ya habías matado por mí. Madrugué, la verdad es que no dormí mucho, cogí el metro hasta Chigwell y vigilé la casa. Vi que una mujer en bata abría la puerta y entraba una botella de leche. Es una mujer con la nariz y la boca grandes y el pelo oscuro y revuelto.

Ese tipo de revelaciones provocaban escalofríos en Philip. Recordó la primera vez que había visto a la esposa de Arnham a través de los cristales de la ventana en forma de escudo. Sentada en la cama junto a él, con las piernas cruzadas y rodeándole flojamente el cuello, Senta se acercó mimosa.

–Al verla me sentí bien. Pensé: es la mujer con la que se casó a pesar de que tendría que haberse casado con la madre de Philip; ahora aprenderá la lección, cuando él esté muerto y sea viuda. Está mal robar los hombres de otras mujeres. Si una mujer intentara apartarte de mí, la mataría, no me arredraría ante nada. En otro momento te contaré un secreto sobre esta cuestión. Philip, no tendré secretos para ti y tú no me ocultarás nada... nunca jamás. –Hizo una breve pausa.– Eran las ocho en punto cuando Arnham salió con el perro. Lo llevó hasta una zona verde arbolada, lo paseó bajo los árboles y luego regresó. Sólo tardó veinte minutos. No me fui, seguí mirando. Poco después Arnham salió trajeado y con un maletín. Ella lo acompañaba en bata. Arnham la besó y la mujer le rodeó el cuello así.

–Y el viernes volviste a ir.

–Philip, el viernes volví para comprobar que Arhnam hacía siempre lo mismo. Supuse que a veces la mujer, la ladrona, sacaba a pasear al perro. Mentalmente les pongo nombres. ¿No te parece divertido? A él lo llamé Gerry; a ella Ladronzuela, y al perro Ébano, por su pelo negro. Pensé: ¿Y si resulta que los domingos Ladronzuela saca a pasear a Ébano? Habré hecho el viaje en balde y tendré que regresar el lunes.

Philip se dio cuenta de que no soportaría oír una vez más el relato del asesinato. Cuando Senta llegó a la situación en que se había acercado a Arnham bajo los árboles y le había dicho que tenía algo en el ojo, Philip la interrumpió preguntándole si pensaba que la habían seguido durante el regreso a la estación de metro.

–En el andén había una vieja. Nunca había tenido que esperar tanto un tren, y la vieja no hacía más que mirarme. Pensé que llevaba alguna mancha de sangre pero no vi nada. Además, ¿cómo era posible que la vieja la notara si me había puesto la túnica de color rojo oscuro? Cuando llegó el tren, me senté en el vagón, me quité la gorra y me solté el pelo. La vieja no estaba, no viajaba en el mismo vagón, había otras personas. Philip, desde entonces he pensado que la vieja me tomó por un chico, pero los demás pasajeros sabían que yo era una mujer. Supón que de alguna forma relacionaron lo uno y lo otro y les resultó sospechoso. Si así fuera, ¿no crees que la policía ya se habría presentado en casa? Habrían venido, ¿no?

–Senta, no debes tener miedo de la policía.

–¡Pero si no tengo miedo! Sé que los policías son agentes de una sociedad cuyas reglas no significan nada para las personas como nosotros. No tengo miedo, pero debo estar alerta, tener preparada mi historia.

De no ser tan desagradable, habría encontrado ridículo el hecho de que la policía rastreara a Senta, tan menuda y de aspecto inocente, con sus ojazos expresivos y su piel tersa y sin marcas, sus manos y sus pies de niña. Philip la tomó en brazos y la besó. Excluyó toda idea horripilante. Se preguntó si el loco era él y no ella al tragarse, aunque sólo fuera por un instante, esas rebuscadas mentiras. Pocos segundos después, mientras abría la segunda botella de vino y quitaba el papel de plata rojo a una cereza recubierta de chocolate para dársela a Senta, volvió a pedirle más detalles, que le contara una vez más cómo había seguido a Arnham desde su casa hasta el bosquecillo herboso.

En el cuarto del sótano anochecía antes que en la calle. Ahí abajo estaba oscuro y cerrado, y el olor a polvo se mezclaba con el perfume del pachulí humeante. A esa hora, en la penumbra, el gran espejo semejaba una lámina de agua verdosa en el que apenas se entreveían sus imágenes. Tenía un viso grueso y translúcido, semejante al nácar. Con las sábanas, las fundas y el edredón marrones y arrugados, la cama parecía un territorio de colinas plegadas y valles profundos. Philip le impidió que encendiera la lámpara de la mesilla de noche. La abrazó y deslizó las manos debajo de la falda negra y delgada, de la holgada blusa de estopilla. Su piel resbaladiza y flexible parecía seda tibia. A oscuras, con los postigos entornados y la tenue luz gris que se veía sobre la acera, imaginó a Senta tal como había sido antes de esas revelaciones, la imaginó como se había comportado en las dos ocasiones que estuvo en su lecho.

Sólo así, con los ojos cerrados, pudo hacer el amor. Estaba aprendiendo a fantasear.

Philip despertó en plena noche. Mucho antes había decidido que esa noche no volvería a su casa. No regresaba como mínimo una vez por semana y había pasado la tarde y la noche anteriores en casa, con Christine. Pero había adquirido la costumbre de despertarse, vestirse y salir sin hacer ruido. Y aún se despertaba cuando no era necesario.

Senta dormía a su lado. La luz amarillenta de la farola iluminaba su rostro y teñía de un dorado broncíneo su cabellera plateada. Por la ventana entraba un poco de aire y los postigos estaban entreabiertos. En el pasado, casi siempre a esa hora, sonaba música en el piso de arriba y danzaban dos pares de pies, pero ahora Rita y Jacopo estaban fuera. Salvo por ellos, la vieja casa –con su peso de habitaciones sucias y desordenadas, su depósito de basura secular y su lento proceso de deterioro– estaba vacía. Senta respiraba con un ritmo regular y silencioso, y sus labios ligeramente entreabiertos se veían tan pálidos como una concha.

Cuando Philip regresó de cerrar las ventanas y llenar un vaso de agua en el grifo de bronce cubierto de harapos, Senta estaba despierta y sentada en la cama. Se cubría los hombros con un chal blanco con flecos. Había encendido una luz brillante e implacable. Los agujeros de la pantalla de pergamino trazaban un dibujo moteado en el techo. Debía de haber cambiado la bombilla por otra más fuerte, ya que el mayor voltaje revelaba la miseria del cuarto en todos sus aspectos: el polvo del suelo de madera aparecía como coágulos de pelusa gris alrededor del zócalo, las telarañas y los depósitos arenosos y oscuros en las cornisas, la silla cuyo mimbre empezaba a deshacerse, las manchas y los vertidos viejos y oscuros en la alfombra y los cojines. Philip pensó que tenía que sacarla de allí, que no podían vivir así. Al encender la luz, se despertó una mosca azul que zumbó en torno al cuello pegajoso de una de las botellas de vino.

Senta dijo:

–Estoy totalmente despierta y quiero contarte una cosa. ¿Recuerdas que te dije que te confesaría un secreto? Trata de las mujeres que roban hombres.

Philip volvió a meterse en la cama, deseoso de dormir, consciente de que sólo le faltaban cinco horas para levantarse, para abandonar el lecho, lavarse como buenamente pudiera, vestirse e ir a trabajar. Le pareció absurdo acordarse en ese momento de que no había llevado camisa y calzoncillo limpios, eran minucias, doblemente ridículas a la luz de lo que Senta dijo.

–Philip, ¿sabes que no eres el primero? Ojalá me hubiera reservado para ti, pero no lo hice y nada puede cambiar el pasado. Ni siquiera Dios puede modificar la historia... ¿lo sabías? Ni siquiera Dios puede hacerlo. Una vez estuve enamorada de otro hombre... mejor dicho, creí estarlo. Ahora que sé lo que de verdad es el amor, me consta que no estuve realmente enamorada. Ese hombre... bueno, era un muchacho, sólo un muchacho, y había una chica decidida a robármelo. Durante una temporada lo intentó. Es posible que al final él hubiese regresado a mí, pero entonces no lo habría querido, no después de haber estado con ella. Philip, ¿sabes qué hice? La maté. Fue mi primer asesinato. Usé con ella el primer puñal de cristal de Murano.

Philip pensó: «¿Se ha vuelto loca o me toma el pelo? ¿Qué pasa por su mente para inventarse estas patrañas? ¿Qué gana con ello?». Philip dijo:

–Senta, haz el favor de apagar la luz. Necesito dormir.

13

El olor a huevos podridos subía escaleras arriba, lo que suponía que Christine estaba haciendo una permanente a primera hora de la mañana. Philip había leído en alguna parte que el sentido del olfato de los perros era un millón de veces más útil que el del hombre; en consecuencia, si para él olía tan mal, ¿qué debía percibir Hardy? El perrito estaba en el rellano y meneó la cola ilusionado cuando Philip fue al baño. Cada vez que lo veía, Philip se acordaba del perro que, según Senta, pertenecía a Arnham, del perro al que llamaba Ébano.

Estaba cansado. Si hubiera podido, habría vuelto a la cama y dormido más horas. Como decía su padre, GDEV: «Gracias a Dios es viernes». Cheryl ya había pasado por el baño y utilizado la toalla de Philip además de la propia. Philip pensó en su hermana, en la noche en que la había visto robar lo que fuera en la tienda de Golders Green. No había hecho nada, no había movido un dedo a ese respecto. Había estado demasiado ocupado con Senta. Ésta lo obsesionaba y lo dejaba extenuado.

La noche anterior había jugado con la idea de no regresar a Tarsus Street, pero al final había ido. Se puso en el lugar de Senta y recordó lo que él había sufrido cuando ella lo abandonó. No soportaba las lágrimas ni la tristeza de la muchacha. El cuarto lo deprimió y la llevó a pasear, decidido a darle un beso de despedida en la puerta y dejar que entrara sola. Pero estallaron el llanto y las súplicas, así que entró con ella y la escuchó. Volvió a hablar de Ares y Afrodita, de la pertenencia a una elite, del poder y de saltarse a la torera las leyes establecidas por el hombre. No hicieron el amor.

Ahora, a solas, Philip no dejaba de preguntarse qué podía hacer. Tenía que liberar su mente de esas obsesiones, de esos ganchos de los que colgaban sus terrores: la visión de un perro, de un puñal, incluso de una estación de metro. Debía disipar esas nociones y pensar en el futuro, en el propio y en el de ella. ¿Tenían un futuro compartido? Le dolió darse cuenta de que no había llevado a cabo su intención de comunicar su relación con Senta a Christine y al resto de la familia. Hasta que la muchacha estropeó la relación con sus simulaciones de asesinato, la necesidad de contarlo había sido apremiante. Philip había deseado que todos lo supieran. Había querido que su amor fuera público y que su compromiso se conociera.

Philip bajó la escalera. A pesar de que la puerta de la cocina se hallaba cerrada, la casa estaba impregnada del olor de las sustancias sulfurosas que utilizaba Christine. Era imposible desayunar en esa atmósfera. Abrió la puerta de la cocina y saludó a una mujer entrada en años cuyos cabellos blancos como la nieve Christine enrollaba en los rulos de plástico azul.

–Querido, sé que el olor no es muy agradable, pero en diez minutos se irá.

–Yo también –replicó Philip.

Encontró la cafetera en medio de unos botes gigantes de laca para el pelo y dos tubos de gel blanqueante. ¿Para qué quería Christine gel blanqueante? No tenía clientas negras. Se fijó –cómo no iba a fijarse– en que lo fabricaba una empresa llamada Ébano. La vieja, que había parloteado casi sin parar desde que apareció Philip, relató una anécdota que le había ocurrido a su nieta durante una visita de intercambio con una familia francesa que no sabía hablar. Ni la madre ni el padre hablaban. Ni que decir tiene que los abuelos tampoco, y los niños sólo lograban pronunciar unas pocas palabras.

–Pobrecillos, ¿eran sordos? –preguntó Christine.

–Claro que no, Christine, no eran sordos, no he dicho que lo fueran. Sólo he dicho que no hablaban.

A pesar de que media hora antes había pensado que nunca en su vida volvería a sonreír, Philip se atragantaba de risa mientras bebía el Nescafé hirviendo.

–Mamá, quiere decir que no hablaban inglés. A ver si te enteras de algo alguna vez.

A Christine le entró un ataque de risa. Estaba tan guapa cuando se reía que Philip se acordó de Arnham y entendió por qué se había sentido atraído por su madre. Terminó el café, se despidió y salió. El hecho de recordar a Arnham lo sumió, una vez más, en un abismo de ansiedad y dudas. Apenas reparó en el sol, en el perfume de cien jardincillos en flor, en la liberación del hedor sulfuroso. Subió al coche, encendió el motor y condujo mecánicamente. Lo primero era ir a la oficina central, lo que suponía sumarse a la lenta fila de vehículos que reptaban por las colinas londinenses.

¿Cómo podía alguien afirmar que sus conocidos no mataban? Los asesinos eran gente corriente, hasta que asesinaban. No todos eran gángsters o dementes. Y si lo eran, su locura o su indiferencia ante las reglas de la sociedad quedaban ocultas bajo una fachada de normalidad. En compañía eran como cualquier otra persona.

¿Cuántas veces había leído, en un libro o en el periódico, que la esposa o la novia de un asesino afirmaban que no tenían ni la más remota idea de que fuera así, que jamás habían imaginado que hiciera esas cosas cuando no estaba con ellas? Y Senta era tan frágil, tan delicada, tan pueril. A veces, cuando no estaba adoctrinándolo sobre el poder y la magia, hablaba como una cría de siete u ocho años. Ponía su mano en la de él como si fuera una niña. La imaginó acercándose a un hombre, quejándose de dolor y aprensión, alzando la cara y pidiéndole que mirara qué tenía en el ojo, porque le hacía daño. Era lo que Philip veía cada vez que cerraba los ojos. Al leer el periódico, esa visión se superponía sobre las fotos y las letras. Recordó su entrada en el cuarto, con la gorra y la túnica roja, y ahora le pareció que había manchas en la túnica. Sin duda había visto una mancha de sangre en un hombro.

El hombre inclinó afablemente la cabeza y le miró el ojo. Tal vez le pidió permiso para tocarle la cara, para mirarle el interior del párpado inferior. Cuando el hombre se acercó para tratar de descubrir el grano de arena, Senta sacó el puñal de cristal del bolsillo de la túnica y se lo hundió en el corazón con toda su fuerza de niña...

¿Había gritado o sólo gimió y se desplomó? ¿Se le doblaron las rodillas, le dirigió una última mirada de profundo desconcierto, de atormentada sorpresa antes de caer sobre la hierba? La sangre había manado y manchado la túnica. Después el perrito, el pequeño terrier escocés negro, se acercó corriendo y ladró hasta que sus ladridos se convirtieron en aullidos.

«Basta, basta», se dijo Philip tan infructuosamente como cada vez que su imaginación seguía ese derrotero. El hombre se llamaba Harold Myerson, Harold Myerson. Tenía cincuenta y ocho años. Residía en Chigwell, pero sólo era una coincidencia. Miles de personas vivían en Chigwell. Philip pensó que podía ir a la policía y pedir información sobre Harold Myerson. Por ejemplo, averiguar dónde vivía, sus señas completas. La prensa nunca publicaba datos así. Llamaría la atención si acudía a la policía y hacía semejante pregunta. Querrían saber a qué se debía su interés. Apuntarían su nombre y lo recordarían. A la larga, eso podría conducirlos hasta Senta.

«Estás convencido de que lo mató», le habló su voz interior. «Es así. Te resulta imposible afrontar la realidad.» No existe ninguna norma que establezca que los asesinos tienen que ser corpulentos, fuertes y rudos. Los asesinos pueden ser menudos y frágiles, incluso algunos niños han asesinado. Como en algunas tácticas de las artes marciales, se utiliza la debilidad del autor para aprovechar la fuerza de la víctima. Cuando se hace una súplica, se muestra una herida o se pide auxilio, la ternura y la compasión llevan a la víctima a bajar la guardia.

Había otra cosa que hasta ese momento a Philip no se le había ocurrido. La exteriorizó y la confrontó, con el tráfico detenido ante el semáforo en rojo. ¿Y si Gerard Arnham no se llamaba así? ¿Y si su verdadero nombre era Harold Myerson y le había dado un nombre falso a Christine para apartarla más fácilmente de su vida si era necesario? La gente sin escrúpulos actuaba de esa manera y Arnham había sido poco escrupuloso porque mintió a Christine sobre la duración de su estancia en Estados Unidos y, al regresar, la abandonó.

Cuanto más pensaba en ello, más persuadido estaba. Al fin y al cabo, nunca lo había comprobado. Jamás había visto el apellido de Arnham en un listín ni había oído a nadie llamarlo así, salvo a Christine. A Philip se le revolvió el estómago. Sintió el deseo de bajar del coche, dejarlo donde estaba, en mitad de Edgware Road y emprender la retirada. ¿Adónde podía huir? Fuera donde fuese, tendría que regresar. No existía sitio donde ocultarse y desligarse de Senta.

Arnham debía de tener cincuenta y ocho años. Algunas personas aparentaban menos edad de la que tenían y el hecho de que Arnham le hubiese dicho a Christine que había cumplido los cincuenta y uno carecía de importancia. Se sabía que le había mentido. Mintió cuando dijo que se pondría en contacto con ella a su regreso de Estados Unidos. Para la diminuta Senta, un hombre de metro setenta y cinco tenía que ser alto. Con su más de metro ochenta, Philip se encumbraba sobre ella. ¿Y el perro? Ya había analizado esa faceta: se trataba del perro de la señora Arnham, del perro de la señora Myerson.

Era Ébano, propiedad de Ladronzuela.

Roy volvía a estar de buen humor. Al parecer se debía, principalmente, a que Olivia Brett había telefoneado dos veces y preguntado por Philip.

–Fíjate que no dijo tu nombre, sino «ese chico tan encantador y atractivo, con el pelo rubio rizado» –dijo Roy–. ¡Ojalá me hubiera tocado a mí esa perita en dulce!

–¿Qué quiere?

–¿Y tú me lo preguntas? A tu edad ya deberías saberlo. Tengo la sospecha de que te enseñará lo que quiere si te presentas en Highgate en cuanto caiga la tarde.

Philip se armó de paciencia y preguntó:

–¿Dijo qué quería?

–En pocas palabras, si puedes supervisar el trabajo en cuanto los obreros pongan manos a la obra. La divina Olivia no me quiere a mí ni a ningún otro menos apuesto.

Philip no tenía por costumbre mezclarse con el gentío que llenaba los bares y las cafeterías de esa zona del centro de Londres a la hora del almuerzo. Por lo general, paraba en un suburbio mientras se dirigía a visitar a un cliente. Aquel día estaba famélico porque no había desayunado. Antes de emprender el largo viaje hasta Croydon, necesitaba echarse algo sólido entre pecho y espalda, un par de hamburguesas o un plato combinado de salchichas con patatas fritas. En Croydon necesitaban dos toalleros, protegidos en sus cajas de cartón, para reemplazar los rotos. Sería mejor que los llevara en el maletero del coche.

Estaba en una zona de edificios de oficinas. Entre ellos, pasadizos y callejones conducían a aparcamientos y almacenes. Sólo una vieja calle permanecía prácticamente inalterada, una reliquia compuesta por una sucesión de casas georgianas con tres tienduchas en una esquina. Las tiendas no eran antiguas, sino modernas trampas para turistas, dirigidas a los que podrían pasar por allí de camino a la estación de Baker Street. Al salir del estacionamiento rumbo a una cafetería en la que suponía que ya no habría tanta gente, Philip recorrió un pasadizo con arcada que desembocaba en la vieja calle, que, al parecer, iba de ningún sitio a ninguna parte.

A menudo había pasado por esa calle pero nunca se le había ocurrido mirar las tiendas. No habría podido decir qué exhibían en los escaparates. En ese momento un centelleo de cristal rojo y azul llamó su atención y se detuvo a mirar las copas, las jarras y los floreros dispuestos en las estanterías.

En su mayor parte era cristal veneciano. En primer plano había pendientes y sartas de cuentas de cristal; detrás, animales de cristal, caballos al galope, perros danzantes y gatos de largos cuellos. Pero donde fijo su mirada casi incrédulamente –¿quizá fuera aquello lo que había llamado en un principio su atención, aun sin percibirlo conscientemente?– fue en un puñal de cristal. Se encontraba a la izquierda del escaparate y estaba guardado, por razones de seguridad, por prudencia o por exigencias legales, en un estuche que no era de cristal sino de plástico con apariencia de vidrio. El cristal del puñal era translúcido y ligeramente esmerilado. La hoja medía cerca de veinticinco centímetros y unos ocho la guarnición de la empuñadura. Philip contempló el arma, al principio con incredulidad y luego con malsano reconocimiento. ¿Era posible que hasta hacía cinco días ni siquiera hubiera oído hablar de la existencia de puñales de cristal y que desde entonces no sólo hubiese oído comentarios insistentes sobre esos objetos letales, sino que viera uno en el escaparate de una tienda?

Pensó que era como esas veces en que uno ve en el periódico una palabra desconocida y el mismo día se la oye pronunciar a alguien y se la lee en un libro. Resultaba imposible explicarlo racionalmente. No podía deberse a que en realidad se había visto muchas veces la palabra (conocido inconscientemente durante años la existencia de puñales de cristal) y a que ahora una fuerza emocional llamaba poderosamente la atención sobre ella. Debía de operar algo oculto, una fuerza que escapaba al conocimiento humano. Senta lo explicaría de esa forma y nadie diría que estaba equivocada. Para Philip, peor que la coincidencia fue saber que los puñales de cristal existían de verdad. Senta no había mentido. Tampoco había mentido cuando dijo que su madre era islandesa y que murió de sobreparto o cuando afirmó que había asistido a la escuela de teatro. ¿Alguna vez la había pescado realmente en una mentira?

La idea de que quizá las mentiras de Senta sólo existían en su imaginación era demasiado aterradora. Entró en la tienda. Se acercó una chica y, con ligero acento extranjero –tal vez italiano–, preguntó en qué podía servirlo.

–¿De dónde es el puñal de cristal expuesto en el escaparate? –preguntó.

–De Murano. Es cristal veneciano. Todo lo que tenemos es de cristal veneciano fabricado en Murano.

Era el mismo nombre que Senta le había dado. Había hecho ingentes esfuerzos por recordarlo.

–¿No es peligroso?

Philip no pretendía lanzar una acusación, pero la muchacha se puso inmediatamente a la defensiva.

–Nadie se puede hacer daño. Es muy... ¿cómo se dice? No tiene filo. El cristal es liso... Si quiere, se lo enseñaré. Sígame.

Tenía docenas de aquellos objetos en un cajón, cada uno en su estuche de plexiglás. Tocarlo supuso todo un esfuerzo para Philip. Notó el sudor que le cubría el labio superior. Su dedo apenas rozó el filo de la hoja. Era romo. La punta acababa en una pequeña gota o burbuja de cristal.

–¿Para qué sirve un puñal que no corta? –preguntó Philip como si la chica no estuviera presente, como si hablara para sí.

La muchacha arqueó los hombros. No dijo nada, pero lo miró cada vez más recelosa. Philip no preguntó el precio. Le devolvió el estuche y el puñal y salió de la tienda. La respuesta a su pregunta era muy simple: se trataba de cristal esmerilado y, por consiguiente, era casi tan fácil de afilar como el metal. Creyó que empezaba a entender la manera en que Senta mezclaba verdad y fantasía. Tal vez había comprado los puñales, pero no en Venecia, sino en Londres.

Abandonó casi a ciegas la vieja calle. No pasaban autobuses ni había tiendas, solamente la parte trasera de otros edificios de oficinas. Delante de una pared de cemento casi sin ventanas y de cuatro plantas de altura había un aparcamiento y en la puerta un letrero que indicaba que estaba estrictamente reservado para los empleados de la empresa que ocupaba el edificio.

Acababa de llegar un coche. Llamó la atención de Philip porque se trataba de un Jaguar negro y sirvió para apartar su mente de esas ideas dolorosas y aterradoras. Perplejo, vio avanzar el coche hasta una plaza libre y detenerse. La portezuela se abrió y el conductor se apeó.

Era Gerard Arnham.

14

En el pasado, los sentimientos de Philip hacia Arnham habían oscilado entre no querer verlo nunca más y desear verlo para aclarar las cosas, pero finalmente se había impuesto la indiferencia. Sin embargo, hacía mucho que era consciente de que podría toparse con Arnham cualquiera de las veces que fuera a la oficina central. De hecho, era esa posibilidad, además del gentío, lo que le disuadía de almorzar en los restaurantes de la zona. Y ahora con nadie le hubiera interesado tanto encontrarse como con él. Verlo era casi tan maravilloso como reunirse con la persona amada después de una amarga separación. Philip apenas pudo moderar su entusiasmo al saludar a Arnham cuando éste salía del aparcamiento.

Al ver a Philip unos segundos después de que el joven reparara en él, Arnham permaneció indeciso en la acera de enfrente. Parecía avergonzado. Debió de percibir de inmediato el regocijo de Philip, pues la sonrisa que asomaba a sus labios creció mientras alzaba la mano a modo de saludo y cruzaba deprisa la calle, después de dejar pasar un par de coches.

Philip caminó hacia Arnham con la mano extendida.

–¿Cómo está? Me alegro mucho de verlo.

Más tarde, superada la euforia, Philip pensó lo perplejo que debió de quedarse Arnham con su exagerado saludo. Al fin y al cabo, sólo había visto una vez a Philip, no los había tratado afectuosamente ni a él ni a sus hermanas, y había abandonado sin miramientos a su madre. Tal vez en realidad se había sentido aliviado por la capacidad de Philip para superar el pasado o bien le había parecido insensible. Cualesquiera fuesen sus sentimientos, no los manifestó, aunque estrechó cordialmente la mano de Philip y le preguntó cómo lo trataba la vida.

–No sabía que trabajabas por aquí.

–No era así cuando nos vimos por última vez –puntualizó Philip–. Aún estaba haciendo el cursillo de perfeccionamiento.

–Es asombroso que no nos hayamos cruzado antes.

Philip explicó que no visitaba con mucha frecuencia la oficina central de Roseberry Lawn y no dijo que conocía el lugar exacto donde trabajaba Arnham. Con cierta inseguridad, Arnham preguntó:

–¿Cómo está tu madre?

–Está bien, muy bien. –¿Por qué no adornar un poco la respuesta? Por muy contento que estuviera de ver a Arnham, no debía de perder de vista el hecho de que ese hombre había dado calabazas a Christine, se había acostado con ella (ahora Philip podía afrontarlo con ecuanimidad) y la había abandonado.– A decir verdad, ha puesto en marcha un negocio muy rentable –añadió y se soltó de la lengua– y hay un hombre muy interesado en ella. –¿Se lo imaginó o realmente Arnham se mostró algo alterado? Cambió de tema:– Mi hermana Fee ya se casó.

Al pronunciar esas palabras, creyó ver a Senta con el vestido de dama de honor, desparramada su cabellera plateada por el raso color coral, y sintió un arrebato de amor que anuló todo lo que pretendía expresar.

Arnham no se dio por aludido.

–¿Tienes tiempo para tomar una copa? A la vuelta hay un *pub* que suelo frecuentar.

De no ser por el viaje que lo esperaba, Philip habría aceptado. Pero ya no le interesaba pasar más tiempo con

Arnham, ya había cumplido su función: había demostrado su existencia y le había proporcionado a Philip una absoluta paz de espíritu que hasta hacía un instante se creía incapaz de volver a alcanzar.

–Lamentablemente, tengo prisa. –Le sorprendió haber perdido totalmente el apetito. La comida no le habría pasado por la garganta y el alcohol le habría producido asco.– Se me ha hecho tarde.

–En ese caso, ya nos veremos en otra ocasión. –Arnham parecía decepcionado. Titubeó y preguntó casi con timidez:– ¿Te parece... te parece bien que un día de éstos telefonee a tu madre? Aunque sólo sea por los viejos tiempos.

Philip respondió con bastante frialdad:

–Sigue viviendo en la misma casa.

–Sí, claro. Tengo el número. Fui yo el que se mudó.

Philip no comentó que ya lo sabía.

–Si quiere, llámela. Sale mucho, pero tal vez la encuentre.

A Philip le entraron ganas de correr, de bailar y de proclamar su alegría a los cuatro vientos, a todo el mundo. Habría sido capaz de coger a Arnham y bailar con él por la calle, interpretar el vals como hacían Rita y Jacopo, entonando lleno de felicidad los tralalás de *La viuda alegre* y *Los bosques de Viena*. Se limitó a estrechar la mano de Arnham y a despedirse.

–Adiós, Philip, me alegro mucho de haberte visto.

En vez de correr, Philip marchó como un abanderado, como un trompeta, y tuvo la sensación de que Arnham se había quedado inmóvil en la acera y seguía con mirada desilusionada la figura garbosa que se alejaba. En la esquina, Philip se dio la vuelta para saludar con la mano y vio que Arnham se había ido. Subió al Opel y fue directamente al taller cuyos servicios utilizaba Roseberry Lawn para pedir que le pusieran una radio nueva.

*

Para que todo hubiera sido perfecto, Joley tendría que haber estado en Tarsus Street, sentado en su carretilla y mascando algún desperdicio. Philip estaba convencido de que lo encontraría y hasta llevaba preparado un billete de cinco libras. Cuando giró en la esquina de Caesarea Grove vio de inmediato, bajo la clara luz del crepúsculo, brillante como la del mediodía, que Joley no había vuelto. A pesar de su necesidad de ver a Senta –anhelo que lo dominó toda la tarde y que pensó que no podría postergar un segundo más de lo indispensable–, aparcó y caminó por los alrededores de la iglesia en busca de Joley. El cerrojo de la verja no estaba echado y la puerta de la iglesia se encontraba entrabierta. Philip caminó hasta la parte posterior por la hierba blanquecina a la que nunca le daba el sol, entre lápidas musgosas y semienterradas, bajo las oscuras sombras de un acebo y de un par de grandes cipreses recortados. Olía a moho, a setas pasadas y húmedas. Con un poco de imaginación, habría sido fácil pensar que se trataba del olor de la muerte. En el interior de la iglesia, el órgano tocaba un himno lúgubre. No había indicios de Joley por ninguna parte, ni siquiera esos restos que a veces dejaba como testimonio de su estancia en un rincón protegido, papeles arrugados y uno o dos huesos.

Philip regresó y entró en la iglesia. De no ser por la invisible presencia del organista, habría dicho que allí no había un alma. Las ventanas tenían vidrieras de colores, con un cristal más oscuro y pesado que el de la tienda de objetos venecianos, y la única luz procedía de una bombilla instalada en una especie de incensario que colgaba en el ábside. Aunque la tarde estival era cálida, en la iglesia hacía un frío penetrante. Supuso un gran alivio salir otra vez al sol suave y brumoso. Al llegar a la casa vio que Rita bajaba los escalones de la entrada. Vestía un llamativo vestido corto de seda floreada. Llevaba unas medias blancas de encaje y zapatos color escarlata de tacón alto.

Jacopo la siguió y, al salir, dio un portazo. La tomó del brazo y se alejaron en dirección contraria. Philip pensó que esa noche, a altas horas de la madrugada, sobre su cabeza bailarían el vals *La vie en rose* y el tango *Celos*. Le importaba un bledo. Le habría dado lo mismo que doscientas personas celebraran un baile sobre su cabeza.

Philip entró en la casa y bajó corriendo la escalera del sótano. Igual que una o dos veces antes –de una forma que lo había fascinado de manera inefable–, Senta le abrió la puerta antes de que introdujera la llave en la cerradura. Vestía prendas nuevas... al menos nuevas para él. Llevaba un vestido largo, casi hasta los tobillos, de tela sedosa, plisada y semitransparente, de color verde mar con cuentas verdiplateadas. La tela delgada y resbaladiza se adhería a las curvas voluptuosas de sus senos y parecía gotear de ellos como el agua de una lenta cascada, cayendo por sus caderas para acariciar sus muslos del mismo modo que una ola. Su cabellera plateada y brillante semejaba una nube de alfileres, de hojas de puñal. Senta acercó la boca a él para besarlo y rodeó su cuello con sus manos menudas. Su lengua penetró en la boca de Philip como un pececillo tibio y escapó con delicada lentitud. Philip jadeó de placer, de felicidad.

¿Cómo sabía Senta que no había nada que decir? Las palabras quedaban para más tarde. ¿Cómo estaba enterada del terremoto que se había producido en su interior, del trascendental cambio de sentimientos y de parecer? No llevaba nada bajo el vestido verde. Se lo quitó por la cabeza y lo arrastró a la cama amorosamente. Los postigos estaban casi cerrados y la luz que se filtraba era un lejano resplandor. En un plato humeaba un pebetero de canela y cardamomo. Philip se preguntó cómo había podido pensar que detestaba ese cuarto, que esa casa le parecía sórdida. La adoraba, era su hogar.

*

–Entonces vendrás a vivir aquí conmigo –dijo Senta.

–Senta, lo he estado pensando. Una vez me comentaste que antes vivías en la buhardilla.

La muchacha estaba sentada en la cama y se rodeaba las rodillas con los brazos. Había adoptado una pose pensativa. Daba la sensación de que hacía cálculos. Si se hubiera tratado de cualquier otra persona, de cualquier otra chica, hasta de Jenny, Philip habría pensado que calculaba precios, facturas y muebles, pero ése no era el estilo de Senta.

–Sé que está muy desordenada, pero podríamos limpiarla y pintarla. Hasta podemos comprar algunos muebles.

–Philip, ¿no estás a gusto aquí en el sótano?

–Me parece muy pequeño. ¿No es una tontería que nos apiñenos aquí abajo mientras el último piso se muere de asco? ¿Crees que Rita no lo aprobará?

Senta descartó la última pregunta con un ademán.

–A Rita le da lo mismo. –Pareció titubear.– Lo que pasa es que *me gusta* estar aquí. –Su rostro adoptó una expresión tímida. Dijo en voz baja:– Te contaré una cosa.

Philip experimentó cierta tensión, un estiramiento de los nervios mientras se disponía a oírla contar una nueva mentira o a hacerle una confidencia grotesca. Senta se acercó a Philip, se cogió de su brazo con las dos manos y apoyó la cara en su hombro.

–Philip, tengo un ligero problema de agorafobia. ¿Sabes de qué se trata?

–Por supuesto. –Se enfadaba cada vez que Senta lo trataba como si fuera un ignorante.

–No te enojes. No quiero que vuelvas a enfadarte conmigo. Por eso no salgo mucho y me gusta vivir bajo tierra. Los psiquiatras dicen que es uno de los síntomas de la esquizofrenia. ¿Lo sabías?

Philip decidió abordar el tema desde una perspectiva desenfadada:

–Senta, abrigo la esperanza de que vivamos juntos toda la vida y te aseguro que no pienso pasar cincuenta años en una madriguera. No soy un conejo.

El comentario no era muy gracioso, pero Senta rió y añadió:

–Pensaré en lo de la buhardilla. Hablaré con Rita. ¿Qué te parece?

Le parecía maravilloso. De pronto todo marchaba sobre ruedas. De una forma serena e interesada, se sorprendió de que el día anterior la situación hubiera sido trágica y terrible y ahora, sólo porque había visto a un hombre al que apenas conocía y había hablado con él, todo fuera miel sobre hojuelas. La cogió en brazos y la besó.

–Quiero que esta relación deje de ser un secreto.

–Puedes decirlo, Philip. Ha llegado el momento.

En cuanto encontró a solas a Christine, le habló de Senta.

Su madre se limitó a comentar:

–Me alegro, querido.

¿Qué esperaba? Pensó en el asunto mientras Christine iba de aquí para allá en la cocina, preparando la cena. La verdad es que, a sus ojos, Senta era tan bella, tan maravillosa, tan diferente de todas las chicas que había conocido que esperaba, en primer lugar, respeto y, a continuación, sorprendidas felicitaciones. Christine había recibido la noticia con bastante preocupación o como si le hubiese dicho que salía con una muchacha común y corriente. Supuso que habría obtenido una respuesta más entusiástica si hubiese anunciado que había hecho las paces con Jenny. Dudoso de que su madre lo hubiera entendido, insistió:

–Sabes a quién me refiero, ¿no? A Senta, una de las damas de honor de Fee.

–Sí, Philip, a la hija de Tom. Ya te he dicho que me alegro. Me parece bien siempre y cuando os queráis.

–¿Tom? –preguntó, sorprendido de que su madre pensara que lo más extraordinario de Senta era su familia.

–De Tom Pelham, el otro hermano de Irene, cuya ex esposa baila y vive con un chico joven.

¿Qué quería decir «el otro hermano»? No preguntó nada.

–Exactamente. Senta ocupa un piso en su casa.

Era exagerado llamar «piso» al cuarto del sótano, pero Philip pensó que en un mes o dos sería verdad. ¿Debía comentarle a Christine su encuentro con Arnham?

No, se preocuparía. Sin duda, entre otros recuerdos, Christine aún conservaba con cariño la postal de la Casa Blanca. Además, Arnham nunca llamaría por teléfono, seguramente lo había desanimado al contarle que había otro hombre en la vida de Christine. Superada la euforia, Philip se preguntó si había dado al traste con las posibilidades de su madre al inventarse ese hombre. De todas maneras, Arnham se había casado o, al menos, vivía con una mujer. Era demasiado tarde.

Se dispusieron a comer una de las especialidades de Christine: tostadas con huevos revueltos mezclados con trocitos de atún y una cucharadita de curry en polvo. Philip no quería pensar en el futuro, en cómo se arreglaría Christine por su cuenta y con la presencia fugaz y espectral de Cheryl. Tarde o temprano tendría que abordar la cuestión.

–Iré un par de horas a casa de Audrey –dijo Christine y reapareció con un vestido floreado de algodón que Philip no recordaba, pero que seguramente su madre había rescatado de un vestuario estival del pasado–. Hace una noche muy agradable.

Christine sonrió de oreja a oreja. Parecía feliz. Philip pensó que la razón de su temperamento alegre era su inocencia y su ignorancia. Tendría que sustentarla económica y emocionalmente y hacerle compañía hasta el fin de sus días. El mundo no era lugar para ella, la abrumaba incluso su manifestación en forma de trabajo en un salón de peluquería. Era como si su padre la hubiese amparado bajo sus enormes alas protectoras. Como un pajarito que jamás creció, Christine miraba furtivamente a su alrededor. Philip a veces se sorprendía de que, a solas, su madre fuera capaz de hacer algo tan simple como pagar el billete del autobús.

Apareció Cheryl, que seguramente se cruzó con su madre en la puerta. Philip se habría sorprendido si su hermana hubiera entrado en la sala, pero no lo hizo. La oyó arrastrar los pies escaleras arriba. Había pasado más de una semana desde que habló con ella por última vez. Sabía que recibiría con profunda indiferencia toda noticia que le diera sobre sí mismo y su futuro.

Los pasos de Cheryl sonaron encima de su cabeza. Deambulaba por el dormitorio de Christine. Oyó que la puerta del armario crujía al abrirse. Dejó de preocuparse por el bienestar de Cheryl y sólo la consideró una carga adicional. En tanto cuidadora de su madre, sería, en el mejor de los casos, inútil. Sonó un portazo en el dormitorio y, de pie junto a la puerta entreabierta de la sala, Philip oyó a su hermana bajar la escalera. Comprendió que a Cheryl le daba lo mismo que él la oyera o no, que se enterara o no. Sólo un retrasado mental no se daría cuenta de que había estado en el dormitorio de Christine para coger el dinero escondido, para robar del bolso donde su madre guardaba las propinas de la peluquería o para fisgonear en el oso de porcelana con la cabeza desmontable que contenía monedas de diez y veinte peniques.

La puerta de calle se cerró. Philip aguardó unos segundos a que su hermana se esfumara y se fue en coche a casa de Senta.

–No me lo creo –afirmó Fee–. Te estás burlando de mí.

La sorpresa fue tan mayúscula que Fee tuvo que encender un cigarrillo con la colilla del anterior.

–Fee, te está tomando el pelo –aseguró Darren.

Philip estaba estupefacto. Esperaba que recibieran su anuncio con una alegría desbordante. Senta era prima de Darren y había sido dama de honor en la boda de Fee. Cabía esperar que se alegraran de incluir en su círculo más próximo a un pariente de Darren.

–Cada vez que me interesaba por Senta, os burlabais de mí –dijo Philip–. Debisteis daros cuenta de lo que sentía.

Darren soltó una carcajada. Como de costumbre, estaba sentado en el sillón, delante de la tele.

–¿Qué tiene de gracioso? –espetó Fee.

–Más tarde te lo diré.

Fue una respuesta desconsiderada y desconcertante. Fee no mejoró la situación.

–O sea que mientras te hacíamos bromas porque sospechábamos que Senta te gustaba y te preguntábamos si querías su teléfono y todo lo demás..., o sea que, mientras tanto, ¿te veías y salías con ella?

–Hasta ahora Senta prefería que nadie lo supiera.

–Phil, en mi opinión, no has jugado limpio. Lo lamento, pero es lo que pienso. Te sientes mal cuando alguien te engaña de esta manera.

–Lo lamento, no sabía que te lo tomarías tan a la tremenda.

–En fin, ahora ya no tiene sentido quejarse, es demasiado tarde. ¿Has dicho que Senta vendrá a vernos?

Philip lamentó haber organizado las cosas de esa manera.

–Pensamos que lo mejor era que yo os lo comunicara y que Senta se presentara media hora después. Fee, se supone que Senta *es* tu amiga, *es* prima de Darren.

Darren dejó de reír, levantó la mano y chasqueó sus gruesos dedos.

–Por favor, un respeto mientras pasan el campeonato de billar.

Philip y Fee se apretujaron en la cocina, del tamaño de un armario moderadamente amplio.

–¿Estáis prometidos?

–Todavía no, pero todo se andará. –Philip decidió que propondría matrimonio a Senta. «Le haré una petición formal, hasta es posible que me arrodille.» Añadió pomposamente:– Cuando nos prometamos, publicaremos un anuncio en el periódico, en el *Times*.

–Nuestra familia nunca ha sido partidaria de esos esnobismos. Es pura exhibición. ¿Querrá Senta algo de comer o de beber? En casa no hay una gota de alcohol.

–He traído una botella de champán.

Fee, que por necesidad estaba muy cerca de Philip, le dirigió una mirada de complicidad, entre exasperada y maliciosa.

–Estás loco, andándote con tanto secreto. ¿Por qué no lo has dicho antes?

–He dejado el champán en el coche, iré a buscarlo.

Aquellos escasos y excepcionales minutos a solas con Fee le habrían permitido hablarle de Cheryl, pero no era el momento más oportuno. Imaginó que Fee le respondía con su típico tono tajante que, ahora que se marchaba de casa y se casaba, quería endilgarle sus problemas a Cheryl. Fee lo rodeó con los brazos, le dio un fugaz abrazo, apoyó su mejilla en la de él y susurró:

–De todas maneras, tengo que felicitarte, ¿no?

Philip sacó el champán del coche, alzó la mirada y vio a Senta. La muchacha llevaba una botella de vino. Era la primera vez que se encontraban en la calle. Sintió un peculiar y expectante placer al acercarse a Senta y besarla en público. No es que los miraran, pero estaban a la vista de la gente, abrazados en la acera, con las dos frías botellas interpuestas entre sus cuerpos, separándolos como cinturones de castidad.

Senta vestía de negro. Ese color daba a su piel el tono

blanco de las conchas marinas y a sus cabellos un brillo más acerado y cristalino. Se había pintado las uñas del mismo color y los párpados de plata. Sobre los altos tacones, subió ágilmente la escalera delante de Philip. Pese a los tacones, Philip seguía sacándole toda la cabeza y, al detenerse en el umbral, le miró la coronilla. Las raíces pelirrojas resplandecían entre los mechones plateados con una extraña luminosidad rosácea, y Philip experimentó una intensa ternura por las peculiaridades y la inofensiva vanidad de Senta.

Reparó también en algo más: en el nerviosismo de Senta cuando abandonaba su territorio. Lo notó por lo que ella le había contado sobre la agorafobia. En la calle era peor y, en cuanto entró en el piso y se reunió con Darren y Fee, se difuminó en algo parecido a la timidez. Los recién casados parecían incómodos, pero Fee se expresó claramente:

–No diré que no sea una sorpresa, pero nos acostumbraremos.

La televisión ya no informaba sobre el campeonato de billar, estaban repitiendo un torneo de golf. Darren le quitó el sonido y aprovechó la oportunidad para ponerse al tanto de las noticias de la familia.

–Dime, ¿qué trama ahora la tía Rita?

Senta, sumida en un silencio recatado y tímido, bebía champán. Dio amablemente las gracias cuando Fee propuso un brindis por Senta y Philip: «Que aún no están prometidos, pero pronto lo estarán». Aunque era la primera vez que visitaba el piso, cuando Fee se ofreció a mostrárselo –recorrido breve por necesidad, ya que sólo le quedaban por ver el pequeño dormitorio y la ducha diminuta–, Senta negó con la cabeza, le dio las gracias y dijo que prefería recorrerlo en otra ocasión. Darren, aferrándose a su chiste como un perro a un hueso viejo, comentó que no se había dado un baño desde la luna de miel y preguntó a Senta si quería ducharse.

Durante el regreso en coche a Tarsus Street, Philip se sentía ahogado, a punto de reventar con la idea de la petición de mano. Pero no quería que en el futuro, tal vez dentro de veinte años, cuando celebraran el aniversario de boda, Senta recordara que le había propuesto matrimonio viajando en coche por un suburbio del norte de Londres.

–¿Adónde vamos? –preguntó Senta–. ¿Es éste el camino? Philip, ¿me has raptado?

–Para toda la vida –respondió.

Condujo hasta Hampstead Heath, que no quedaba muy lejos. Brillaba una enorme luna redonda del color de la cabellera de Senta. Dejando Spaniards Road por el sendero que bajaba hasta el fondo del Vale of Health, Philip la condujo hasta las lindes del bosque. Se divertía porque, evidentemente, Senta pensaba que la había llevado allí para hacer el amor en el parque en aquella noche templada y seca de verano. Cogida de la mano, se dejó guiar dócilmente. El claro de luna teñía de blanco la hierba y convertía en tiza los senderos de tierra, mientras que bajo la arboleda las sombras eran negras. Debía de haber otros seres humanos, era imposible que estuvieran solos, pero todo estaba tan silencioso como en pleno campo y tan tranquilo como en la intimidad del hogar.

Arrodillarse le resultó imposible. Senta habría pensado que estaba loco. Le tomó las manos y las estrechó entre sus cuerpos. Miró sus ojos verdes, que había abierto desmesuradamente y que lo contemplaban. En cada ojo Philip vio el reflejo de la luna. Formalmente, con un estilo digno de su bisabuelo, a la manera de lo que había leído en las páginas de una novela, le dijo:

–Senta, me gustaría casarme contigo. ¿Quieres ser mi esposa?

La muchacha esbozó una sonrisa. Philip se dio cuenta de que sus palabras no eran exactamente las que Senta esperaba. La joven respondió con voz dulce y clara:

–Sí, Philip, me casaré contigo. Me muero de ganas de casarme contigo. –Le acercó los labios. Philip se inclinó y la besó castamente en la boca. La piel de Senta parecía de mármol. Era una muchacha de mármol que algún dios estaba transformando de estatua en mujer de carne y hueso. Philip percibió el calor que recorría la carne de piedra. Senta, apartándose un poco, con la mirada fija en los ojos de Philip, añadió con gravedad:– Desde el inicio de los tiempos estábamos destinados el uno al otro.

La boca de Senta lo recorrió con ardor y su lengua le acarició el interior de los labios.

–Aquí no –pidió Philip–. Senta, vamos a casa.

Hasta bien entrada la noche, en esas primeras horas de profunda oscuridad, no comprendió Philip el motivo por el que, en medio de la escena romántica que había organizado y en el instante en que le pidió que se casara con él, entre ellos se había interpuesto el desasosiego, que lo aguó todo. Ahora lo comprendía. Se debía a que la escena, y más aún el escenario, parecía reflejar lo que, según Senta, había ocurrido entre Gerard Arnham y ella en otro sitio cubierto de hierba y bajo otros árboles. En el preciso instante en que la miró a los ojos, se inclinó y le habló cálidamente, Senta aferró el puñal de cristal y se lo hundió en el corazón.

La luz amarillenta de las farolas caía sobre el edredón marrón remedando las figuras de los cristales de la ventana. Sobre su cabeza sonaban *El vals de los patinadores* y los pies danzantes de Rita y Jacopo. Pensó que debía de estar neurótico para remover de ese modo el absurdo pasado. ¿Acaso no había visto a Arnham y hablado con él? ¿No sabía, más allá de toda sombra de duda, que estaba vivo?

Aunque en el Heath había percibido la felicidad de Senta y sabido que se alegraba de estar con él, Philip también notó su inquietud al encontrarse en un espacio abierto, en la infinitud de la noche. ¿Cómo había sido capaz de tomarse en serio la posibilidad de que una persona como Senta ejecutara un acto violento en campo abierto? Para ella todo lo que no fueran cuatro paredes se convertía en un lugar peligroso.

La plateada cabellera de Senta se extendía sobre la almohada, junto a Philip. Dormía profundamente. La música y el baile jamás la perturbaban, pues ahí abajo, en el sótano, estaba a salvo. Philip oyó pisadas que se acercaban a la ventana y, cuando concluyó el vals, una aguda carcajada, como si Jacopo hu biera tomado en brazos a Rita para hacerla girar y girar.

15

Llevó a Senta a Glenallan Close para que visitara a Christine. La muchacha levantó tímidamente la mano izquierda, como un perro que alza la pata, para mostrar su anillo de prometida, una sortija victoriana antigua, de plata y con dos piedras grises y translúcidas. Se la había dado el día anterior, cuando se publicó el anuncio del compromiso. En presencia de otras personas, Senta se retraía, respondía con monosílabos o guardaba un silencio que sólo rompía para decir por favor y gracias. Philip intentó recordar la boda de Fee, la única ocasión en que la había visto en compañía de más gente. Entonces se había mostrado locuaz, parecía otra, se acercaba a los invitados y se presentaba. Recordó que, poco antes de que él se fuera, Senta charlaba y reía con dos o tres hombres, amigos de Darren. Esa actitud apática no le molestaba, pues sabía que las palabras, la ternura y la animación de Senta le estaban reservadas y serían suyas en cuanto regresaran a su cuarto.

Pasaron casi una hora en Glenallan Close. Era domingo y Cheryl también estaba en casa. Philip había hojeado el suplemento en color del diario y leído un artículo sobre los puñales de cristal de Murano. Incluía una foto enorme de un puñal muy parecido a los que había visto en la tienda y otra de un grupo de personas celebrando el carnaval de Venecia en la nieve. Cerró el suplemento como si las fotos fueran pornografía dura y las mujeres pudieran verlas. Christine besó a Senta antes de salir. Philip, sin saber por qué, sintió miedo de que Senta la rechazara. Por suerte, no pasó nada. Le dio una gran alegría al ofrecerle la mejilla a Christine, con la cabeza ligeramente ladeada y una tierna sonrisa en los labios.

A la propuesta de visitar a su padre, Senta respondió con una férrea negativa. Se limitó a decir que Tom Pelham podía considerarse afortunado de que su apellido apareciera de manera respetable en el periódico sin tener que pagar un penique. Era Rita quien la había criado. A menudo pasaban meses sin que le viera el pelo. Era Rita quien le proporcionaba un hogar sin tener que pagar alquiler. No es que estuviera desesperada por comunicar la buena nueva a su madrastra, ya lo sabría por su cuenta. Rita no era la misma desde que se lió con Jacopo.

Senta quiso bajarse del coche y comprar provisiones en la primera bodega abierta que encontraron. Dijo que ya estaba harta de calle. Philip había pensado llevarla a cenar y después al Jack Straw's Castle para que conociera a Geoff y su novia. Lo había planeado todo: una nueva y prolongada celebración del compromiso, incluida la cena en Hampstead, y luego al *pub*, donde probablemente encontraría, un domingo por la noche, a algunos compañeros de estudios.

–Intentas curarme la fobia mediante una sobreexposición –comentó Senta jovialmente–. ¿No me he portado bien hasta ahora? ¿No he hecho suficientes esfuerzos por ti?

Philip no tuvo más remedio que ceder, pero dejó claro que antes de volver al cuarto comprarían buena comida. A veces le preocupaba el hecho de que Senta parecía vivir del aire, el vino y algún que otro bombón. La muchacha aguardó en silencio y con las manos entrelazadas mientras Philip hacía una incursión en un supermercado de Finchley Road y compraba galletas, pan, queso y fruta. Había notado que, en los espacios abiertos, Senta miraba al suelo o entornaba los ojos.

Entraron en Tarsus Street por Kilburn. Había mucha gente

reclinada contra las paredes, paseando tranquilamente, parada, cotilleando, asomándose por las ventanas para charlar con otras personas apoyadas en los alféizares, como suele ocurrir en muchas calles de Londres al final de una tarde de verano tan apacible como aquélla. El aire estaba impregnado de un intenso olor a gasóleo, a alquitrán derretido y a especias. Como de costumbre, Philip buscó a Joley con la mirada y creyó divisarlo en la esquina de Caesarea Grove. Se trataba de otro hombre, más joven y delgado, que deambulaba por la acera sin rumbo fijo y cargado con varias bolsas de viaje.

Cuando se apearon del Opel con la carga de alimentos y la carga aún más pesada de botellas de vino, Senta le preguntó a quién buscaba.

–A Joley –respondió–. Al viejo de la carretilla. Al vagabundo, como supongo que tú lo llamarías.

Senta le dirigió una extraña mirada de soslayo. Tenía las pestañas muy largas y espesas y parecían barrer la delgadísima piel blanca de debajo de los ojos. Alzó la mano con el anillo de las piedras grises para acomodar el largo mechón de pelo plateado que le cubría la mejilla.

–¿No te referirás al viejo que solía sentarse en los escalones de casa? ¿El que a veces estaba en el cementerio de la iglesia?

–¿Y por qué no? De él estoy hablando.

Habían entrado en la casa y bajaban la escalera del sótano. Senta abrió la puerta. Bastaba que el cuarto estuviera cerrado unas pocas horas para que oliera insufriblemente mal. Senta sacó una botella de vino de la bolsa que Philip había dejado sobre la cama y buscó el sacacorchos.

–Ése era John Crucifer –dijo Senta.

Durante unos segundos el nombre no significó nada para Philip.

–¿Quién has dicho?

Senta lanzó una risilla ligera y musical.

–Philip, deberías saberlo. Al fin y al cabo, lo mataste.

El cuarto pareció moverse. El suelo se elevó como cuando uno está a punto de desmayarse. Philip se tocó la frente con dos dedos sorprendentemente helados. Se sentó en el borde de la cama.

–¿Quieres decir que el viejo que se hacía llamar Joley y que rondaba por aquí era, en realidad, el hombre que asesinaron en Kensal Green?

–Exactamente. Creía que lo sabías. –Sirvió generosamente vino en una copa que nadie había lavado desde que bebieron el último Riesling.– Deberías saber que era Crucifer.

–El hombre que asesinaron... –Philip hablaba lenta y distraídamente.– El hombre que asesinaron... se llamaba John.

Senta sonreía con impaciencia.

–John, Johnny, Joley... ¿qué más da? Era un apodo. –Como un diamante, una gota de vino tembló en su labio inferior.– ¿No lo elegiste precisamente porque era Crucifer?

Su propia voz le sonó débil, como si repentinamente estuviera enfermo:

–¿Y por qué iba a elegirlo?

–Bebe un poco de vino. –Senta le pasó la botella y otra copa sucia. La sostuvo mecánicamente y se quedó mirándola, con la copa en una mano y la botella en la otra.– Supuse que lo habías elegido porque era mi enemigo.

Sucedió algo terrible. El rostro de Senta era el mismo de siempre, blanco y terso, con los labios claros ligeramente entreabiertos, pero Philip vio la demencia en sus ojos. Era incapaz de explicar cómo lo supo, ya que nunca había visto ni tratado a nadie que estuviera mentalmente perturbado, pero la locura estaba ahí, una locura absoluta, real y espantosa. Era como si un demonio estuviera en el interior de Senta y mirara por sus ojos. Al mismo tiempo, Philip vio la mirada de Flora, esa mirada remota, anterior a la civilización, ignorante de la ética.

Tuvo que hacer acopio de todo el dominio de su ser. Necesitaba estar sereno, mantener un tono cordial.

–Senta, ¿qué significa que era tu enemigo?

–Me pidió dinero y yo no tenía nada que darle. Me gritó, hizo comentarios sobre mi ropa y mi... mi pelo. No quiero repetirlos, pero fueron muy ofensivos.

–¿Por qué supones que yo estaba enterado?

Senta se acercó a Philip y respondió suavemente:

–Porque conoces mis pensamientos, porque ahora estamos tan cerca que podemos adivinar lo que discurre por nuestras mentes, ¿no?

Philip desvió la mirada y, de mala gana, giró los ojos para volver a contemplarla. La locura ya no estaba. La había imaginado. Debió de ser eso, producto de su imaginación. Volvió a llenar la copa de Senta y la suya. Senta le habló de una prueba a la que se presentaría la semana siguiente para un papel en una serie de televisión. Más fantasías, pero inofensivas, si es que había alguna fantasía inocua, si eso era posible. Se sentaron en la cama, uno junto al otro, en el cuarto sin ventilar y bañado por la polvorienta y anaranjada luz del crepúsculo. Philip tenía un miedo supersticioso a que alguien oyera sus palabras.

–Senta, escúchame. Nunca más hablaremos de asesinar, ni en broma ni como fantasía. Quiero decir que el asesinato no tiene nada de gracioso, en ninguna circunstancia.

–Yo no he dicho que fuera una broma. Jamás he dicho semejante cosa.

–No, pero te inventaste historias e hiciste la comedia. Yo obré tan mal como tú. Hice lo mismo. Fingiste que habías matado a alguien, yo también, y ya no tiene importancia porque en realidad no lo hicimos ni creímos que el otro lo hubiera hecho. De todos modos, es malo que sigamos hablando como si fuera real. ¿Te das cuenta? No es bueno para nosotros, altera nuestra personalidad.

Durante una fracción de segundo Philip creyó ver el demonio tras los ojos de Senta. Apareció, rió burlón y se esfumó. La muchacha guardó silencio. Philip se preparó para otro ataque de ira como el que había estallado la última vez que puso en tela de juicio sus palabras, pero Senta se quedó quieta y en silencio. Echó hacia atrás la cabeza, bebió el vino de un trago y le mostró la copa vacía.

–No volveré a mencionarlo –dijo lentamente–. Philip, comprendo lo que te pasa. Todavía eres muy convencional. Te alegraste al saber que vivía aquí con mi madre, ¿no? De esa forma, todo se volvía respetable. Te alegraste cuando conseguí un trabajo remunerado. Dada la familia que tienes, no puedes ser distinto. Te educaron para ser recto y rígido y no puedes cambiar de la noche a la mañana. Y ahora quiero que me prestes atención. Lo que cada uno hizo por el otro para demostrar nuestro amor fue terrible, lo comprendo, me doy cuenta de que fue terrible y entiendo que te resulte menos duro si lo enterramos en el pasado. Estoy de acuerdo, siempre y cuando sepas que no es posible modificar el pasado. No hace falta hablar del tema.

Philip dijo con aspereza:

–Si vas a beber tanto, será mejor que comas algo. Venga, cenemos.

–Philip, ¿pretendes decirme que bebo demasiado?

Philip empezaba a conocer las primeras señales de alarma. Empezaba a conocerlas y a saber controlarlas.

–No, por supuesto que no. Pero me parece que comes poco. Senta, intento cuidarte.

–Sí, Philip, cuídame, protégeme. –Se volvió y lo sujetó, lo tomó de los hombros con la mirada súbitamente extraviada y aterrorizada.– No cenemos todavía. Por favor, esperemos un rato. Quiero que me quieras.

–Te quiero –afirmó Philip, dejó la copa, quitó a Senta la

suya de la mano, la abrazó y la acostó sobre el edredón marrón.

Esa noche le tocaba, como tantas otras veces, volver a su casa a altas horas de la madrugada. Se había propuesto hablar con Senta del futuro. ¿Vivirían en la buhardilla? Tal como había prometido, ¿había pensado en esa posibilidad? ¿Fijarían la fecha de la boda para el año siguiente? ¿Se le ocurría alguna idea sobre cómo resolver el problema de Christine y, de paso, el de Cheryl? Pero en lugar de hablar pasaron toda la noche haciendo el amor. En cierto momento, Philip se levantó, comió algo y se lavó con el agua que salía del grifo.

Al regresar del retrete, abrió la ventana para que un poco de aire fresco recorriera la atmósfera polvorienta y agobiante, y encontró a Senta sentada en la cama, descorchando la segunda botella de vino. La muchacha lo recibió con los brazos abiertos.

Philip durmió profundamente. Durmió como un muerto, agotado y en paz. Su futuro con Senta le parecía sublime, una sucesión de días soñando con ella y de noches de amor. A medida que pasaba el tiempo, en la cama se entendían cada vez mejor, y a Senta le gustaba tanto como a él. Era difícil imaginar que pudiera ser mejor, pero lo mismo había dicho hacía tres semanas y, sin embargo, había mejorado. Cuando sonó el despertador, Philip abrió los ojos e intentó abrazar a Senta, pero estaba solo en su cama y se sintió desconsolado.

De camino al trabajo –una reticente visita a Olivia Brett–, Philip se reprochó haber imaginado indicios de neurosis en Senta. Se debía al factor sorpresa. Lo provocó el impacto de saber que John Crucifer era Joley. La pobre Senta le había dado un simple dato que a esas alturas ya podía haber averiguado por sí mismo y quedó tan impresionado que descargó en ella su desazón. ¿No era lo que los psicólogos llamaban proyección?

Además, no era sorprendente que Senta creyera que él había matado a Joley. Al fin y al cabo, se lo había dicho. Por muy fantástico e irreal que ahora le pareciera, le había dicho que mató al viejo. Y, naturalmente, Senta le creyó. Se dijo: «Recuerda que durante unos días tú mismo te tragaste la historia de que había matado a Arnham». Bueno, lo había creído intermitentemente. En realidad, todo eso demostraba lo que le había dicho: ese tipo de charlas les hacía daño y alteraba sus personalidades. Sin duda era perjudicial si lo llevaba a suponer que Senta no estaba en su sano juicio.

Pero Joley... Philip descubrió que detestaba pensar que el hombre asesinado en Kensal Green era Joley, y que le resultaba aún más odioso porque le había dicho a Senta que era el autor de esa muerte. Le costaba entender por qué lo había hecho. Si ella lo amaba realmente –y sin duda era así–, habría acabado por comprender que sobraban las fantasías sobre pruebas de amor. Hubiera bastado con que resistiera hasta que Senta le diese la razón y quizá hubiera tenido que soportar unas cuantas rabietas. Philip sintió remordimientos al utilizar esas palabras en relación con Senta, ya que tenía una idea muy clara de cómo reaccionaría, pero ¿de qué otra manera lo podía describir?

Al decir que había asesinado a Joley, hasta cierto punto se había involucrado en esa muerte. Peor aún, se había hecho parcialmente responsable del acto, convirtiéndose en una especie de encubridor. Se había puesto al lado del asesino de Joley y entrado en su misma categoría. Preocupado por esas ideas desagradables, Philip subió la escalinata de la casa de Olivia Brett y la propia actriz le abrió la puerta. Recordó los elogios que Olivia Brett había prodigado sobre su persona y se sintió incómodo en su presencia.

En su trabajo abundaban anécdotas sobre mujeres que estaban solas en casa y aguardaban la llegada de hombres como él; mujeres que invitaban a su dormitorio al inspector, al aparejador o a un obrero, o súbitamente aparecían ante ellos en paños menores. A él jamás le había ocurrido nada parecido, pero sólo estaba en los comienzos. Olivia Brett lucía una bata blanca con infinidad de adornos, pero no era transparente. Olía como un cuenco de frutas tropicales olvidadas bajo el sol.

La actriz insistió en subir la escalera detrás de Philip. Éste se preguntó qué haría si una mano le acariciaba la nuca o la yema de un dedo le recorría la columna vertebral. Olivia Brett no lo tocó. Philip no quería pensar en ella, prefería tomarla como un contestador automático o que hiciera sus peticiones en tono neutro y pragmático. La actriz le hizo pasar al cuarto de baño recién vaciado y se quedó a sus espaldas mientras Philip hacía un esbozo de la instalación eléctrica.

–Ah, encanto –dijo la actriz–, no sé si te han dicho que he cambiado de idea y que quiero una de esas duchas que arrojan el agua a chorros desde las paredes.

–Sí, ya he tomado nota.

–Le enseñé a mi amigo la foto del folleto, y ¿sabes lo que dijo? Que parecía un baño de burbujas puesto de pie para mear.

Philip se quedó de piedra. No por lo que Olivia Brett dijo, sino porque lo dijo dirigiéndose a él. Guardó silencio pese a que sabía que debiera haberle reído el chiste. Sacó el metro y simuló medir algo en el otro extremo del baño. Al volverse, notó que la actriz lo observaba con mirada apreciativa e inevitablemente la comparó con Senta, contrastando su cara grasienta, arrugada y tensa con el cutis de terciopelo de su amada, y el escote pecoso entre las solapas del *broderie anglaise* con los níveos pechos de Senta. Philip sonrió afablemente al tiempo que decía:

–Todo está previsto. No volveré a molestarla hasta que el electricista haya cumplido su parte.

–¿Tienes novia? –preguntó Olivia Brett.

Philip se quedó estupefacto. El tono de la mujer era ronco y directo. Notó que una bocanada de calor le teñía de rojo las mejillas. La actriz dio un paso hacia él.

–¿Qué es lo que temes?

Fue todo un golpe de ingenio. Esta vez compensó todas las ocasiones en que a Philip se le ocurrieron cosas que podía haber dicho –réplicas perfectas– cuando ya era demasiado tarde. No supo de dónde le llegó la inspiración. Voló en las alas de una serena conveniencia:

–Lo que me temo es que estoy prometido desde hace una semana.

Dichas esas palabras, pasó por delante de la actriz, sonrió amablemente y bajó sin prisas la escalera. Olivia Brett salió al rellano tras él. Philip tuvo un arranque de arrepentimiento, pero sin duda prostituirse por Roseberry Lawn superaba la exigencia de lealtad a la empresa.

–De momento, adiós –la saludó–. No se moleste, conozco la salida.

Ese último comentario le dio la sensación de ser un hombre de mundo. Había estado a la altura de las circunstancias. También había servido para apartar de su mente a John Crucifer, alias Joley. El mundo real o, por lo menos, otro mundo, se había inmiscuido en su vida. Philip comprendió que la muerte de Joley no tenía nada que ver con él. De hecho, sus regalos probablemente habían alegrado los últimos días del viejo Joley.

Llegó a la oficina central y dejó el coche en el estacionamiento. Era la una y diez. Precisamente la hora en que, al buscar un restaurante donde almorzar, podría volver a encontrarse con Arnham. Se convenció de que por eso evitó el pasadizo que llevaba a la calle de las casas de estilo georgiano, pero ésa no era la verdadera razón. En realidad, no quería pasar por la tienda de cristales venecianos en cuyo escaparate se hallaba expuesto el puñal de cristal de Murano.

Probablemente a lo largo de toda su vida el nombre Murano e incluso la palabra puñal evocaría recuerdos desagradables. Era otro de sus buenos motivos para curar a Senta de tanto fantaseo. Descubrió que eludía facetas enteras de la vida: el barrio de Kensal Green, los nombres de Joley y John, los terrier escoceses, Venecia y los puñales de cristal, los herbosos claros de bosque. Sin duda, con el tiempo cambiaría, el tiempo borraría todas esas inquietudes.

Caminó en dirección contraria y salió a una concurrida avenida donde los vendedores ambulantes ofrecían *souvenirs* a los turistas. A Philip no se le había ocurrido comprar nada en esos tenderetes, habría pasado por delante sin mirarlos, pero al acercarse a un puesto donde ofrecían camisetas con el Big Ben impreso, ositos de peluche con la bandera británica a modo de delantal y paños de cocina con fotos de los príncipes de Gales tuvo que reducir el paso a causa del gentío. No le quedó más remedio que detenerse y, durante un instante, pensó que sería testigo de un asalto al tenderete y su vendedor.

Un coche del que se apearon dos hombres había aparcado en zona prohibida. Los individuos eran jóvenes, fornidos, con pinta de matones y el pelo cortado al rape, y llevaban cazadoras de cuero con tachuelas como la de Cheryl. Ambos se acercaron al tenderete y cada uno se situó en un extremo. El de más edad y corpulencia preguntó al vendedor:

–¿Dónde está su permiso?

Philip supo en el acto que no eran ladrones ni matones, sino policías.

Hasta entonces nunca había mirado con temor a la policía. Ahora tampoco sintió miedo, más bien adoptó una actitud cautelosa y defensiva. Al verlos junto al vendedor de *souvenirs*, mientras éste registraba los bolsillos de un abrigo colgado de un travesaño, Philip pensó en Joley y en su muerte. Pensó que realmente había dicho que asesinó a Joley. Claro que sólo se lo dijo a Senta, que en este sentido no contaba, pero lo cierto era que admitió en voz alta haber cometido un asesinato. Cabía la posibilidad de que esos mismos agentes –uno de los cuales miraba con el ceño fruncido el permiso del vendedor– formaran parte del equipo que trabajaba en la resolución del asesinato de Joley. ¿Por qué había permitido que Senta lo arrastrara a ese juego? ¿Por qué había jugado?

Philip comió un bocadillo y bebió una taza de café. Mientras almorzaba, intentó recordar las últimas semanas. Recordó que Senta le había privado de su amor y que, para recuperarlo, confesó un asesinato que no había cometido, que ni siquiera sería capaz de cometer en sus peores pesadillas porque detestaba la violencia. Era mucho peor que lo que ella había hecho. Senta se había limitado a inventar un crimen. Philip no supo por qué no hizo lo mismo, por qué no reparó en que a Senta le habría bastado cualquier relato absurdo. ¿Qué lo llevó a pensar que era imprescindible hacerse responsable de un asesinato auténtico? Se sintió mancillado, tuvo la impresión de que tenía las manos sucias y se las miró, extendidas sobre la fórmica amarilla de la mesa de la cafetería, como si en sus líneas pudiera ver tierra del cementerio y sangre bajo las uñas.

Mientras subía en ascensor al despacho de Roy, recordó que Joley solía llamarlo «jefe». A Philip el viejo le caía bien, le gustaba el humor que conservaba a pesar de la espantosa vida que llevaba. Claro que no era tan agradable pensar que había insultado a una joven porque no le dio dinero. Philip se preguntó para qué había ido Joley a Kensal Green. Tal vez en ese barrio había un comedor de beneficencia.

Roy trabajaba en el diseño de la remodelación global de un apartamento. Evidentemente, estaba de mal humor.

–¿Qué puñetas haces aquí?

–He venido a verte. Dijiste que me presentara a las dos.

–Dije que *a las dos* tenías que estar en Chigwell y averiguar por qué la Ripple sigue descontenta con su tocador de mármol. No me extraña que esta empresa se vaya al carajo si hasta el mequetrefe que ocupa el último escalafón acude tarde a sus citas.

Philip estaba absolutamente convencido de que Roy no le había encargado que fuera a casa de la señora Ripple. Pero discutir carecía de sentido. No le molestaba que lo hubiera llamado «mequetrefe». Lo que le dolía en el alma era ese comentario sobre el último escalafón.

Tardó una eternidad en llegar a Chigwell. Diluviaba. Cada vez que caía un aguacero, el tráfico se volvía más lento. Coches y camiones reptaron por Wanstead, y cuando tocó el timbre en casa de la señora Ripple eran las tres menos cinco. Estaba en compañía de una mujer llamada Pearl. Las dos se las ingeniaron para abrir juntas la puerta principal, como si hubieran accionado ritual y simultáneamente el picaporte. Philip tuvo la impresión de que aguardaban al otro lado de la puerta y de que llevaban un buen rato esperando.

–Acabábamos de darnos por vencidas, ¿no es así, Pearl? –dijo la señora Ripple–. Supongo que estamos atrasadas y somos ingenuas. Se nos había metido en la cabeza la anticuada idea de que, cuando alguien dice que viene a las dos, se presenta a las dos.

–Señora Ripple, lo siento muchísimo. Hubo un malentendido, nadie tiene la culpa, pero hasta hace una hora no me enteré de que debía venir.

La señora Ripple añadió con acritud:

–Puesto que por fin está aquí, será mejor que suba. Más le valdrá explicarme por qué he de aceptar esa basura de ínfima calidad que han decidido instalar en mi cuarto de baño.

Pearl también subió. Se parecía lo suficiente a la señora Ripple para ser su hermana, pero era una versión mejor equipada y acicalada. La señora Ripple parecía el modelo estándar y Pearl el de lujo. Tenía el cabello negro y rizado como el pelo de un caniche, y su ceñido vestido de seda brillante era de color azul. Se detuvo en la entrada y preguntó con tono trágico:

–Querida, ¿cuánto has dicho que pagaste por este trabajo?

Probablemente habían ensayado la escena mientras lo esperaban, pues la señora Ripple respondió sin pelos en la lengua:

–Seis mil quinientas cuarenta y dos libras con noventa y cinco peniques.

–¡Es un atraco a mano armada! –exclamó Pearl.

Con dedo tembloroso, la señora Ripple señaló la tapa de mármol del tocador. Parecía el personaje de una producción de teatro de aficionados que anuncia la presencia de un fantasma entre bastidores. Philip examinó el mármol y la diminuta fisura en una de las vetas blancas. Para alarma y profundo desagrado del muchacho, Pearl lo sujetó de la muñeca y desplazó su mano para que tocara la fisura con la yema del índice.

–Señora Ripple, esto no es una tara ni una avería –explicó, e hizo lo imposible por liberar su mano sin ofender a la mujer–. Es una característica del mármol. Se trata de un material natural. No es como el plástico, con el que puede hacerse una superficie totalmente uniforme.

–Teniendo en cuenta lo que he pagado, espero que no sea plástico –puntualizó la señora Ripple.

A Philip le habría gustado aclararle que no sólo había elegido el tocador de la selección incluida en los folletos ilustrados, sino que había examinado muestras del mármol que se proponían emplear. Pero habría creado más problemas y no habría servido de nada. Intentó convencerla de que sus visitas apreciarían de inmediato la calidad y el buen gusto del cuarto de baño a partir de la prueba indiscutible de ese minúsculo detalle del mármol, algo que jamás ocurriría con un material sintético. La señora Ripple no se atuvo a razones. Quería mármol, vaya si quería mármol, siempre había sabido que quería mármol, pero lo quería con todas sus vetas y el aspecto propio del mármol, sin ningún defecto.

Sin atreverse a prometerle el cambio y, menos aún, a decir que se lo instalarían sin costes adicionales, Philip respondió que se ocuparía personalmente de la cuestión y que tendría noticias suyas en uno o dos días.

–O en una o dos semanas –comentó Pearl con desparpajo.

Había dejado de llover. La calzada estaba llena de charcos de agua que el sol convertía en centelleantes espejos. Se veía ascender el vapor. Philip puso en marcha el coche y giró en la esquina, rumbo a la casa de Arnham. Los neumáticos del coche levantaban chorros de agua, el sol le daba en los ojos y si no hubiera aminorado la marcha para bajar la visera habría matado al gato que huía o al perrito que cruzó corriendo la calle detrás de él. Al dar un golpe de volante, frenar clavando el pie en el suelo del coche y deslizarse sobre la calzada húmeda, la aleta de su lado debió de golpear lateralmente al perro, que aulló y rodó.

Era un sealyham blanco y lanudo. Philip lo alzó. Le pareció que no estaba herido, porque al tantearle el cuerpo en busca de huesos rotos o zonas afectadas el perro le lamió la cara entusiasmado. La esposa o amiga de Arnham había bajado los peldaños y estaba junto a la verja. Parecía más vieja y delgada que la última vez que la había visto, aunque en las ocasiones anteriores sólo la había observado a través de los prismáticos. Al aire libre, bajo el sol, aparecía delgada, fea y con muchos años a cuestas.

–Se ha cruzado en mi camino –explicó Philip–. Me parece que no tiene nada.

–Probablemente iba usted demasiado rápido –dijo la mujer fríamente.

–Lo dudo. –Estaba harto de que lo acusaran de cosas de las que no era culpable.– Conducía a treinta kilómetros por hora, porque la calzada está húmeda. Tenga, será mejor que se haga cargo de su perro.

–No es mi perro. ¿Qué le ha hecho suponer que es mío?

¿Qué lo llevó a suponerlo? ¿Que la mujer era la única que se había asomado o que de alguna manera relacionaba a Arnham con un perro? Recordó que se trataba de un terrier escocés, *ésa había sido la invención de Senta.* A Arnham no le gustaban, nunca había tenido perro.

–He oído el frenazo y he salido a ver qué pasaba –puntualizó la mujer. Subió los peldaños, se metió en casa y cerró la puerta.

Philip, en cuyos brazos se había instalado el sealyham, leyó la inscripción del collar, que decía que el perro se llamaba Whisky y era propiedad de H. Spicer, que vivía a tres casas de la señora Ripple. Devolvió el perro a su hogar y le ofrecieron cinco libras de recompensa, pero las rechazó.

Al regresar al coche pensó que las mentiras crean muchas confusiones y embrollan la mente, hasta el extremo de que los datos se mezclan con la verdad y ésta queda distorsionada. Tras oír a Senta, había hecho algunos supuestos basándose en su relato. Y aunque el relato resultó falso, los supuestos aún se sustentaban.

Subió al Opel y volvió a contemplar la casa mientras ponía el motor en marcha. Se dijo: «basta con que te aferres a que Arnham vive aquí y a que está vivo. Olvida todo lo demás y sé feliz».

16

–Tal vez sólo quiere reunir dinero y ahorrarlo. ¿Tú qué crees? Lo que quiero decir es que está en el paro, probablemente no consiga trabajo, mi pobre niña no tiene oficio y quizá piensa que si acumula algún dinero..., no lo sé. ¿Es muy disparatado lo que digo?

Philip se había armado de valor para contarle a su madre lo ocurrido la tarde que siguió a Cheryl, pero Christine no le creyó. Sabía que Cheryl sisaba a toda la familia y había aprendido a no dejar dinero a mano, a no ser que estuviera dispuesta a perderlo. Pero que robara en una tienda era algo que su madre no podía concebir. Philip sólo pensaba que había sido testigo de un robo, cuando en realidad había visto a Cheryl recuperar algo suyo, que antes se había dejado.

–No ha sido muy bonito de tu parte sospechar que tu hermana fuera capaz de semejante cosa. –Era lo máximo que Christine se aproximaba a un reproche y su tono era más cordial que reprobador.

Philip se dio cuenta de que discutir era inútil.

–Está bien. Tal vez no fue un robo. Puesto que sabes que a ti te roba, ¿por qué crees que lo hace?

La finalidad de los robos de Cheryl escapaban a la comprensión de su madre. Daba la sensación de que la mente de Christine dejara de funcionar ante el hurto propiamente dicho y no pensara *para qué* robaba Cheryl. La sugerencia de Philip de que podía ser para comprar alcohol o drogas la obligó a mirarlo fijamente. La drogadicción era una cosa que le ocurría a los hijos de los otros. Además, hacía sólo dos días había visto a Cheryl en la bañera y no tenía marcas de pinchazos en los muslos ni en los brazos.

-¿Estás segura de que te habrías dado cuenta si hubiera tenido marcas?

Christine suponía que sí. También se habría enterado si Cheryl bebiera. Durante las vacaciones, a otros huéspedes del pequeño hotel privado en que se hospedaron les había faltado dinero. Llamaron a la policía, pero a Cheryl ni siquiera la interrogaron. Para Christine ese hecho corroboraba su inocencia. Robar a la propia madre era otra cosa, en realidad no era robar, casi tenía derecho a hacerlo.

-Philip, sabes que del paro cobra una miseria. -Defendía a su hija con patético azoramiento, como si Philip estuviese decidido a condenarla.- Te propongo una cosa. Hablaré con el asistente social, ya sabes, se ocupa de adolescentes.

Su madre hablaba de Audrey. Philip se reprochó la incredulidad con que recibía la noticia de que su madre conocía a alguien que se dedicaba a ese trabajo, de que contaba entre sus amistades con una persona que ocupaba un cargo de responsabilidad en un organismo de asistencia social. Respondió con firmeza:

-Me parece una gran idea. Explícale lo que vi. Fui testigo y *fue* un robo. Fingir no servirá de nada.

Había decidido pasar la noche en casa con su madre, pero Christine parecía deseosa de que se fuera. Se dio cuenta de que no era por desapego. Realmente quería disponer de la casa. Se preguntó si Arnham habría cumplido la promesa de telefonearla, si habría reaparecido en la vida de su madre y si la visitaría esa noche. Sonrió para sus adentros al imaginar a Arnham en su casa, de charla con Christine, tal vez contándole la pérdida de Flora mientras la estatua se hallaba en la planta alta, a pocos metros por encima de sus cabezas.

Esos pensamientos le dieron ganas de ver a Flora, que permanecía de pie en el fondo del armario. El rostro de Senta lo contempló desde las sombras y la forma tenue y vaga en que el sol de la tarde lo iluminaba creó la ilusión de una sonrisa. Philip no pudo resistirse, tocó con un dedo la fría mejilla de mármol y la acarició suavemente con el dorso de la mano. ¿Había robado a Flora? ¿Era tan ladrón como Cheryl? Algo, una intuición imprevista, lo llevó hasta la puerta del dormitorio de Cheryl. No había entrado en esa habitación, ni siquiera había mirado hacia el interior desde el día en que Fee encontró en el suelo del armario el arrugado vestido de la dama de honor. Abrió la puerta, se sorprendió de que no estuviera cerrada con llave y entró.

En lo alto de la cómoda había tres radios, un televisor portátil con la pantalla del tamaño de un naipe, un magnetofón, dos secadores de pelo, un aparato de cocina –probablemente un robot– y otros electrodomésticos. Philip supo de inmediato que eran objetos robados. Una de las radios estaba rodeada por una banda de cinta adhesiva roja. Se preguntó cómo se las había ingeniado Cheryl para apoderarse de esos objetos voluminosos sin que nadie la descubriera. Pensó que la desesperación agudiza el ingenio. Esa reserva de mercancía robada era como los ahorros o las inversiones para otra persona, a la espera de convertirse en dinero contante y sonante... ¿y para qué?

Su hermana era una delincuente y él no sabía qué hacer. Lo único que le quedaba era una aceptación fatalista. Acudir a la policía o a los servicios sociales sólo serviría para que acusaran de robo a Cheryl y, como era su hermana, no podía delatarla. Sólo podía cifrar sus esperanzas en la ayuda o en los consejos que diera el asistente social que conocía Christine. Al salir cerró la puerta del dormitorio y, por alguna razón, supo que nunca más volvería a entrar.

Esa noche, en cuanto llegó a Tarsus Street, le contó a Senta lo que había visto. Senta lo miró. Cuando la mayoría de la gente dice que mira a alguien a los ojos, en realidad sólo mira un ojo. Senta lo miró a los dos y, como para lograrlo tenía que bizquear, adoptó una expresión de concentrada intensidad. Tenía los labios apenas separados, los ojos claros abiertos de par en par y salpicados de verde, y cada una de sus pupilas vuelta hacia la otra.

–Mientras no la descubran no tiene importancia, ¿verdad?

Philip intentó reírse de ella.

–Me parece una manera poco ética de abordar la cuestión.

Senta se puso mortalmente seria y habló con tono pedante:

–Philip, nosotros no nos ceñimos a la moral al uso. Al fin y al cabo, para ese tipo de moral lo peor que puedes hacer es matar a alguien. ¿No te parece hipócrita condenar a la pobre Cheryl por una nadería cuando tú has cometido un asesinato?

–No la estoy condenando –dijo por decir algo, por expresar algo ya que sus pensamientos eran impronunciables: ¿Senta estaba realmente convencida de que él había matado a John Crucifer, aun a sabiendas de que su propia confesión era una fantasía?–. Pero me gustaría saber cómo actuar. ¿Qué puedo hacer?

Se refería a qué podía hacer con Cheryl. Notó que a Senta la traía sin cuidado, absorta como estaba en sí misma y en él. La muchacha sonrió.

–Ven a vivir conmigo.

La respuesta ejerció el efecto que buscaba y logró que Philip se olvidara momentáneamente de Cheryl.

–Senta, ¿lo dices en serio? ¿Podemos vivir en la buhardilla?

–Pensaba que te gustaría.

–¡Me encanta! Pero... pero tú no estás cómoda ahí arriba. No quiero que por mí seas desdichada.

–Philip, tengo algo que decirte. –De nuevo una tensión nerviosa y muscular asaltó a Philip, como siempre que aguardaba las revelaciones de Senta. Pero pronto supo que lo que ella estaba a punto de decirle no planteaba problemas. Y estuvo bien, fue maravilloso.– Te quiero muchísimo. Te quiero mucho más de lo que creí que llegaría a quererte cuando nos conocimos. Tiene gracia. Sabía que te estaba buscando y te encontré, pero no que era capaz de amar a alguien como yo te amo.

Philip la estrechó entre sus brazos.

–Senta, eres mi amor, mi ángel.

–Como ves, contigo no me sentiré incómoda en ninguna parte. Si estoy contigo no puedo ser desdichada. Seré feliz dondequiera que esté contigo. Soy feliz sabiendo que me amas. –Elevó la cara y lo besó.– Pregunté a Rita si podíamos ocupar la buhardilla y no puso ninguna pega. Dijo que no quiere que paguemos alquiler. Eso significa que puede echarnos cuando se le ocurra, porque no tendremos un contrato de alquiler como es debido.

Philip se sorprendió ante el inusual sentido práctico de Senta y de que conociera esas cuestiones. Luego comprendió el otro significado: podría seguir pagándole a Christine sin tener que vivir con ella. Tal vez ésa fuera su liberación de Christine, de Cheryl y de Glenallan Close, una salida honrosa.

Hacía mucho que no leía un periódico. Había eludido la prensa tanto como la televisión y la radio. ¿Acaso temía lo que pudieran informarle? Philip casi ni entendía el sentido de esa pregunta. ¿Sentiría miedo si se enterara de que habían organizado la búsqueda del asesino de Joley?

A veces imaginaba que alguien había oído su confesión a Senta, que por la calle deambulaban personas que lo habían oído al admitir su responsabilidad en el asesinato de John Crucifer. Casi esperaba que Christine le dijese que había llamado la policía o que ésta hiciera pesquisas en la oficina central de Roseberry Lawn. Estas cuestiones lo acosaban a ratos, pero luego se recobraba y comprendía que era un desatino, la misma sustancia de las pesadillas y las fantasías. Cuando fue al almacén de Uxbridge con la esperanza de encontrar entre las tapas de mármol una que no presentara una sola fisura en sus vetas, vio en las puertas a un policía motorizado. Aunque el agente sólo tomaba los datos de un infractor de tráfico, momentáneamente Philip sufrió un miedo cerval que no tenía nada que ver con la razón.

Lo primero que le dijeron cuando entró fue que Roy estaba de baja, enfermo «por culpa de un virus» y que el señor Aldridge quería verlo «en cuanto llegara, si no antes». El señor Aldridge era el director gerente de Roseberry Lawn.

Philip estaba tranquilo. Tenía la convicción de que no se había pasado de la raya. Subió en el ascensor y la secretaria del señor Aldridge, que estaba en la antesala, le dijo que entrara directamente. Philip esperaba que lo invitara a tomar asiento. Se había hecho la optimista idea de que el director gerente lo llamaba para felicitarlo o para comunicarle un ascenso.

Aldridge estaba sentado y dejó de pie a Philip al otro lado del escritorio. Tenía las gafas caídas y cara de pocos amigos. Sólo quería decirle a Philip que Olivia Brett se había quejado de su comportamiento, lo había descrito como una persona insufriblemente descortés y grosera. ¿Tendría Philip la amabilidad de darle una explicación?

–¿Qué dice que dije?

–Supongo que se hace cargo de que me he enterado directamente. Telefoneó y habló personalmente conmigo. Al parecer, usted hizo un comentario repugnante, algo digno de un retrete, sobre la ducha que ella quiere instalar, y como la actriz no celebró su broma, le dijo que no podía perder más tiempo con ella y que tenía cosas más importantes que hacer.

–No es verdad –se defendió Philip acaloradamente–. Pensé, ella me hizo creer... bueno, lo que yo pensé es irrelevante. Pero el comentario sobre la ducha no lo hice yo, sino ella.

–Siempre la he admirado –añadió Aldridge–. Cuando la vi por la tele, pensé que era una de nuestras mejores actrices, una auténtica dama inglesa. Si se figura que creeré que una mujer tan bella y distinguida como Olivia Brett es capaz de hacer una broma de semejante ordinariez, es usted más corto de lo que creía. La actriz me contó exactamente lo que usted dijo y no creo que haga falta repetirlo. Si he de ser sincero, no considero que usted sea corto, sino tortuoso y socarrón. Tampoco ha comprendido que la cortesía y la consideración constantes son el objetivo prioritario de Roseberry Lawn. Puede retirarse y nunca, lo repito, nunca más dé a una dama o a un caballero motivos para plantear una queja de este calibre.

Philip quedó afectado, porque no se imaginaba que la gente pudiera ser tan mala. Nunca se hubiera imaginado que una mujer de éxito, guapa, famosa y rica, con todo a su favor, se vengaría de manera tan vil por el mero hecho de que un hombre no había querido hacer el amor con ella. Se sintió asqueado y dolido. Pero las lamentaciones estaban de más. Cogió el coche y se trasladó a Uxbridge. Examinando las veinte tapas de mármol de tocador, embaladas en cajas de cartón, finalmente encontró una sin mácula.

De regreso a Londres compró el periódico de la tarde. No esperaba encontrar ningún comentario sobre la muerte de Joley y se sorprendió al ver la foto de los buceadores que registraban el Regent's Canal en busca del arma que, según la policía, se había utilizado en el homicidio de John Crucifer.

*

–¡Me han dado el papel, me han dado el papel! –tarareó Senta y corrió a sus brazos–. ¡Estoy tan contenta! ¡Me han dado el papel!

–¿De qué papel hablas?

–Me he enterado esta mañana. Ha telefoneado mi agente. Es el papel de la loca en *Impatience*.

–Senta, ¿te han dado un papel en la serie?

–No es el principal, pero es el papel más interesante. Es mi gran oportunidad. La serie tendrá seis episodios y actuaré en todos, salvo el primero. La directora de reparto dijo que tengo un rostro fascinante. Philip, ¿no te alegras? ¿No te alegras por mí?

Philip no le creyó. Le resultó imposible simular una sonrisa, fingir alegría. Durante un rato Senta ni se enteró. Había puesto a enfriar una botella de champán rosado en la nevera de Rita.

–Iré a buscarla –dijo Philip.

Mientras subía la escalera y entraba en la mugrienta cocina de Rita, que apestaba a productos lácteos agrios, se preguntó qué podía hacer. ¿Plantarle cara, cuestionar sus mentiras o vivir en su mundo de fantasías, nunca engañado pero jugando a embustero, durante el resto de su vida? Regresó al cuarto de Senta, dejó la botella sobre la mesa y empezó a separar minuciosamente el alambre del corcho. Senta sostenía una copa para atrapar el primer chorro de espuma y emitió una exclamación de alegría cuando el corcho saltó.

–¿Por qué brindamos? Ya lo sé, diremos: «¡Por Senta Pelham, el gran actor del futuro!».

Philip alzó la copa. No tuvo más alternativa que repetir esas palabras:

–¡Por Senta Pelham, el gran actor del futuro! –Su propia voz le sonó muy fría.

–El miércoles haré una lectura.

–¿En qué consiste una lectura?

–La totalidad del reparto se sienta alrededor de la mesa y lee el guión. Quiero decir que cada uno lee su papel sin interpretarlo.

–¿Cómo se llama la productora?

Aunque la vacilación de Senta fue fugaz, la hubo.

–Wardville Pictures. –Se miró las manos y la copa de champán, que estaban en su regazo. Dejó caer la cabeza como una flor en el tallo y el pelo plateado le cubrió las mejillas.– La directora de reparto se llama Tina Wendover y el estudio queda en la Berwick Street del Soho.

Senta hablaba serena y fríamente, como si respondiera desafiante a preguntas muy concretas. Era como si Philip la hubiera puesto en tela de juicio. El muchacho fue incómodamente consciente de que, al menos hasta cierto punto, Senta era capaz de adivinar lo que pasaba por su mente. Cuando dijo que podrían adivinarse el pensamiento, había tenido razón en lo que a ella se refería. La miró y descubrió que Senta había clavado su mirada en él. Una vez más recurría al truco desconcertante de mirarlo a los dos ojos.

¿Le estaba proponiendo que la pusiera a prueba? ¿Lo hacía porque sabía que Philip no lo intentaría? Philip pensó que habría sido más fácil aceptar los fantaseos de Senta si se engañara a sí misma, si se tragara sus propias historias. Lo inquietante era que no las creía y que a menudo tampoco esperaba que los demás las creyeran. Senta llenó las copas. Sin dejar de mirarlo, comentó:

–La policía es bastante torpe, ¿no te parece? Es peligroso un mundo en el que una joven se te puede acercar de día, al aire libre, y matarte sin que nadie se entere.

¿Senta lo sometía a esa tortura porque era evidente que no había creído su primer cuento? Cuando hablaba de esa manera, Philip tenía la sensación de un abismo interior, de un vuelco del corazón. No encontró palabras para expresarse.

–A veces me pregunto si, durante las otras mañanas, Ladronzuela reparó en mi presencia. Tuve cuidado, pero a algunas personas no se les escapa nada, ¿verdad? ¿Y si regresara y *Ébano* me reconociera? Podría olerme, ponerse a aullar y entonces todos sospecharían. –Philip siguió en silencio y Senta insistió:– Aunque era muy temprano, varias personas me vieron, un chico que repartía periódicos y una mujer que paseaba a un bebé en un cochecito. Cuando subí al metro, vi que alguien me observaba con mucho interés. Creo que se debió a que se notaban las manchas de sangre, a pesar de que iba de rojo. Llevé la túnica a la lavandería, así que no sé si estaba o no manchada.

Philip se apartó de Senta y contempló el reflejo de ambos en el espejo. El único color de la imagen, amortiguado por la luz tenue y opaca, con las ropas sombrías y las pieles pálidas y rutilantes, era el del champán, el rosa suave y brillante que el cristal verde convertía en rojo sangre. A pesar de las cosas que Senta decía, a pesar de todo, el amor por ella lo conmovió y pareció retorcerle las entrañas. Habría gemido a gritos por lo que podrían haber tenido si Senta no hubiese insistido en estropearlo.

–La policía no me asusta. Además, no es la primera vez. Sé que soy más inteligente. Sé que los dos somos demasiado inteligentes para la policía. De todos modos, me lo he planteado. Ambos cometimos esos actos terribles y nadie lo sospechó. Pensé que podían venir y hacerme preguntas sobre ti y supongo que aún están a tiempo de hacerlo. Philip, no te preocupes. Conmigo estás a salvo, nunca me arrancarán una palabra sobre tus actividades.

–No hablemos de eso –pidió Philip y la abrazó.

*

Era una noche tenebrosa y encapotada. A Philip le resultó extrañamente tranquila, con el traqueteo del tráfico muy distante y la calle vacía. Quizá sólo se debía a que dejó a Senta más tarde que de costumbre: era la una pasada.

Al bajar los escalones miró por encima de la balaustrada y vio que los postigos estaban entreabiertos. Se había olvidado de cerrarlos antes de irse. Desde la calle nadie la vería, durmiendo desnuda en el ancho lecho que se reflejaba en el espejo. En su condición de custodio de Senta, lo comprobó mirando por la barandilla hacia la penumbra. ¿Qué había querido decir con «no es la primera vez»? No se lo preguntó porque tardó un rato en entender lo que Senta había dicho. Pero ahora se le apareció descarnadamente. ¿Había querido decir que en una ocasión anterior la policía tuvo motivos para sospechar que había perpetrado una atrocidad?

La luz pálida y verdosa de las farolas y la fina bruma persistente creaban la apariencia submarina de una ciudad anegada, con las casas como arrecifes y los árboles cual algas ramificadas que trepaban en medio de la nubosa oscuridad hacia una luz invisible. Philip caminó silenciosamente hasta el coche, amortiguando los pasos para no quebrar ese denso e insólito silencio. Sólo cuando puso el coche en marcha –un estrépito sorprendentemente estentóreo, ya que el motor cobró vida con un rugido feroz– y giró en la esquina de Caesarea Grove se dio cuenta de que alguien había dejado un folleto en el limpiaparabrisas mientras estaba con Senta. Al accionar los limpiaparabrisas para despejar la bruma, por el cristal húmedo se dispersaron restos de papel. Philip se acercó al bordillo, apagó el motor y se apeó.

Hizo una pelota con el papel mojado. Era un anuncio de venta de alfombras. Una gotita de agua helada de uno de los árboles del cementerio le cayó en el cuello y dio un brinco. Estaba oscuro e imperaba una especie de gélida y pegajosa humedad. Philip apoyó la mano en la verja. El oxidado armazón de hierro estaba frío al tacto. Notó en la nuca un cosquilleo más frío que el producido por la gota de agua, un estremecimiento que le recorrió toda la columna.

Ardía una vela solitaria en uno de los escalones que conducían al atrio lateral de la iglesia. Respiró hondo. La verja se abrió con un chirrido semejante a un gemido humano. Dio unos pasos entre las lápidas, la hierba empapada, dejándose guiar por la aureola azulada, por el anillo amarillento que circundaba la llama.

En el atrio, alguien estaba tendido en un jergón de mantas y harapos. Como una aparición espectral, Joley asomó la cara, que se reveló en su totalidad a la luz de la candela.

17

Detestaba hacerlo. La tortuosidad no formaba parte de su manera de ser. La idea de fingirse otro y de contar una patraña para obtener información le chocaba tanto que sentía una profunda repugnancia física. Lo había postergado cuatro días. A solas en el despacho de Roy, pues éste había salido a comer, y mientras su secretaria pasaba las cartas del señor Aldridge, porque la de éste estaba enferma, surgió una oportunidad que habría sido una cobardía desaprovechar.

El encuentro con Joley fue el acontecimiento que volvió indispensable ese acto. Por algún motivo –a pesar de que ahora ya no sabía cuál podía ser–, había creído a Senta a pies juntillas cuando le dijo que Joley y el asesinado John Crucifer eran una misma persona. Le había creído y llegado a sentir cosas espantosas, como que la muerte de Joley era, hasta cierto punto, culpa suya; no como si lo hubiera matado, sino como que de no ser por su mera existencia y presencia, Joley seguiría con vida.

Joley estaba vivo. Su ausencia de un mes se debió a que lo habían ingresado en el hospital. Philip jamás había pensado que los vagabundos llevasen vidas semejantes de algún modo a las de los humanos más convencionales, por ejemplo, que dispusiesen de médico y que, en caso de necesidad, penetrasen en el mundo de las clases respetables que moran en casas.

–Estuve postrado –había dicho Joley y le dio la bienvenida

junto al hogar creado por la vela, ofreciéndole como cojín una bolsa roja de Tesco repleta de diarios–. Digamos que para los de mi estilo de vida no es deseable tener la necesidad imperiosa de mear cada diez minutos. Le aseguro que creí que en el hospital me volvía loco.

–Lo lavaban constantemente, ¿eh?

–No es eso, jefe. Lo más grave eran las puertas. No soporto las puertas cerradas. En aquella habitación éramos seis, otros cinco y yo, y de día estaba muy bien, pero de noche cerraban la puerta. Sudo como un cerdo si la puerta está cerrada. Y después la convalecencia. Tuve que pasarla, porque me obligaron. Me dijeron: de aquí no sales directamente a la calle. Hablaron como si yo fuera una puta, ojalá tuviera esa suerte.

Philip le entregó un billete de cinco libras.

–Muchas gracias, jefe, es usted todo un caballero.

Desde entonces había visto dos veces más a Joley. No lo había comentado con Senta. ¿Qué podía decirle? Sólo reprocharle, una vez más, sus mentiras. Además, tal vez había creído en serio que John Crucifer era Joley. En el despacho, dio a la operadora las señas de Wardville Pictures y se sorprendió de que le dieran un número de teléfono. Hizo acopio de valor, respiró hondo y marcó.

–Quiero hablar con Tina Wendover.

La voz respondió:

–Está en una lectura. ¿Quién la llama?

Philip quedó desconcertado. Senta le había dicho que el miércoles harían una lectura de *Impatience* y era miércoles. Se identificó con su propio nombre.

–¿Quiere hablar con la ayudante de producción?

Respondió afirmativamente y cuando le pusieron con la ayudante dijo, con cierta reticencia, que hablaba en nombre del agente de Senta Pelham. Tenía entendido que a Senta le habían ofrecido un papel en *Impatience*.

–Sí, eso es. –La mujer se mostró sorprendida de sus dudas y preguntó recelosa:– ¿Quién es usted?

El hecho de sentirse culpable por haber dudado de las palabras de Senta no le impidió sorprenderse. La confirmación de lo que le había contado le permitió verla bajo una nueva luz. No como una persona nueva, sino como a una Senta más plena, más rara, más inteligente, refinada y realizada de lo que había supuesto. En ese mismo instante estaba en la lectura. Aunque apenas sabía qué ocurría en esa reunión preliminar del reparto de una serie de televisión, se imaginó a los actores y actrices –incluidos algunos rostros famosos– sentados alrededor de una larga mesa, con los guiones delante, leyendo sus parlamentos. Y Senta estaba entre ellos, era uno de ellos, sabía cómo debía comportarse y qué había que hacer. Se la imaginó con la maxifalda negra y la blusa gris plata, con la cabellera plateada extendida sobre los hombros, con Donald Sinden a un lado y Miranda Richardson al otro. Philip ignoraba si esas figuras participaban en la serie, pero fueron sus rostros los que su mente evocó.

De manera repentina, Senta se convirtió en una persona más real y en un ser humano más responsable y dinámico de lo que nunca lo había sido. Philip comprendió que, precisamente por eso, la amaba aún más. Sus temores se apaciguaron. Parecían sospechas neuróticas, hijas de su ignorancia sobre la vida de las personas como ella y sobre el mundo de sueños y fantasías en el que necesariamente moraban porque eran artistas. Buena parte de lo que componía sus vidas era irreal o, al menos, irreal para los seres corrientes como él. ¿No era maravilloso que no vieran la verdad como esa cosa prevista hasta el más nimio detalle –como ahora se presentaba ante él–, sino como algo incierto, difuso y abierto a infinitas interpretaciones?

Esa tarde, al llegar a casa, oyó voces procedentes de la sala:

la de Christine y la de un hombre. Abrió la puerta y vio que el visitante era Gerard Arnham.

Evidentemente, Arnham había telefoneado a Christine el mismo día en que se encontró con Philip. Christine no había hecho ningún comentario. Philip acababa de comprobar que su madre también podía ser reservada. Estaba muy guapa y juvenil, y cualquiera la habría tomado por la hermana mayor de Fee. Se había teñido de rubio y estaba recién peinada; Philip tuvo que reconocer que, después de todo, no era tan mala peluquera. Llevaba un vestido azul claro con lunares blancos, el tipo de vestimenta que, reconoció, siempre gusta a los hombres y casi nunca a las mujeres, con la falda amplia, el talle ceñido y el escote cuadrado.

Arnham se puso de pie de un brinco.

–Hola, Philip, ¿cómo estás? Nos vamos a cenar por ahí. Pero preferí esperar para saludarte.

Mientras le estrechaba la mano, Philip se acordó de la mujer que había salido de su casa y lo había acusado de conducir a una velocidad excesiva. Tendría que advertir a Christine de la existencia de esa mujer, perspectiva nada halagüeña. Pero no era necesario, mejor dicho, era imposible hacerlo en ese momento. Pensó en la presencia de Flora, arriba, en el armario de su dormitorio.

–Phil, podríamos tomar una copita de jerez –propuso Christine, como si se tratara de una gran osadía.

Philip fue a buscar el jerez y las copas, y charlaron de nada en particular. Antes de que llegara Philip, Arnham le había relatado a Christine la mudanza y las condiciones en que había encontrado la casa en la que actualmente vivía. Volvió sobre el tema y entró en detalles, mientras Christine lo escuchaba ávidamente. Philip no le prestó mucha atención. Una vez más, volvió a especular sobre la posibilidad de Arnham como marido de su madre. Recordó que la mujer que salió corriendo al oír al frenazo tenía cara de ser desdichada. ¿Tal vez no se entendían? ¿Estarían a punto de separarse?

Los vio bajar por el camino y saludó a Christine desde la ventana en respuesta a su gesto. El coche de Arnham estaba aparcado en la acera de enfrente, por eso no lo había visto al llegar. Ayudó a Christine a subir de una manera anticuada y cortés, y Philip pensó que, de no haber sido una calurosa y sofocante tarde de verano, le habría cubierto las piernas con una manta de viaje. Ahora era imposible no imaginar a Christine convertida en la señora Arnham y viviendo en la casa de Chigwell, con el espino en medio del jardín. Quizá la mujer que había visto era la hermana o el ama de llaves de Arnham.

Sería libre de hacer lo que se le antojara. Nada impediría que se fuera a vivir con Senta en la buhardilla de Tarsus Street. Lo pensó como posibilidad, ya no como sueño imposible, mientras conducía por Shoot-up Hill. Lógicamente, Cheryl se iría con Christine, era lo mejor que podía ocurrirle; volvería a tener padre y madre, a vivir en un lugar más atractivo. Se dio cuenta de que había pensado lo mismo meses atrás, cuando Christine conoció a Arnham, pero entonces las cosas eran distintas, eso había sido antes de que apareciera Senta.

Joley estaba en la acera, repantigado en la carretilla como un perro viejo, bajo la tibia luz del sol. Philip alzó el brazo a modo de saludo y Joley hizo el signo de la victoria. Se aproximaba una ola de calor, se percibía en el aire, en la serenidad vespertina, en el dorado oscuro y persistente del crepúsculo. Al entrar en la casa y oír los acordes de un vals, Philip sintió que todo había retornado a donde una vez estuvo, había trazado el círculo completo, recuperado su antigua perfección. No, se trataba de algo más: una nueva perfección, resultado de tanteos y de un posterior conocimiento pleno. Abajo lo aguardaba Senta, su amada soñadora, sincera y honesta. Christine había recuperado a Arnham. Joley otra vez estaba en su mundo. Y el clima volvería a ser espléndido.

El calor era sofocante pero maravilloso. A Philip le habría encantado estar con Senta en la playa. En Londres, el bochorno supuso sequía, hedores y sudores. De todas maneras, el cuarto de Senta en el sótano estaba fresco. Durante las rachas de tiempo templado había resultado asfixiante, y gélido cuando hacía frío. En medio de la ola de calor, Senta abrió las ventanas del fondo de la casa, cuya existencia Philip desconocía, para que las corrientes de aire atravesaran las atestadas habitaciones subterráneas.

Fueron unos días para pasar al aire libre, convirtiéndose Londres fugazmente en una ciudad europea con terrazas de las cafeterías en las aceras. Philip soñaba con pasar las noches al fresco. Tanto como estar con Senta le gustaba la envidia que percibía en otros hombres. Deambular por Hampstead o Highgate de la mano de Senta, entre multitudes de jóvenes, le parecía la forma más atractiva de pasar la velada... incluyendo, desde luego, la posibilidad de regresar temprano a Tarsus Street. Y aunque Senta quizá prefería realmente quedarse en casa, lo cierto es que accedía a salir.

La tarde del cuarto día de la ola de calor, cuando aún no había indicios de que el tiempo fuera a cambiar, Philip fue a Chigwell. Había llegado la nueva tapa de mármol para la señora Ripple, en opinión de Philip absolutamente perfecta, tan lisa e impecable que no parecía marmol. Decidió llevársela personalmente, obtener su beneplácito y darle su palabra de que irían a instalarla esa misma semana. Era lunes.

Durante el fin de semana, Senta y él habían sido intensamente felices. Sin decirle que la había investigado, la felicitó por su papel en *Impatience* y notó cuánto la halagaron sus elogios y lo dichosa que se sintió de responder a sus ingenuas preguntas. Senta le mostró cómo se proponía interpretar el papel, modificando apenas el tono de voz y cambiando la expresión facial para convertirse, fugaz y alarmantemente, en otra persona. Philip tuvo la impresión de que Senta casi se sabía el papel de memoria. Imaginó el orgullo que sentiría al verla en la pantalla. Sus emociones eran tan vehementes que casi se le cortó la respiración.

Habían estado juntos desde la noche del viernes hasta esa misma mañana. El sábado habían hablado de subir a la buhardilla y empezar a limpiarla, preparándose para ocuparla, hecho que no tardaría en producirse. Pero hacía demasiado calor. Coincidieron en que tendrían tiempo de sobra para arreglarla cuando refrescara. La faena podía esperar hasta el viernes siguiente.

Debía de haber miles de personas en medio del bochorno, en las calles iluminadas por el sol, pero Philip apenas las vio. Eran espectros o fantasmas, prácticamente irreales. Sólo existían para que Senta, por contraste, se volviera más real, más bella, más suya. Todo equívoco estaba superado, las discusiones quedaron atrás, olvidaron las peleas, y el sol y el ritmo de vida ociosamente sensual borraron todo comentario sobre la muerte y la violencia. Comieron en los jardines de los *pubs* o sobre la hierba del Heath y bebieron vino en abundancia. Caminaron del brazo de regreso al coche, de regreso a Tarsus Street –blanca, polvorienta y derretida por la canícula– y al lecho del fresco cuarto subterráneo. Philip tuvo la sensación de que estaba curando a Senta de la agorafobia. Había necesitado muy pocos argumentos para persuadirla de que estuviera al aire libre los soleados mediodías y las apacibles y tibias noches.

–Piensa que dentro de una semana podríamos estar definitivamente juntos –le había dicho Senta.

–Tal vez pase algo más de una semana, pero será pronto.

–No lo posterguemos más, empezaremos el viernes. Podríamos subir la cama, sería un buen comienzo. Pediré a Rita que convenza al repugnante de Mike para que nos eche una mano, ¿de acuerdo? Antes quiero que me ayudes a hacer algo, pero sólo llevará unos minutos y después pensaremos realmente cómo arreglar el apartamento. ¡Philip, soy tan feliz, nunca en mi vida había sido tan feliz!

A lo largo de aquel fin de semana Senta no había hecho una sola fantasía. No le había contado ninguna historia increíble del pasado ni del presente. Philip pensó que se había producido un exorcismo: Senta se había liberado de la necesidad de modificar la verdad. ¿Cómo evitar la convicción tal vez presuntuosa de que fue al amor de Senta por él y el suyo por ella lo que la cambió? La realidad se había vuelto suficiente.

Metido en un atasco durante el trayecto a Chigwell, Philip pensó en Senta con ternura. La había dejado acostada, con los postigos entornados, y aireaba el cuarto la brisa de las primeras horas de la mañana –que al cabo de un rato cesaría–, entrando por las ventanas abiertas. Los rayos del sol dibujaban bandas sobre la cama, sin tocar el rostro ni los ojos de Senta. Philip se había ocupado de que nada la perturbara. Ella había despertado unos instantes y lo había abrazado. Partir había sido más doloroso que de costumbre y, como Senta lo percibió, se aferró a él, lo besó, le susurró que no se fuera todavía, todavía no.

Había tal caravana en los accesos a la A12 que Philip pensó que tal vez fuese más sensato dar media vuelta en cuanto tuviese la oportunidad. Después se preguntaría hasta qué punto habría cambiado su vida si lo hubiera hecho. Probablemente, no mucho. La felicidad habría durado unos días más, los mismos que el calor y el sol, pero muy pronto se le habría escapado de las manos. Dada la naturaleza de las cosas, ya no había escapatoria para Senta ni para él: era demasiado tarde. Si hubiese emprendido el regreso, la burbuja de ilusión, de falsos y misteriosos supuestos, habría estallado después en lugar de esa misma tarde.

No dio la vuelta. Tenía la camisa empapada en sudor y se le pegaba al respaldo del asiento. Algo más adelante, a unos ochocientos metros, el motor de un coche se había recalentado y el radiador hervía. Esa avería había provocado el atasco. Se alegró de no haber dicho que llegaría a una hora exacta a la señora Ripple, de haber quedado «a media tarde», frase que por su imprecisión provocó una nueva reprimenda.

Veinte minutos después había superado el coche averiado que, con el capó levantado y arrojando vapor, bloqueaba el carril lento. Al girar en la esquina de la calle de la señora Ripple, la tapa de mármol resbaló del asiento trasero y Philip temió que se hubiera roto. Cuando finalmente aparcó, comprobó que seguía intacta y notó que volvía a estar bañado en sudor. El alquitrán se derretía en la calzada y el peralte, y en la luz áspera y brillante danzaban espejismos de cortinas de agua. Los jardines estaban amarillentos, resecos. Sacó del asiento trasero del coche la tapa de mármol protegida por el embalaje de cartón.

Cuando Philip llegó a la verja, se abrió la puerta principal de la casa de la señora Ripple y salió una mujer que llevaba de la correa a un terrier escocés negro. Se detuvo en los escalones, como las personas que se giran para retrasar la despedida. Era la mujer, la esposa, la hermana, el ama de llaves, lo que fuese, de Gerard Arnham. Dentro de la casa se encontraba la señora Ripple y, visible tras ella, Pearl, la del pelo negro rizado y el vestido azul brillante. Esta vez, el vestido era de color rojo fuego, sin mangas. La señora Ripple, por su parte, lucía una prenda de tela delgada con tiras finas que dejaba al descubierto sus brazos flacos y sus hombros bronceados.

Philip no entendió por qué le produjo semejante sobresalto

la visión de la mujer con el perro. Su presencia lo dejó pasmado. Apretó tanto la mano sobre el barrote superior de la verja que el metal se le clavó en la carne. Súbitamente, el peso del bulto que acarreaba le recordó otro objeto de mármol que antaño había trasladado en un día cálido, se acordó de que había transportado a Flora hasta la casa de Arnham en Buckhurst Hill.

La mujer de Arnham bajó por el camino hacia él y el perro le olió los tobillos. Ella no lo reconoció. Su cara de buitre estaba tensa, oscuras las cuencas oculares y muy arrugada la frente. Daba la sensación de que el calor la había resecado, la había agotado físicamente. Pasó junto a él, mirando al frente como en trance. Philip la miró fijo, no pudo evitarlo. Se volvió, la vio cruzar la verja y girar, al parecer ciegamente, calle arriba.

–Ya era hora –dijo la señora Ripple. Fue el saludo más afable que le dedicó en todas sus visitas.

Pearl logró sonreír sin separar sus labios, pintados de un rojo grasiento y brillante.

Philip abrió mecánicamente el embalaje de cartón y depositó la tapa de mármol sobre los cojines del sofá. Se dio cuenta de que se había sorprendido por el perro, por la presencia del perro, por su *raza*. Deseó preguntarle a la señora Ripple quién era esa mujer, a pesar de que ya lo sabía. Sabía quién era ella y quién el perro. Se trataba de Ladronzuela y Ébano.

–Parece que no está mal –comentaba la señora Ripple.

Pearl paseaba una uña pintada de rojo sobre la superficie de mármol.

–Por lo menos no tiene grietas que permitan la acumulación de jabón y Dios sabe qué más. Imagínate la cantidad de porquería que se habría juntado en la otra tapa. Hasta la idea es intolerable.

–Pearl, ellos no piensan en esas cosas. Me refiero a los diseñadores. Si las mujeres tuvieran voz y voto en el asunto, veríamos unos cuantos cambios.

A Philip le habría encantado decir que, en realidad, esa serie de tocadores fue diseñada por una mujer. Mejor dicho, otrora le habría gustado decírselo. Su mente estaba extrañamente vacía, hueca a no ser por la presencia de un pequeño terrier escocés negro al que Senta llamaba Ébano y al que había oído aullar cuando su amo murió.

–Si está satisfecha, subiré la tapa –se oyó decir Philip–. El instalador vendrá antes del fin de semana.

–Pearl, ¿te has dado cuenta de que esta gente dice siempre lo mismo? A principios de semana significa el miércoles por la mañana y «antes del fin de semana» a última hora del viernes por la tarde.

Philip apenas la oyó. Subió la tapa de mármol por la escalera con plena conciencia de lo que pesaba, como podría tenerla un hombre que lo triplicara en años. Entró en el nuevo cuarto de baño, se acercó a la ventana melindrosamente tapada con persianas austríacas floreadas y miró hacia el jardín de la casa de Arnham. El espino, que la primera vez que lo vio estaba adornado de capullos, lucía ahora un caudal de frutos que iban del color verde al rojizo. Debajo se alzaba Cupido con las flechas y el carcaj, la figura que había reemplazado a Flora. En el jardín percibió algo más que lo afectó profundamente. Hacía semanas que nadie lo cuidaba. Nadie había cortado el césped, arrancado las malas hierbas ni recortado las cabezuelas. La hierba tupida alcanzaba los quince centímetros y estaba salpicada de hierbajos con flores blancas y amarillas.

El perrito negro corrió por el jardín bordeando un lado de la casa. Se perdió en medio de la tupida hierba como un animal salvaje en el monte. Ébano, pensó, Ébano. Philip se dio la vuelta y salió al rellano. Aunque estaba asqueado y era presa del pánico de una manera imposible de analizar, tenía que saber la verdad. Si era necesario, preguntaría. En su estado de casi certeza que aún era incertidumbre, sería impensable despedirse y volver a casa, arrastrando una duda que lo carcomería. Sintió por adelantado (a través de la experiencia) el dolor de la realidad.

No tuvo que hacer preguntas. Se detuvo en el rellano, aferrado a la barandilla de la escalera, y oyó las voces de las mujeres. La puerta de la sala estaba abierta y oyó decir a la señor Ripple:

–¿Sabes quién era?

–¿De quién hablas?

–De la mujer que ha entrado con el perro para preguntar si conocía a alguien que la ayudara a limpiar el jardín.

–No he entendido su nombre.

–Su apellido es Myerson, Myerson. Como sabes, no me gusta que entren perros en la casa y, tratándose de otra persona, no lo habría permitido, pero dadas las circunstancias he preferido no decirle nada. Me ha sorprendido que su apellido no te recordara nada. A su marido lo asesinaron..., ¿cuánto hace? ¿Un mes, cinco semanas?

–¿Lo asesinaron? –preguntó Pearl–. Repíteme el nombre.

–Harold. Harold Myerson.

–Creo que lo mencionaste en tu carta. Nunca leo la sección de sucesos del periódico, prefiero evitarla. Tal vez sea cobardía, pero me resulta insoportable.

–Lo mataron en Hainault Forest –añadió la señora Ripple–. Fue un domingo por la mañana, una mañana hermosa y soleada. Le clavaron una navaja en el corazón mientras paseaba al perro.

18

Senta se sentó en la cama y Philip en la silla de mimbre. Aunque la ventana estaba abierta, él la cerró a causa del miedo. Existían el cuarto en el que estaban y el paisaje del espejo, verdoso, acuoso, nublado, marismas de ese ambiente reflejadas en el azogue inclinado.

–Philip, ya te dije que lo maté –afirmó Senta–. Te repetí hasta la saciedad que le clavé mi puñal de cristal. –Philip se había quedado sin habla. Se agotó con el esfuerzo de pronunciar las palabras para reclamarle la verdad. Senta estaba más serena y sensata que nunca, incluso ligeramente divertida.– Por lo que parece, maté a un hombre que no correspondía. Pero tú me dijiste infinidad de veces que Gerard Arnham vivía allí. Me mostraste la casa. Pasamos con el coche, la señalaste y dijiste: «ahí vive Gerard Arnham». Philip, admite que el error no fue mío, sino tuyo.

Senta hablaba como si él sólo se refiriera a que había elegido la víctima equivocada. Como si lo regañara blandamente por llegar tarde a una cita. Philip se agarró la cabeza con las manos. Notó el sudor que se formaba entre las yemas de sus dedos y la piel ardiente y palpitante de su frente. La mano de Senta en su brazo, el contacto con esa mano de niña, lo hizo saltar y retroceder. Fue como si le acercaran a la piel un fósforo encendido.

–Philip, de verdad que no tiene importancia –la oyó decir.

Percibió la voz tierna y dulcemente razonable de Senta–. La verdad es que el hombre a quien maté no cuenta. Lo esencial era matar a alguien para demostrarte mi amor. Quiero decir... y espero que no te moleste, que tú tampoco mataste a Joley, ese viejo miserable, ¿no? Tú también te equivocaste. Lo que cuenta es que lo hicimos. –Emitió un sonido semejante a una risilla apagada y lastimera. Añadió:– Supongo que la próxima vez lo haremos mejor, tendremos más cuidado.

Philip se incorporó y se abalanzó sobre Senta antes de tener conciencia de lo que hacía. La tomó por los hombros, la atrapó clavándole las uñas y sacudió su cuerpo sobre la cama, golpeó su fragilidad contra el colchón: la débil caja torácica, los huesos de pajarito. Senta no opuso resistencia. Cedió a su violencia y gimió quedamente. Cuando la golpeó, se protegió la cara con las manos.

Philip se detuvo al ver el anillo que le había regalado, el aro de plata y las piedras lechosas. El anillo y el rostro de Senta débilmente protegido, asustado ante sus manos castigadoras, lo paralizaron en medio del ataque. Era el hombre que detestaba la violencia, que se creía incapaz de cometer un acto brutal. Se había ofendido incluso hablando del tema. Hasta pensarlo le había parecido una fuente de corrupción.

A través del techo llegaban los acordes melancólicos del «Gran vals» de *El caballero de la rosa*. Asqueado de sí mismo, Philip se dejó caer sobre la cama. Se tendió conmocionado, incapaz de pensar, deseando morir.

Al cabo de un rato notó que Senta se había incorporado y se frotaba los ojos con los dedos. Sus golpes le habían herido el rostro, tenía un hilillo de sangre en el pómulo. Mientras se protegía la cara con las manos, el anillo con las piedras grises y translúcidas se le había hundido en la carne. Se mojó la yema del dedo con sangre y pegó un brinco al verla. Se puso a gatas y miró la herida del rostro en el espejo.

–Siento haberte pegado –se disculpó Philip–. He perdido los estribos.

–Está bien –respondió–. No tiene importancia.

–Sí que la tiene. No debía haberte pegado.

–Si te apetece, puedes pegarme. Puedes hacerme lo que quieras. Te amo.

Philip quedó anonadado. La conmoción era tan profunda que estaba sumergido en una especie de inconsciencia. Desvalido, se limitó a mirarla y a oír sus palabras en ese contexto imposible. El rostro de Senta estaba demudado de amor, como si sus facciones se hubieran derretido. La sangre estropeaba esa perfección blanquiplateada y volvía humana, demasiado humana, a Senta.

–¿Entonces es verdad? –logró preguntar.

Senta asintió y pareció sorprenderse de manera pueril.

–Sí, claro que es verdad. Por supuesto que lo es.

–¿También lo es la parte en que lo seguiste, te acercaste y le dijiste que te había entrado algo en el ojo...? –Aunque el esfuerzo fue demoledor, articuló las palabras:– Y el acto de clavarle el puñal... ¿también es verdad?

–Ya te he dicho que es verdad. Philip, jamás imaginé que dudaras de mí, suponía que confiabas en mí.

En medio de una fiebre de temor, incredulidad y pánico, Philip había ido directamente a casa de Senta desde Chigwell. No había pasado antes por la oficina central ni por su casa, de modo que llegó muy temprano. Por esa razón, quizá por primera vez, Senta lo vio aparecer desde la ventana del sótano. Su sonrisa se esfumó en cuanto vio la expresión de Philip.

No había comprado vino ni comida. Su mundo acababa de derrumbarse o, al menos, eso sintió al bajar atolondradamente la escalera del sótano. No volvería a probar bocado ni a beber.

Después de responder a sus preguntas y de confirmarlo todo, cuando a Philip se le agotaron las palabras, fue Senta quien habló:

–¿Por qué no tomamos un poco de vino? Tengo sed. Philip, ¿puedes ir a comprar vino?

En la calle se sintió perseguido. Era una nueva sensación. Durante el trayecto hacia casa de Senta sólo había temido lo que ella pudiera decirle, lo que su actitud y sus palabras confirmarían. Y ahora que lo sabía con certeza, se sentía perseguido. Antes del fin de semana había llegado al extremo de no creer prácticamente nada de lo que Senta decía, salvo que lo confirmara una autoridad externa, casi había llegado a desconectar su credulidad cada vez que ella urdía una historia. Una autoridad externa había confirmado su participación en la serie de televisión y Philip se sintió feliz, aliviado. Lo extraño fue que ahora, al relatarle Senta las cosas más increíbles que había llegado a decirle, le creyó a pies juntillas. Ya no abrigaba dudas.

Compró dos botellas de vino blanco barato. Incluso antes de regresar al cuarto supo que no sería capaz de probar una gota. No debía perder la cabeza. Ahora no le interesaba el olvido, y mucho menos ese estado borroso, eufórico e inconsistente que a veces alcanzaban, cuando se deslizaban en el sexo como en los sueños que llegan al alba, fácilmente encontrados y atolondradamente aceptados. Al retornar a la habitación y pasar del calor polvoriento de arriba a la fresca penumbra de abajo, los hechos, la verdad, lo abofetearon una vez más, la realidad de que Senta había matado a sangre fría a un desconocido indefenso, y por eso murmuró incrédulo:

–No puede ser, no puede ser...

Senta bebió vino, ansiosa. Philip llevó su copa hasta la bañera, la vació y volvió a llenarla con agua del grifo. Dado el color verde ahumado de las copas, era imposible saber si contenían vino o agua. Senta le ofreció la mano.

–Quédate conmigo esta noche. No vuelvas a tu casa.

La miró desesperado. Dio expresión a sus pensamientos:

–No creo que esté en condiciones de volver a casa. Tengo la sensación de que no puedo salir de este cuarto ni ver a nadie. Sólo me es posible estar contigo. Has conseguido que me resulte imposible relacionarme con la gente.

Ese comentario pareció satisfacerla. Philip tuvo la impresión fugaz de que ése había sido el propósito de Senta: apartarlo a él y a sí misma de todos y de todo, volverse incapaces de estar con otros. De nuevo vio la locura en su rostro, en la mirada extraviada, en su indiferencia sublime hacia todo cuanto asombra y horroriza a la humanidad. Era el rostro de Flora. Esa misma expresión había demudado las facciones de mármol cuando, hacía una eternidad, la había visto en un arriate del jardín de Arnham. En esta ocasión no intentó, como la vez anterior, apartar de su mente la idea de la locura de Senta. Si estaba loca, no podía remediarlo. Si estaba loca, era totalmente incapaz de controlar sus actos.

La acogió en sus brazos. Fue horrible, abrazarla no le produjo el menor placer. Era como sostener a un ahogado putrefacto o un saco de basura. Estuvo a punto de tener arcadas. Entonces llegó la compasión, por Senta y por sí mismo, y se puso a llorar con la cara hundida en el hombro de la muchacha y los labios aplastados contra su cuello.

Senta le acarició los cabellos y murmuró:

–Pobre Philip, pobre Philip, no estés triste, no debes estar triste...

Estaba solo en casa. Se sentó junto a la ventana de la sala y contempló la luz que se difuminaba en la calle. En un ocaso como ése, sin viento y acariciado por el sol, bañado por una luz roja y mortecina, Glenallan Close estaba más bonito que nunca.

Habían transcurrido una noche y un día de padecimientos

constantes y sin alivio, inimaginables; era increíble que dos seres lo hubiesen resistido. Obviamente, ni se le había ocurrido ir a trabajar. Después de la noche en vela, de esas horas largas e inacabables en las que Senta había dormido y despertado intermitentemente, en que le había suplicado que hicieran el amor –en determinado momento se había arrodillado ante él con infinito patetismo– y, con todo, Philip había sido incapaz... después de una noche así, a las ocho de la mañana había llamado a Roy a su casa desde el teléfono del vestíbulo. No tuvo que fingir la voz ronca, la garganta seca, un agotamiento casi contagioso. Todo eso era real como consecuencia de aquellas horas espantosas.

Con la salida del sol todo comenzó de nuevo. La noche anterior no habían abierto puertas ni ventanas y el cuarto se calentó como un horno. Senta, que estaba dormida, despertó cuando Philip regresó, y se puso a llorar. El muchacho sintió ganas de volver a pegarle, de poner fin a esos gemidos inútiles y carentes de significado. Cruzó las manos para no golpearla. Estaba aprendiendo la violencia que hasta entonces le había sido extraña. Aprendía que todos somos capaces prácticamente de cualquier cosa.

–Para –dijo–. Tienes que dejar de llorar. Tenemos que hablar. Hemos de decidir qué hacemos.

–¿Qué puedo hacer si no me quieres?

El rostro de Senta estaba abotargado por el llanto, como si las lágrimas hubieran emborronado la piel. Mechones de pelo húmedo se le adherían a las mejillas.

–Senta, tienes que decírmelo. –Se le acababa de ocurrir una idea.– Dime la verdad. A partir de ahora sólo me dirás la verdad.

Senta asintió con la cabeza. Philip tuvo la sensación de que la muchacha intentaba apaciguarlo, se mostraba de acuerdo para evitar más problemas. Su mirada era cautelosa y sus ojos se veían más verdes y penetrantes tras los párpados hinchados.

–¿A qué te referías cuando dijiste que no era la primera

vez? Cuando hablamos de la policía, dijiste que no era la primera vez. ¿A qué te referías?

Hubo una pausa mientras Senta paseaba la mirada de un lado a otro, miraba el espejo y volvía a contemplarlo. Habló inocentemente, de una manera que pretendía desarmarlo.

–Me refería a que en una ocasión maté a otra persona. Tuve un amigo llamado Martin, Martin Hunt... ya te lo he contado. Te dije que hubo otro antes que tú. Pensé que él era el elegido. Ocurrió antes de conocerte, mucho antes de que nos viéramos por primera vez. No te molesta, ¿verdad, Philip? ¿Te molesta? De haberlo sabido, jamás me habría acercado a él; nunca le habría dirigido la palabra de haber sabido que iba a conocerte.

Philip negó con la cabeza. Fue una protesta débil e inútil ante algo que no entendía, pero que consideraba aberrante.

–¿Qué pasó con él?

En lugar de responder, Senta se acercó a Philip y, al no recibir calor ni buena acogida, dijo:

–¿Seguirás protegiéndome, salvándome y amándome? ¿Lo harás?

Philip se sintió aterrorizado, porque ignoraba la respuesta. No supo qué decir. No supo si le daban más miedo las leyes y las autoridades que existían fuera de esas cuatro paredes o la propia Senta. En tanto hombre, era importante para él no temer ni a lo uno ni a lo otro. Se obligó a rodearla con los brazos.

–Estaba celosa –añadió Senta en voz baja–. Philip, si alguna vez encontraras a otra chica, la mataría. A ti no te haría nada, pero a ella la mataría.

Aunque Senta no había dicho nada, a Philip le faltó valor para insistir. La sostuvo mecánicamente y su brazo se convirtió en una abrazadera lo bastante fuerte para contener a otro ser humano en su ángulo con bisagras. Así, poco más o menos, había acarreado a Flora hasta la casa de Arnham. Senta le pareció tan pesada y sin vida como la mujer de piedra.

Poco después salió a comprar comida. Había preparado café y la convenció de que bebiera una taza. Oyeron pisadas arriba, luego un portazo, y cuando Philip se asomó por la ventana, vio a Rita y Jacopo en la acera, cargados con maletas, caminando hacia la estación del metro. Por la tarde Senta subió y, al regresar, le comunicó que había tomado dos somníferos de los que Rita guardaba en un cajón. Philip comprobó que en el cuarto no había una gota de vino y dejó a Senta en cuanto se quedó dormida. La muchacha dormiría varias horas de un tirón y él volvería por la noche.

Alguien había hecho un arañazo profundo a las portezuelas del coche. Parecía ejecutado con el clavo oxidado que el autor había dejado sobre el capó. Joley no estaba en la acera ni en Caesarea Grove, sino cerrando la retaguardia en la cola del comedor para pobres de la Madre Teresa en Tyre Street. Philip lo saludó con la cabeza, pero no sonrió ni agitó la mano. Había descubierto que la conmoción profunda y la preocupación ante un acontecimiento descomunal y terrible paraliza los movimientos, vuelca el cuerpo sobre sí mismo y crea una concentración pavorosa. Dudaba de que estuviera en condiciones de conducir. Estaba tan preparado para sentarse detrás del volante como si hubiera bebido.

Con excepción de Hardy, la casa de Glenallan Close estaba vacía. El perrito le hizo fiestas, dio saltos y le lamió las manos. Philip encontró pan de molde en la panera y ensalada de col y salchichas en la nevera, pero los descartó. Podría volver a comer el día que dejara de sentir un bloqueo en la garganta, como si fuera una escotilla atascada. Permaneció junto a la ventana de la sala, contemplando las postrimerías del crepúsculo, considerando irreal aquel cielo sereno, nacarado y teñido de rojo, el telón de fondo de un mundo distinto a aquel en el que ocurrían semejantes cosas. Lo dominó el profundo anhelo de que no fuera cierto, de que lo hubiese imaginado o soñado, de despertar de esa pesadilla.

Un coche apareció en su campo de visión y paró frente a la casa. Pensó disparatadamente: es la policía. Era el Jaguar de Arnham. Arnham y Christine se apearon, su madre con un ramo de flores en una mano y una cesta de frambuesas en la otra. Hardy oyó a Christine y corrió hacia la puerta.

Su madre había tomado el sol. Tenía la piel encendida.

–Hemos ido de excursión –comentó–. Gerard se ha tomado el día libre y lo hemos pasado en Epping Forest. Ha sido tan agradable como estar en el campo de verdad.

Un mundo distinto. Se preguntó si su expresión reflejaba la desesperación que lo agobiaba. Arnham lucía un buen bronceado que le daba aún más aspecto de italiano o griego. Llevaba la camisa blanca abierta casi hasta la cintura, como un joven, y tejanos.

–Hola, Philip, ¿cómo te va? Se nota que hoy has estado en el lugar equivocado.

A partir de ese momento siempre estaría en el sitio equivocado. Sin tomarse la molestia de expresarse con amabilidad, inquirió:

–¿Dónde vive actualmente?

–Sigo en Buckhurst Hill, pero al otro lado de High Road. No me mudé muy lejos de la casa anterior.

Christine, que había llenado un florero con agua y arreglaba los claveles, dijo con su tono inocente, encantador e irreflexivo:

–Es verdad, Philip, tenía muchas ganas de ver la nueva casa de Gerard. Además, estábamos muy cerca. Reconozco que soy entrometida, pero me encanta ver casas nuevas. Gerard no quiso llevarme, dijo que la casa no estaba en condiciones para que la viera. Tiene que limpiarla a fondo antes de dejarme poner los pies en ella.

Philip titubeó unos segundos y espetó fríamente:

–Me parece que la verdad es que no quería que mi madre viera que se ha deshecho de Flora.

Reinó el silencio. Arnham se puso rojo como un tomate. La acusación había dado en el blanco. En realidad, Philip no había creído que ése fuera el motivo por el que Arnham no quiso llevar a Christine a su casa, pero se dio cuenta de que sí lo era. Con cuatro o cinco claveles en la mano, flores que sostenía a la manera de Flora, Christine se dio la vuelta y miró sorprendida a Arnham.

–Gerard, ¿es posible? ¿Te has deshecho de Flora?

–Lo siento, lo siento en el alma –replicó Arnham–. No quería que te enteraras. Philip tiene razón cuando dice que por ese motivo no quería llevarte a casa. Tengo un jardín pequeño y me habrías hecho preguntas. Lo lamento profundamente.

–Ojalá hubieses dicho que Flora no te gustaba. –Philip jamás había sospechado que su madre pudiera enfadarse tanto.– Habría preferido que lo dijeras para que la trajéramos de nuevo a casa.

–Christine, te ruego que me creas. La quería y me agradaba. Por favor, no te pongas así.

–Reconozco que soy ridícula y pueril, pero me has aguado la fiesta.

–La vendió a una gente de Chigwell. –Philip no recordaba haber actuado jamás con tanto rencor. Fue un sabor nuevo y amargo, que le llenó la boca con su gusto brutal y gratificante.– Pregúntale si la vendió a una gente de Chigwell que se apellida Myerson.

–¡Yo no la vendí!

–Entonces la regaló.

–No fue exactamente así. Ocurrió un percance. Como sabéis, fui a Estados Unidos, donde estuve un mes. Subastaron la casa y sus enseres mientras estaba en el extranjero. La estatua no debió incluirse, dejé instrucciones para que no la vendieran, pero hubo una confusión y la vendieron. –Arnham miraba colérico a Philip.– Cuando me enteré me quedé horrorizado.

Hice lo imposible por recuperarla y le seguí la pista hasta el comerciante que la adquirió. Para entonces, éste ya la había vendido a un cliente que pagó en efectivo. Christine, ésa fue la verdadera razón por la que no me puse en contacto contigo. Será mejor que te cuente toda la historia. Preferiría hacerlo sin que tu hijo me oyera, pero puesto que está aquí...

Antaño Philip habría abandonado la sala, pero ya no se sentía obligado a nada. Se mantuvo en sus trece.

–Quería verte –prosiguió Arnham–. Tenía muchas ganas de verte, pero era incapaz de explicarte lo de Flora. Me acobardé. Durante una temporada pensé que la recuperaría. Cuando me di cuenta de que era imposible y ya me había mudado a la nueva casa y habían pasado varios meses, pensé que ya no podía llamarte, era demasiado tarde, una ridiculez. Eso sin contar con que me sentía incapaz de darte explicaciones sobre la estatua. Cuando aquel día me encontré con tu hijo en Baker Street, comprendí lo mucho que..., lo mucho que te había añorado. –Dirigió a Philip una mirada de melancólico resentimiento. El acentuado rostro latino de Arnham había adquirido un rubor púrpura.– Quería verte –dijo dirigiéndose a Christine y adoptó un tono de reproche–. Quería restablecer el contacto contigo y lo hice, pero la estatua no dejaba de preocuparme. Supuse que tendría que decirte que se había roto o... o que la habían robado.

Philip soltó una risa amarga. Su madre se había puesto en pie, tomando el florero con los claveles y dejándolo sobre el alféizar. Movió las flores, tratando de que quedaran simétricas. No habló. Hardy se bajó de la silla y trotó hasta Arnham, alzando su alegre morro, contorsionándose y meneando el rabo. Como podría observar un hecho confirmado más allá de toda sombra de duda, Philip percibió la repugnancia instintiva de Arnham. Estiró la mano para acariciar la cabeza de Hardy, sin duda todo un homenaje a Christine.

Su madre se volvió para mirar a Arnham. Philip supuso que prorrumpiría en una sarta de reproches, lo que habría sido muy insólito en ella. Christine simplemente sonrió y dijo:

–Bueno, ya está dicho. Espero que se haya despejado el ambiente. Prepararé el té.

–Christine, ¿permitirás que te lleve a cenar?

–Lo dudo. Es muy tarde, no estoy acostumbrada a cenar tan tarde y aún te espera un largo trayecto. –Añadió con animado tono de conversación:– Creo que hasta hoy no me había dado cuenta de lo largo que es el trayecto.

Philip los dejó y subió al primer piso. Tenía que regresar junto a Senta, a pesar de que no había nada que deseara menos. Si dos días antes alguien le hubiese dicho que pronto llegaría el momento en que no querría verla, en que la idea de verla le produciría horror, lo habría descartado con sorna. Se sentía igual que hacía muchos años, cuando era un chiquillo y su gato enfermó. Adoraba a ese minino que los Wardman adoptaron ya adulto, un animal perdido al que pusieron de nombre Humo, por su pelaje gris y negro abigarrado, y al que, a base de cuidados y alimentos de calidad, convirtieron en una criatura bella y lozana.

Humo dormía en la cama de Philip. Por las tardes, mientras Philip hacía sus tareas, el gato se enroscaba sobre sus piernas. Era, principalmente, el gato de Philip, mimado, malcriado y acariciado casi a todas horas. Al envejecer, Humo enfermó. Habían transcurrido muchos años y era probable que Humo tuviese catorce o quince. Tenía mal la dentadura, le olía el aliento, se le caía el pelo, le aparecieron pelones y dejó de limpiarse. Philip perdió todo afecto por él. Dejó de quererlo. Fingió que lo cuidaba, pero fue una mala simulación. Pese a que sentía una profunda culpa, evitaba al pobre Humo y su cesta, instalada en un rincón de la cocina. Cuando sus padres, temerosos de decirlo, le sugirieron finalmente que, por amor a los animales, era mejor proporcionar una muerte dulce a Humo, Philip se sintió aliviado, como si le quitaran un peso de encima.

¿Había amado al gato sólo por su belleza? ¿Había amado a Senta sólo por su belleza? ¿Y qué decir de la belleza de la mente de Senta, de su yo, o de su alma, por así decirlo? Ahora sabía que esas facetas de su ser no eran bellas sino enfermizas, feas, malsanas y distorsionadas. Eran perversas y repugnantes. ¿Y por eso había dejado de amarla? La cuestión no era tan simple. No se trataba, sencillamente, de que se hubiera echado atrás ante su locura, como tampoco de que la persona a la que había amado fuese imaginaria y no la extraña y menuda bestia salvaje con un cerebro humano desquiciado que lo aguardaba en Tarsus Street.

Abrió el armario y miró a Flora, de pie en la penumbra, con el rostro enmarcado por un pantalón de tweed y la gabardina que había comprado para reemplazar la otra robada. Lo más curioso era que la estatua ya no se parecía a Senta. Tal vez nunca se habían parecido y la semejanza pertenecía a su fértil imaginación. Su rostro pétreo parecía ciego y fofo y los ojos carecían de expresión. Flora ni siquiera era ella sino eso, un objeto de mármol, que tal vez ni siquiera había sido modelada del natural, era obra de un escultor indiferente. La sacó del armario y la instaló sobre la cama. Se le ocurrió volver a ponerla en el jardín antes de irse. Nada se lo impedía ahora que sabía que Arnham se había separado de la estatua hacía mucho tiempo, ahora que Christine estaba enterada de todo, ahora que Myerson –su legítimo propietario– yacía bajo tierra. La bajó por la escalera.

Gerard Arnham estaba a punto de irse. La puerta estaba abierta y Christine se encontraba junto a la verja, mirando a su amigo que subía al Jaguar. Philip llevó a Flora al jardín trasero y la dejó en su lugar de siempre, junto a la pila para pájaros.

¿Siempre había tenido ese aspecto desaliñado, de puro relumbrón? La mancha de verdín que desfiguraba su pecho y los pliegues de la túnica, la muesca en la oreja y una nueva lesión hasta entonces inadvertida –del ramillete faltaba una flor de espino– la convertían en una ruina más que en un adorno digno. Se alejó, volvió la vista atrás y vio que un gorrión se había posado en el hombro de Flora.

Christine bebía su segunda taza de té en la cocina.

–Querido, te he llamado para preguntarte si te apetecía una taza de té, pero no te he visto por ninguna parte. El pobre Gerard estaba bastante disgustado, ¿no te parece?

–*Tú* estuviste muy disgustada cuando no le viste el pelo durante meses –respondió Philip.

–¿Lo dices en serio? –Christine parecía desconcertada, como si el intento de recordar no diera ningún resultado.– No creo que vuelva. Y tampoco me apena. A Audrey no le habría gustado.

A Philip *le pareció* que Christine decía Audrey. Siempre había pensado que se refería a Audrey, una mujer, aunque tal vez nunca la había escuchado con atención.

–¿Y Arnham que tiene que ver con ella?

–¿Quién es ella? Querido, hablo de *Aubrey*, de mi amigo Aubrey. Ya sabes a quién me refiero, al hermano de Tom, de Tom Pelham.

El mundo dio vueltas, el suelo giró.

–¿Estás hablando del padre de Senta?

–No, Philip, ése es Tom. Me refiero a su hermano Aubrey Pelham, es el hermano de la madre de Darren, no se ha casado nunca y lo conocí el día de la boda de Fee. Querido Philip, estoy segura de que en ningún momento he sido reservada con este asunto, nunca lo he ocultado, en todo momento he dicho que salía con Aubrey, que lo veía constantemente. No lo negarás, ¿verdad?

Philip no podía negarlo. Había estado demasiado absorto en sus asuntos para prestar atención. Había entendido Audrey, un nombre de mujer. Pero Christine no había comprado ropa nueva, ni se había teñido el pelo ni rejuvenecido por una mujer.

–Por cierto, quiere casarse conmigo. Tú..., ¿te... te molestaría que me casara con él?

Eso era precisamente lo que había deseado y anhelado: un hombre en cuyas manos pudiera poner a buen recaudo a su madre. ¿Era posible que el mundo estuviera pletórico de cosas que un día tenían una importancia trascendental y al siguiente no significaban nada?

–¿A mí? No, por supuesto que no me molesta.

–Me parecía mejor consultarte. Creo que cuando tienes hijos adultos debes preguntarles si les molesta que te cases, aunque no esperen que los consulten.

–¿Cuándo se celebrará la boda?

–Querido, eso no lo sé. Aún no le he dado el sí. Pensé que para Cheryl será bueno que me case con él.

–¿Y por qué será bueno para Cheryl?

–Philip, ya te dije que es asistente social y que trabaja con adolescentes que tienen problemas como los de Cheryl.

Philip pensó: «Christine lo ha arreglado todo, se ha montado la vida sin mí. Y yo que suponía que era una pobre mujer desvalida, que siempre necesitaría mi apoyo». De pronto vio algo más: su madre era el tipo de mujer con que los hombres querían casarse, siempre habría hombres dispuestos a casarse con ella. Con su estilo extraño, amoroso y atolondrado, Christine servía, más que nada, para el matrimonio, y los hombres lo percibían.

Aunque hacerlo lo incomodó porque no era propio de él, abrazó a su madre y la besó. Christine lo miró a la cara y sonrió.

–Puede que tarde en volver –dijo–. Voy a casa de Senta.

Christine respondió distraída:

–Que te diviertas, querido.

Caminaba hacia el teléfono del vestíbulo, manifiestamente deseosa de que Philip se marchara para transmitir en privado a Aubrey Pelham la autorización y la reacción de su hijo. Philip subió al coche y tardó un rato en encender el motor. Se reducían cada vez más las pocas ganas que había tenido de reunirse con Senta mientras estaba en su casa. Empezaba a comprender que una antipatía violenta podía ser el reverso de una moneda cuyo anverso era la pasión. La vio como un ser maligno, vio que lo miraba con sus ojos tan verdes y brillantes. Pensó en lo que significaría no volver a verla, ¡qué alivio, qué paz! Por alguna razón supo que, en cuanto volviera a poner los pies en el cuarto, estaría perdido, pero si le escribía... ¿Por qué no le escribía para decirle que todo había terminado, que había sido una enajenación transitoria de malas consecuencias para los dos?

Supo que no sería capaz. Pero tampoco podía ir directamente a casa de Senta. Necesitaba postergarlo hasta bien entrada la noche. La oscuridad facilitaría el encuentro. Tuvo una visión fantasmagórica de los dos encerrados en el cuarto del sótano, sin dejar pasar a nadie, sin salir jamás, definitivamente a salvo. Se trataba de una perspectiva abominable.

Se alejó lentamente de la casa de su madre. Tomó la dirección de Tarsus Street, dirigiéndose a la casa de Senta como atraído por un imán, pero consciente de que en algún momento se apartaría de su destino y se desviaría, al menos por un rato. No podía hacerle frente ahora, inmediatamente.

Si fuera un día cualquiera, en ese momento habría dejado Edgware Road para internarse por los últimos tramos de Kilburn. Pero siguió de largo. Pensaba en lo que Christine había comentado sobre Cheryl y se enfureció por esa solución aparente de los problemas de su hermana. Como si un padrastro que fuera una especie de... de encargado de vigilar su libertad condicional pudiera resolverlo todo. Philip recordó aquella vez, antes de conocer a Senta, en que había visto a Cheryl salir de una tienda hecha un mar de lágrimas.

Salvo que de donde había salido no era una tienda. Frenó, aparcó en doble fila, se apeó y miró el local rutilante que, sin puertas ni ventanas, mostraba descaradamente a la calle su interior centelleante, iluminado con luces estroboscópicas, sus tentaciones alineadas y bañadas por parpadeantes destellos rojos y amarillos. Nunca había entrado en un lugar semejante porque no le interesaba. Alguna que otra vez lo había probado en un bar de la playa, había perdido y ni se inmutó. Recordó una ocasión en la que, al cruzar el Canal de la Mancha desde Zeebrugge, después de las vacaciones en familia, su padre había jugado con una tragaperras llamada Dínamo del Diablo. El nombre le pareció tan ridículo que se le quedó en la memoria.

En ese local había un Dínamo del Diablo, además de un Soldado de Asalto Espacial, un Huracán Llameante, un Apocalipsis y una Guerrilla entre Gorilas. Deambuló por los pasillos y miró las máquinas y los rostros de los jugadores, cuyas expresiones estaban congeladas, enclaustradas o ardientemente concentradas. En una tragaperras llamada Carros de Fuego un muchacho flaco, con el pelo como fieltro, logró alinear una serie de antorchas olímpicas y las monedas descendieron en cascada. Aunque parecía muy joven, seguramente tenía más de dieciocho años. Philip había leído que los menores de edad tenían la entrada prohibida en esos locales, era una nueva ley recientemente promulgada. ¿Suponían que al cumplir los dieciocho uno se convertía por arte de magia en una persona sensata y madura?

El rostro del muchacho no expresaba absolutamente nada. Como era hijo de un jugador, Philip tuvo la convicción de que el chico no se guardaría las ganancias y se iría. Lo vio caminar hacia el Soldado de Asalto Espacial.

Cheryl no estaba allí, pero ahora sabía dónde encontrarla.

19

Se sentó frente a él en la mesa de la cafetería. La había sobornado diciéndole que le daría cinco libras si lo acompañaba y conversaban. Durante un rato Philip se abstuvo de ir al grano. Se preguntó cuánto haría que Cheryl se había lavado la cabeza por última vez... y, si a eso íbamos, cuándo se había duchado. Llevaba las uñas sucias. Al mirarle la mano derecha, en cuyo dedo medio lucía un barato anillo de plata, imaginó esa mano accionando eternamente la palanca de una tragaperras de frutas, con la misma actitud mecánica de la mano que en una fábrica maneja una máquina, pero sin la indiferencia del obrero. Su cara estaba arrugada como sólo puede estarlo el rostro de una persona joven: con muescas y surcos que no le dan aspecto de vejez, sino de gran fatiga.

Al final la había encontrado en un salón recreativo de Tottenham Court Road, después de recorrer establecimientos parecidos por toda Oxford Street. La había visto perder hasta el último penique y apelar al hombre de la máquina de al lado, en lo que seguramente se había convertido en un reflejo automático, para que le prestara dinero. Philip la vio encajar la negativa. El hombre ni siquiera se dignó mirarla. Siguió observando las hileras de frutas, o lo que fuese, con la concentración de quien se somete a una prueba ocular. Finalmente acompañó la reiterada negativa con un ademán de la mano libre, un gesto con el que quería indicar a Cheryl que se largara. Las luces rojas y doradas, fijas y parpadeantes, y la oscura profundidad del local iluminado con puntos, manchas y ardientes hornos de luz, daban al salón recreativo el aspecto del escenario de un infierno.

Descubierta la adicción secreta de su hermana, fue difícil sacarle algo más, porque todo le traía sin cuidado. A Philip le costó adoptar una actitud ante ella. Cheryl hablaba con aburrida reticencia. Probó el café, lo apartó y se encogió de hombros afectadamente.

–Se había muerto. Nada me podía aproximar más a él. Gracias a esto me sentía *como* él. Supongo que se puede decir así. O tal vez corre por mis venas, lo heredé.

–Estas cosas no se heredan.

–¿Cómo lo sabes? ¿Eres médico?

–¿Cuánto hace que estás enganchada? ¿Desde que murió? –preguntó Philip. Cheryl asintió y puso cara de aburrimiento, pero estaba inquieta y cogió la cucharilla de café, con la que golpeó el borde del plato–. ¿Cómo te metiste en esto?

–Un día, caminando, iba pensando en papá. Tenía la sensación de que a ninguno de vosotros os importaba que muriera como murió, ni siquiera a mamá. Caminaba y pensaba en él. Recordaba la noche en que regresamos de unas vacaciones, ya no recuerdo dónde. Estábamos en el transbordador, jugó a la máquina tragaperras y cada vez que ganaba me daba dinero y me dejaba probar suerte. Viajaba poca gente, vosotros estabais cenando en otra parte, papá y yo estábamos solos, era de noche y las estrellas brillaban. No sé por qué recuerdo que era de noche y brillaban las estrellas, ya que las tragaperras no estaban en cubierta, ¿verdad? La forma en que papá ganó y la máquina soltó dinero fue mágica. Pensaba en todo eso y entonces decidí entrar y probar suerte..., ¿por qué no?

–¿Así te enganchaste? –quiso saber Philip.

–No estoy *enganchada.* No es una droga. –Por primera

vez el rostro de Cheryl cobró animación. Parecía indignada.– Hace un rato un tío me ha dicho que estaba enganchada. «Eres una drogata», ha dicho, como para picarme. Jamás lo he hecho. Nunca he esnifado coca. Ni siquiera he fumado. ¿Por qué ha de pensar la gente que estás enganchada si una cosa *te gusta*?

–Robas para jugar, ¿no? Es un hábito que te lleva a robar para seguir practicándolo.

–Phil, *me gusta.* ¿No te das cuenta? Es lo que más me gusta en la vida. Podrías considerarlo un pasatiempo, como el deporte para Darren. Y a él no lo consideras adicto. Es una *afición*, como las que tú tienes. La gente juega al billar y... al golf, las cartas y otros juegos, pero no los consideras enganchados.

–No es lo mismo –opinó Philip con firmeza–. No puedes parar.

–No quiero parar. ¿Por qué iba a hacerlo? Me encontraría perfectamente bien, libre de problemas, si tuviera dinero. El problema no son las tragaperras, sino la falta de dinero. –Soltó la cucharilla. Pasó la mano por encima de la mesa, con la palma hacia arriba y extendida delante de Philip.– Dijiste que me darías cinco libras.

Philip sacó el billete de la cartera y se lo dio. Fue horrible. No quería convertirlo en una ceremonia e intentó pasárselo deprisa, como la comida al hambriento o como, cuando al final de un lento y cauteloso proceso de adiestramiento, algunas personas tientan a un perro con una galleta, se la ofrecen y se la quitan. Philip sacó el billete como si estuviera devolviendo un préstamo, pero Cheryl se lo arrebató. Contuvo el aliento y apretó los labios. En lugar de guardarlo, sostuvo el billete en alto. Le duraría un suspiro.

*

En cuando Cheryl se fue y se perdió entre las tragaperras, con sus nombres imposibles y pomposos, Philip regresó al coche, que había aparcado en una calle adyacente. Eran poco más de las diez y media y había anochecido. La charla con Cheryl había apartado de su pensamiento el núcleo de sus angustias. Tenía la mente ocupada con Cheryl y con la desesperada defensa que había hecho de sí misma. Pensó: «se sentirá impulsada a robar de nuevo, probablemente en este momento esté robando, la pescarán e irá a la cárcel». El amor propio, egoísta e instintivamente conservador, le dijo que tal vez fuera lo mejor que podía ocurrirle a su hermana. En la cárcel la someterían a tratamiento, la ayudarían. Sabía que si Cheryl seguía así se perdería. «Debo hacer algo», pensó, «debo hacer algo.»

Comprendió que debía poner fin a su postergación del reencuentro con Senta. Ya no había más excusas. Senta estaría asustada e inquieta, preguntándose qué le había ocurrido. Mientras conducía, Philip imaginó diversos modos de decirle que debían separarse. Si la policía hubiese descubierto algo, se habría sentido obligado a seguir con ella, pero, por extraño que pareciese, no estaban enterados de nada. Seguramente ningún testigo había acudido a la policía, nadie había hablado de una chica con la ropa ensangrentada ni de una chica que un domingo por la mañana viajó en un vagón de metro vacío. Dedujo que se debía a que Senta no tenía la menor relación con Myerson. Se trataba del homicidio de un desconocido a manos de otro desconocido, el crimen más difícil de resolver, el que carece de razones y de móviles.

¿Soy cómplice de un asesinato? ¿Estoy encubriendo un crimen? ¿De qué serviría entregar a la asesina de Myerson a la justicia? ¿Le devolvería la vida al pobre Myerson? ¿Uno de los motivos para detener a un asesino consistía en impedir que volviera a matar? Philip ya sabía que Senta había matado antes.

Aunque indirectamente, se lo había dicho. Para eso había utilizado el primer puñal de cristal.

La casa de Tarsus Street estaba a oscuras. Los postigos de la ventana del sótano estaban abiertos, pero en el interior no había luz. Al entrar en el vestíbulo, recordó la época en que Senta lo había excluido y su posterior frenesí de infelicidad. ¿Cómo era posible que entonces se hubiera sentido tan desdichado, hacía tan poco, y que ahora sintiese lo que sentía? Si no le hubiera mentido atribuyéndose el asesinato de John Crucifer, cabía la posibilidad de que Myerson siguiera con vida. Y había dicho esa mentira exclusivamente para recuperar a alguien a quien ya no deseaba.

Bajó la escalera con paso lento y pesado. Apagó la luz y, en medio de la penumbra, entró en el cuarto. Aunque reinaba un silencio absoluto, al acercarse a la cama oyó que Senta suspiraba dormida. Su respiración y el sueño profundo le indicaron que había tomado un somnífero de los que Rita utilizaba. De lo contrario, se habría despertado cuando él llegó. Se desnudó y se tendió junto a Senta. Le pareció que era lo único que podía hacer. Durante el largo rato que tardó en conciliar el sueño, se quedó contemplando la pálida curva de la mejilla de Senta, que contrastaba con la funda marrón de la almohada. Algunos mechones de pelo plateado reflejaban una débil luz y brillaban en la penumbra. Senta reposaba de lado, con sus pequeñas manos cerradas y puestas bajo el mentón. Se apartó y luego, a modo de prueba, como un tímido que no quiere ser rechazado, le posó la mano en la cintura y la acercó rodeándola con el brazo.

Estaban en el cuarto de Senta y había amanecido, aún era temprano, poco más de las siete, pero pleno día. Con generoso abandono, el sol daba de lleno en la sordidez, el deterioro, los cristales mugrientos. Philip había preparado café. En una botella quedaba un poco de leche, pero estaba cortada. Senta se había cubierto con un par de chales: se ató uno alrededor de la cintura y se puso el otro sobre los hombros. De nuevo tenía rojas las raíces del pelo. Aún no había salido del trance del somnífero, estaba soñolienta y se movía con lentitud, pero Philip se dio cuenta de que ya había percibido el cambio operado en él. Estaba intimidada y atemorizada. Philip se sentó al pie de la cama y Senta en la cabecera, reclinada en las almohadas. Ella se deslizó entre los montículos del edredón y extendió tímidamente la mano para coger la de Philip. Éste se sintió tentado de apartarla, pero se contuvo. La dejó caer sobre la de ella y notó que se le hacía un nudo en la garganta.

Su voz sonó como si tuviera un fuerte resfriado. Carraspeó y dijo:

–Senta, ¿lo mataste con el segundo puñal de cristal?

La pregunta era tan extraña –no sólo la pregunta sino las palabras, su conjunción y el hecho de pronunciarlas con toda seriedad ante alguien a quien se suponía que amaba, con quien pensaba casarse– que Philip cerró con fuerza los ojos y se llevó los dedos a las sienes.

Senta asintió con la cabeza. Philip supo qué discurría por la mente de la muchacha. Senta era indiferente a sus preguntas, los hechos y el peligro. Sólo quería que él siguiera amándola. En un esfuerzo por no perder la calma y mantener un tono sereno, añadió:

–¿No te das cuenta de que la policía te encontrará? Me asombra que aún no lo haya hecho. Los puñales de cristal vinculan ambas muertes. A la larga, establecerán la relación. Sin duda, tienen esos detalles metidos en los ordenadores... ¿Por qué no han venido a buscarte?

Senta lo miró y sonrió. Como su mano rodeaba con firmeza la de Philip, sonreía.

–Philip, quiero que sientas celos. Sé que no es muy considerado por mi parte, pero me gusta ver que estás celoso.

El modo en que Senta interpretaba sus preguntas le permitió ver algo nuevo: se alejaba de la normalidad. Había perdido el contacto con la realidad.

–No estoy celoso –declaró Philip e hizo un esfuerzo por no perder la paciencia–. Sé que Martin no fue importante para ti. Senta, eres tú quien me preocupa, estoy preocupado por lo que pueda ocurrir.

–Te quiero –afirmó Senta, y él tomó la mano entre las suyas para acariciarla hasta producirle dolor–. Puesto que te amo más que a mí misma, ¿qué importancia tiene lo que me ocurra?

Extrañado y horrorizado, Philip comprendió que era verdad. Senta lo amaba hasta ese límite y su expresión lo demostraba. Sobraban las palabras. La abrazó bajo la luz del sol, brillante, indiferente y moteada de polvo. Le presionó la espalda con las manos y apoyó su mejilla en la de ella, con los nervios insensibilizados y deseoso de marcharse. Senta se cobijó en él y pasó el tiempo, instantes eternos que parecieron horas.

–Senta, tengo que irme –dijo finalmente Philip. Ella lo abrazó aún más intensamente–. No puedo quedarme un minuto más. Tengo que ir a trabajar.

No le dijo que, en primer lugar, pasaría por casa de Fee y Darren para encontrarlos antes de que se fueran a trabajar. Tuvo que apartarla por la fuerza, besándola a modo de consuelo. Cubierta con los chales, se enroscó como un feto sobre la ropa de cama. Para anular la áspera luz amarilla, Philip cerró los postigos casi del todo y abandonó deprisa el cuarto, sin volver la vista atrás.

*

A la hora del desayuno, su cuñado mostraba una imagen distinta y más atractiva que la que presentaba por la tarde y por la noche, cuando aparecía despatarrado delante del televisor. Recién afeitado, Darren volvía a ser el novio apuesto, y el ceño fruncido por la concentración lo envejecía mientras estudiaba, aunque pareciese imposible, el *Financial Times*. Fee, que se había mostrado alegre y activa con el secador de pelo en una mano y un plato de tostadas en la otra, se sorprendió de ver a su hermano, convencida de que había ido a verlos porque su madre había sufrido un accidente. Philip pensó que estaría bien contárselo todo a Fee y se sorprendió de haber utilizado esa frase hecha que, como todos los lugares comunes, carecía de sentido.

Postergó la comunicación sobre el verdadero motivo de su visita. Pensó que tal vez la gente adoptaba a menudo esa actitud. Primero hablaban de lo que provocaba menos ansiedad, menos preocupación. Situar a Cheryl en esa categoría le produjo una oleada de remordimiento. Fee se mostró incrédula y, al cabo de unos minutos, incómoda. Encendió un cigarrillo como si hablaran de cualquier tema que no tuviera nada que ver con las adicciones.

–¿Las tragaperras de frutas? –dijo Darren–. *¿Las tragaperras de frutas?* Yo juego a esas máquinas y nadie me llama yonqui.

–Tú no estás enganchado. Eres capaz de controlar tu necesidad de jugar y saber parar a tiempo. Cheryl no puede.

Philip llegó a la conclusión de que con ese par no iría a ninguna parte a pesar de que, por ejemplo, habrían comprendido perfectamente los peligros del alcoholismo. Le demostró hasta qué punto Fee se había apartado de él y lo mucho que se había acercado a Darren. Quizá era necesario e inevitable para que el matrimonio durara. Pero había llegado el momento y Philip ya no podía darle largas. Darren había abandonado la mesa y buscaba las llaves del coche.

–¿Quién es Martin Hunt? –preguntó Philip.

–¿Quién?

–Martin Hunt. Fee, estoy seguro de que he oído ese nombre en boca de Darren o en la tuya.

Fee frunció el ceño y arrugó la nariz, indignada o incrédula.

–Sabes quién es, tienes que saberlo. ¿Qué le pasa últimamente a tu memoria?

–¿Está... está muerto?

–Ni idea. Supongo que no. Es joven. Sólo tiene veinticuatro o veinticinco años. ¿Por qué iba a estar muerto?

–Fee, ¿quién es?

–No lo conozco –respondió su hermana–. A quien conocía era a Rebecca, estudié con ella. Martin era el chico con el que salía. Es todo lo que sé, lo que vi en la tele y leí en los diarios.

Philip tardó un rato en digerirlo, en comprender el significado de las palabras de su hermana y en hacer deducciones. Después se preguntó si Fee había notado su turbación. Se sintió exangüe y se le puso la carne de gallina. Fue como un desmayo. Se sujetó del respaldo de una de las sillas del comedor de Fee. Darren se acercó a Fee, dijo que se iba y le dio un beso.

Fee había ido a la cocina y salió secándose las manos con papel de cocina.

–¿Por qué te interesas por Martin Hunt?

Mintió. Senta le había enseñado a hacerlo y ahora mentía casi sin inmutarse.

–Alguien me dijo que murió en un accidente de tráfico.

Era evidente que a Fee el tema no le interesaba.

–Lo dudo. Nos habríamos enterado. –Volvió a desaparecer y regresó cubierta con una chaqueta de algodón.– Phil, tengo que ir a trabajar. ¿Vienes? Ah, casi lo olvidaba. Mamá telefoneó para decirme que Flora estaba otra vez en casa. No sé qué quiso decir realmente, sólo dijo que Flora estaba de regreso como si hubiera aparecido caminando por decisión propia o algo por el estilo.

Bajaron y salieron a la calle y a la luz cegadora del sol. En este caso Philip no tuvo que mentir.

–La encontré por casualidad. Pensé que a mamá le gustaría tenerla de nuevo en casa... y la llevé.

–¿Por qué no lo dijiste? Mamá está convencida de que se trata de un milagro. Cree que Flora entró por su propio pie y se instaló en el trozo de cemento.

–Estoy seguro de que, en el fondo, no se lo cree –replicó Philip distraído–. De todas maneras, ya se lo explicaré.

Antes de despedirse, Fee lo miró con curiosidad y preguntó:

–¿Has venido hasta aquí a esta hora sólo para preguntar por alguien de quien ni siquiera habías oído hablar?

Ensayó la explicación más atinada para Christine. Así apartó su mente de preocupaciones más inquietantes, dejó de pensar en aquello que, como sabía perfectamente, debería afrontar tarde o temprano. Le diría a su madre que, de hecho, hacía mucho tiempo que sabía que Flora no estaba en poder de Arnham, que Flora había sido vendida. Philip había puesto un anuncio reclamándola, por fin la había encontrado y la había llevado a casa con la intención de darle una sorpresa a Christine. Pero no dispuso de la oportunidad de convertir esa sarta de invenciones en una interpretación real.

Cheryl se había encerrado en su cuarto. Christine, muy pálida, se acercó a Philip antes de que éste entrara en casa, antes de que sacara la llave de la cerradura, se acercó y lo abrazó. Philip tomó a su madre por los hombros e intentó hablar serenamente.

–¿Qué pasa? ¿Hay algún problema?

–Ay, Phil, la policía ha estado aquí. Trajeron a Cheryl y registraron la casa.

–¿Qué estás diciendo?

Philip logró que su madre se sentara. Christine temblaba y el muchacho le tomó con fuerza la mano. Christine habló con voz entrecortada, sin aliento:

–La pescaron robando en una tienda. Sólo era un frasco de perfume, pero Cheryl tenía, tenía... –Christine calló, tomó aire y siguió hablando:– Tenía... otras cosas en el bolso. La llevaron a la comisaría, la acusaron o como se diga, y la trajeron a casa. La acompañaban una sargento y un joven agente. –La histeria la dominó y se puso a reír entre sollozos.– Me pareció que era tan extraño, tan gracioso en medio de tantas... ¡tantas atrocidades!

Philip se sintió impotente.

–¿Qué le pasará a Cheryl?

–Por la mañana tiene que presentarse ante el juez –respondió Christine serenamente, casi con frialdad, hasta que los sollozos volvieron a dominarla, lanzó un gemido de pena y se tapó la boca con la mano.

20

Cheryl estaba en su habitación, con la puerta cerrada con llave. Philip llamó y sacudió el picaporte. Cheryl lo echó con cajas destempladas.

–Cheryl, sólo quiero decirte que mañana mamá y yo te acompañaremos al juzgado.

Reinó el silencio. Philip repitió lo que acababa de decir.

–Si lo hacéis, no iré. Me escaparé.

–¿No crees que eres un poco necia?

–Es asunto mío. No tiene nada que ver con vosotros. No quiero que oigáis la monserga que me soltarán.

Mientras bajaba la escalera, Philip oyó que Cheryl quitaba el cerrojo a la puerta de su dormitorio, pero no salió. Se preguntó por qué la policía le había permitido volver a casa. Como si le adivinara el pensamiento, Christine comentó:

–Phil, si a Cheryl le da la gana puede encerrarse, pero nosotros no podemos encerrarla, ¿verdad?

Philip negó con la cabeza. Christine jamás les había dicho qué debían hacer ni los había obligado, simplemente los dejó estar y los quiso. En el caso de Cheryl, evidentemente no había sido lo mejor. Philip se quedó con Christine en la cocina, bebiendo el té que su madre había preparado, y oyeron que Cheryl franqueaba la puerta de calle. Para variar, salió sin dar un portazo. La puerta se cerró con un suave chasquido. Christine gimió. Philip supo que si le hubiese dicho que, como de costumbre, se iba a casa de Senta, donde pasaría toda la tarde y la mitad de la noche, Christine no habría protestado. A esas alturas, le parecía nimio avisar a Senta que no iría. Intuyó lo aliviado que se sentiría si esa velada pudiera convertirse en el inicio de su separación definitiva de Senta, si todo lo compartido con ella quedase en el pasado. Al tiempo que se aferraba a esa esperanza, recordaba el amor de Senta por él.

–¿Crees que volverá? –preguntó Christine.

En un primer momento, Philip no supo de quién hablaba su madre.

–¿Te refieres a Cheryl? No lo sé. Espero que sí.

Estaba en el jardín cuando sonó el teléfono. Anochecía, había llevado a Hardy hasta Lochleven Gardens y, al regresar, entró por la parte trasera de la casa. La luz de la ventana de la cocina iluminaba la figura de Flora, que formaba una larga sombra negra sobre la hierba. En uno de sus brazos se había secado una línea gris blancuzca de excremento de pájaros. Christine abrió la ventana y le gritó que Senta estaba al teléfono.

–¿Por qué no has venido?

–Senta, esta noche no puedo ir. –Le habló de Cheryl y añadió que no podía dejar sola a su madre. Como si lo hubiera intentado, dijo:– Sabes que es imposible llamarte por teléfono.

–Te quiero. Philip, no quiero estar aquí sin ti, vendrás a vivir aquí conmigo, ¿no? ¿Cuándo vendrás?

Philip oyó como sonido de fondo la música que ponían Rita y Jacopo.

–No lo sé. Tenemos que hablar.

–¿Por qué tenemos que hablar? –Su voz sonaba aterrorizada.– ¿De qué tenemos que hablar?

–Senta, iré mañana. Nos veremos mañana. –«Te diré que todo ha terminado», pensó, «voy a dejarte. Después de mañana no volveré a verte.»

Cuando colgó, Philip se puso a pensar en esas personas –en

su mayoría mujeres– que convivían o amaban a alguien de quien sospechaban que había cometido un asesinato. Él era hombre y sabía que su amada había asesinado, pero todo se reducía a lo mismo. Le sorprendió que dichas personas pensaran en denunciar al sospechoso a la policía, en «delatarlo», pero también se asombró de que quisieran perpetuar esa relación. En una ocasión, durante una fiesta, había participado en un juego que consistía en explicar qué tendría que hacer una persona para dejar de quererla o incluso de tenerle simpatía, aun deseando mantener la relación. Él había dicho algo disparatado, jocoso, algo así como que rechazaría a alguien que no se lavara los dientes con la frecuencia necesaria. Ahora sabía que no era tan sencillo. Su amor por Senta se derrumbó cuando supo que era la autora de la muerte de Myerson.

Cheryl regresó poco antes de medianoche. Philip estaba en vela, aguardando con la esperanza de que volviera. Había convencido a Christine de que se acostara. Salió corriendo en cuanto oyó la llave en la cerradura y la encontró en el vestíbulo.

–Sólo quería decirte que, si no te apetece, no intentaré acompañarte al juzgado.

–La policía vendrá a buscarme –respondió sordamente–. Vendrán en coche a las nueve y media.

–Tienes que hablarles de las tragaperras. –Mientras hablaba, notó que era una expresión ridícula, una frivolidad en medio de la tragedia.– Se lo dirás, ¿no? Harán lo posible por ayudarte.

Cheryl no respondió. Con un ademán extraño, puso del revés los bolsillos del tejano para demostrar que estaban vacíos. Sacó de los bolsillos de la chaqueta medio paquete de pastillas de menta y una moneda de diez peniques.

–Es cuanto tengo en este mundo. Mi fortuna. Lo mejor será que vaya a la cárcel, ¿no te parece?

Por la mañana Philip no la vio, porque se fue a trabajar

antes de que Cheryl se levantara. Por la tarde telefoneó a Christine y se enteró de que habían dejado a Cheryl en libertad condicional. Si cometía otro delito, pasaría seis meses en la cárcel. Ahora estaba en casa, con Christine, y Fee se había tomado la tarde libre para hacerles compañía. Philip se preparó para la triste experiencia que lo esperaba. Al día siguiente todo habría terminado, lo habría hecho, habría roto con Senta y tendría ante sí una nueva etapa de su vida, vacía y desolada.

¿Olvidaría alguna vez lo que Senta había hecho y lo mucho que la había amado? Era posible que los sentimientos se debilitaran y se tornaran imprecisos, pero siempre estarían presentes. A causa de Senta un hombre había perdido la vida. Con anterioridad, también a causa de Senta, otra persona había muerto. Con el paso del tiempo, mataría a otros seres. Era así, estaba loca. Pensó que esa experiencia lo marcaría para el resto de sus días. Aunque no volviera a dirigirle la palabra ni la viera, le dejaría cicatrices.

Estaba totalmente decidido a verla. Al fin y al cabo, había allanado el terreno. Le había dicho que tenían que hablar y el temor que denotaba la voz de Senta le demostró que hasta cierto punto había adivinado lo que tenía que decirle. Le diría la verdad y nada más que la verdad: que detestaba la violencia y la muerte violenta. Lo horrorizaba hablar o leer algo sobre esa cuestión. Le explicaría que, al saber lo que había hecho, su amor se había extinguido o, mejor dicho, que ahora la veía como otra persona. Ya no era la chica de la que se había enamorado: aquélla era una ilusión.

¿Cómo se las ingeniaría para controlar el amor de Senta por él?

Joley figuraba entre los hombres y mujeres que hacían cola a las puertas del Centro de la Madre Teresa. Philip reparó supersticiosamente en su presencia. Mientras se acercaba a Tarsus Street, decía para sus adentros que, en el caso de ver a Joley, iría a hablar con Senta y, si no lo veía, lo dejaría estar y volvería a casa. El viejo de la carretilla y los almohadones hechos con bolsas de plástico constituía un signo, reforzado por el saludo que dirigió a Philip con la mano cuando se cruzaron.

Philip aparcó. Estuvo largo rato sentado al volante, pensando en Senta, recordando la época en que subía corriendo los escalones y entraba en la casa, la mitad de las veces con tanta prisa que no cerraba con llave la portezuela del coche. Hubo una vez en que Senta le quitó las llaves y, tan grandes fueron sus ansias y sus desdichas, que pensó en forzar la entrada. ¿Por qué le resultaba imposible retornar su mente y sus sentimientos a esa época? En realidad, Senta aún era la misma chica, tenía el mismo aspecto y hablaba igual. ¿No podía entrar en la casa, bajar la escalera del sótano, meterse en el cuarto, tomarla en sus brazos y olvidar?

Puso en marcha el motor, dio la vuelta y regresó a casa. No supo si era débil o fuerte, resuelto o cobarde. Cheryl había salido, lo mismo que Christine. Después se enteró de que salieron juntas, fueron a casa de Fee y Darren con Aubrey Pelham. A las ocho empezó a sonar el teléfono, pero no contestó. Entre las ocho y las nueve sonó nueve veces. A las nueve en punto le puso la correa al perro y caminaron cuatro o cinco kilómetros por las calles. Durante el paseo, cómo no, se imaginó que el teléfono seguía sonando mientras estaba fuera y a Senta en el vestíbulo sucio y maloliente de Tarsus Street, marcando y volviendo a marcar su número. Recordó lo mal que lo había pasado cuando ella lo echó de su casa e intentó telefonear.

Cuando entró, sonaba el teléfono. Respondió. Fue como si súbitamente comprendiera que no podía pasarse la vida sin contestar. Senta decía disparates, sollozaba, tomaba aire y le echaba en cara su actitud:

–Te he visto en la calle. He visto el coche. Te has dado la vuelta y me has dejado.

–Lo sé. Me he visto incapaz de entrar.

–¿Por qué? ¿Por qué?

–Senta, lo sabes. Se acabó. No debemos volver a vernos. Es mejor que no volvamos a vernos. Vuelve a tu vida. Yo intentaré rehacer la mía.

–No tengo vida si no es contigo –afirmó en voz baja y serena, súbitamente apacible.

–Escucha, sólo hace tres meses que nos conocemos. Y eso, en toda una vida, no significa nada. Tú me olvidarás y yo te olvidaré.

–Te quiero, Philip. Dijiste que me amabas. Debo verte, debes venir.

–No servirá de nada. Nada cambiará. –Le dio las buenas noches y colgó.

El teléfono volvió a sonar casi instantáneamente y Philip respondió. Supo que a partir de ese momento siempre contestaría.

–Debo verte. No puedo vivir sin ti.

–¿Para qué, Senta?

–¿Es por Martin Hunt? ¿Es por él? Philip, lo que voy a decirte no es invención mía, es real, la verdad suprema y absoluta. Jamás me acosté con él, sólo salimos una vez. *Yo no le interesaba, sólo quería a esa otra chica.* Ella le interesaba más que yo.

–Senta, no se trata de eso –insistió Philip–. No tiene nada que ver.

Como si Philip no hubiera abierto la boca, Senta añadió febrilmente:

–Por ese motivo la policía nunca se metió conmigo, no se enteró. Ni siquiera supo que yo lo conocía. ¿No es prueba suficiente? ¿No lo es?

¿Qué tipo de mujer era Senta para pensar que un hombre se preocuparía más por una relación sexual que por un homicidio?

–Senta, la historia no acabará sin que vuelva a verte. Te prometo que nos veremos. Lo contrario sería una cobardía. Te prometo que no lo haré. Te veré y pondremos fin a esta historia.

–Philip, si te dijera que no lo hice, si te dijera que lo inventé todo, ¿haríamos las paces?

–Senta, sé que sólo mientes en las cosas pequeñas.

La muchacha no volvió a telefonear. Philip pasó varias horas insomne. Entre otras cosas, echó de menos su presencia física y, al recordar que había hecho el amor con una mujer que mató a sangre fría, al revivirlo, tuvo que ir al baño a vomitar. ¿Y si Senta se suicidaba? De pronto pensó que no se habría sorprendido de que la muchacha le propusiera suicidarse juntos. Habría sido digno de ella. Morir juntos, ir de la mano hacia una gloriosa vida futura, Ares y Afrodita, inmortales con sus túnicas blancas...

Al día siguiente volvió a brillar el sol. Philip despertó con los rayos tempraneros y calientes, una brillante banda de luz que cruzaba su almohada y procedía de la ventana cuyas cortinas había olvidado correr. Un gorrión se había posado en la mano extendida de Flora. El rocío se acumulaba en el césped y en las largas sombras azules. «Fue un sueño», pensó, «todo ha sido un sueño. Flora siempre ha estado aquí, jamás ha pasado a manos de otros propietarios, a otros jardines. Fee sigue viviendo aquí. Nunca conocí a Senta. Los asesinatos no ocurrieron, los soñé. Senta fue una invención de mis sueños.»

En la planta baja se encontró con la señora Moorehead, quien estaba allí para hacerse la permanente. Era la primera que Christine hacía en varias semanas. El olor a huevos podridos que todo lo impregnaba e impedía desayunar evocó épocas pretéritas, los tiempos anteriores a Senta. Lo ayudó a mantener viva la ilusión. Preparó el té, ofreció una taza a la señora Moorehead, y Christine comentó que era todo un lujo que un joven se ocupara de dos viejas. La señora Moorehead se molestó y Philip supo que, una vez hecha la permanente y a punto de irse, le diría a Christine que dejar propina a la dueña estaba en contra de sus principios.

Cheryl bajó. Hacía meses que no se levantaba tan temprano. Tomó una taza de té sentada ante la mesa de la cocina. Philip sospechó que pretendía pescarlo a solas para pedirle dinero. Escapó antes de darle la oportunidad.

Tenía que llevar el coche al taller para que instalaran la nueva radio. Lo dejó y le garantizaron que a las tres estaría listo. Compró el periódico de camino a la oficina central de Roseberry Lawn. El diario de la tarde acababa de salir y el titular de la primera página se refería a un hombre acusado del homicidio de John Crucifer. Philip leyó el artículo mientras caminaba. Decía poco más que los hechos escuetos. El presunto asesino era Trevor Crucifer, sobrino del difunto, un soldador en paro, de veinticinco años.

Philip experimentó una sensación extraordinaria, como si por fin estuviera absoluta y definitivamente exonerado. Otra persona había matado a Crucifer y se sabía. La policía y la justicia lo sabían. Fue como si nunca hubiera hecho aquella confesión ridícula y precipitada. La certeza de su propia inocencia pareció liberarlo de toda culpa como nunca lo había hecho. ¿Y si abría el diario y en cualquier página leía que también habían encontrado al verdadero asesino de Harold Myerson? ¿Y si se enteraba de que la participación de Senta era ilusoria y de que cuanto ella le había contado sólo era consecuencia de una sucesión de coincidencias y paralelismos circunstanciales?

Roy estaba en su despacho, con el acondicionador de aire

apagado y las ventanas abiertas de par en par. El director gerente le había pasado una carta que acababa de recibir. Era de la señora Ripple y apuntaba siete defectos encontrados en su nuevo cuarto de baño.

–Hasta las tres no tengo coche –explicó Philip.

–Llévate el mío.

Roy añadió que las llaves estaban en el bolsillo de su chaqueta, colgada en la oficina de Lucy. Cuando Philip fue a buscarlas, sonó el teléfono. Como Lucy no estaba, contestó. Una voz preguntó si el señor Wardman estaría ese día en la oficina.

–Habla Philip Wardman.

–Buenos días, señor Wardman. Soy el sargento Gates, inspector del departamento de investigaciones criminales.

Aunque se ofrecieron a ir a buscarlo a casa o al trabajo, Philip explicó, sin faltar a la verdad, que tenía que ir a Chigwell. Gates le había dado una idea vaga sobre el asunto. Pensó en la cuestión y le dio vueltas y más vueltas mientras conducía el coche de Roy a través de la lenta congestión de los suburbios del este de Londres.

–Señor Wardman, estamos haciendo diligencias sobre una estatua desaparecida, mejor dicho, sobre una estatua robada.

Philip quedó estupefacto por un instante, incapaz de articular palabra. Gates no se mostró intimidatorio ni acusador. Habló con Philip como si éste fuera un testigo potencialmente útil, de los que de verdad ayudan a la policía en sus pesquisas. Philip había estado varias veces en la zona... ¿Acaso no era verdad? Es decir, en el barrio de Chigwell Row, del que la estatua había desaparecido. Si podían ir a verlo para hablar o, por el contrario, si Philip podía hacer un hueco para verlos y responder a algunas preguntas...

Al volante del coche de Roy, con las ventanillas abiertas y

el sol brillando, Philip se convenció de que literalmente era eso lo único que querían: que les dijera si había visto a algún sospechoso por el barrio. De pronto se le ocurrió que Flora debía ser valiosa, muy valiosa. La idea le produjo un escalofrío. Pensó en su trabajo. Pero ellos no sabían nada, *no podían* saber nada.

Gates estaba en compañía de alguien que se presentó como el inspector Morris, de la brigada de investigación, Philip se sorprendió de que encomendaran a un funcionario de alto rango la indagación del robo de un adorno de jardín. El inspector Morris dijo:

–Le hemos pedido que viniera debido a una coincidencia realmente interesante. Por lo que tengo entendido, su hermana menor ha tenido algunos problemas.

Philip asintió. Estaba perplejo. ¿Por qué no hablaban de Chigwell y del barrio de la señora Ripple?

–Señor Wardman, le seré sincero, quizá más sincero de lo que generalmente se nos considera. En lo personal, los secretos no me gustan. Un agente que registró su casa vio cierta estatua en el jardín. Con gran sagacidad, relacionó dicha estatua con la que desapareció del jardín de la señora Myerson, ya que conocía la descripción de la pieza desaparecida a través del enlace por ordenador con la policía metropolitana.

–¿Entonces es valiosa? –logró preguntar Philip.

–¿Valiosa?

–Disculpe, me refería a la estatua. ¿Es valiosa?

–El difunto marido de la señora Myerson la adquirió por dieciocho libras en una subasta –intervino Gates–. No sé si para usted eso significa que es valiosa. Depende de sus ingresos.

Philip estuvo a punto de decir que no entendía, pero ahora lo comprendía todo. No se trataba del valor de Flora. Sabían que la había robado. El sargento la vio cuando acompañaron a Cheryl a casa y la identificó por la muesca en la oreja y la mancha de verdín. Los dos policías observaban e hizo frente a sus miradas. No había nada que hacer. Si lo negaba todo, acusarían a la pobre Cheryl. Y, en todo caso, dadas las circunstancias, no entendía que no hubiesen acusado ya a Cheryl, pues habría sido lo más lógico.

–Está bien, me llevé la estatua. Si lo prefieren, la robé. Pero supuse, erróneamente como ocurre a veces, que tenía derecho a hacerlo. ¿Piensan...? –Le flaquearon las fuerzas y carraspeó.– ¿Piensan acusarme de robo?

–Señor Wardman, ¿es eso lo único que le preocupa? –preguntó Gates.

La pregunta le resultó incomprensible. Philip replanteó lo que acababa de decir:

–¿Van a juzgarme?

Como no obtuvo respuesta, les preguntó si querían que hiciese una declaración.

Fue extraña la forma en que se aferraron a esa posibilidad, como si nunca se les hubiera ocurrido, como si Philip hubiera tenido una idea genial y original. Una mecanógrafa que podía o no ser agente de policía le tomó declaración. Philip dijo la verdad que, expresada en voz alta, sonaba falsa. Al concluir, se quedó mirando a los dos policías y a la chica que podía o no ser agente y esperó a que pronunciaran esas palabras que había leído en las novelas policíacas y había oído en televisión: tiene derecho a guardar silencio ante la acusación de...

Morris se puso de pie y dijo:

–Muchísimas gracias, señor Wardman, puede retirarse.

–¿Esto es todo? –se obligó a preguntar Philip con tono firme y sereno.

–De momento, sí.

–¿Van a juzgarme por haberme llevado la estatua?

Hubo algunas vacilaciones. Morris recogió unos papeles del escritorio. Alzó la mirada y dijo con voz pausada y decidida:

–No, creo que no. No parece necesario. Sería una pérdida de tiempo y de dinero de los contribuyentes, ¿no le parece?

Philip no respondió. Era una pregunta retórica. Súbitamente se sintió incómodo y como un necio. En cuanto salió, sintió tal alivio que su malestar se disipó. Decidió que devolvería Flora a la señora Myerson, era lo mínimo que podía hacer. Si la policía no se presentaba para recoger la estatua, la llevaría personalmente a Chigwell.

Fue a casa de la señora Ripple. Ésta lo guió al cuarto de baño, donde le mostró todos los defectos de la lista al son de una sarta de vituperios y de la reiteración de lo mucho que había costado. Pearl no estaba a la vista, probablemente había vuelto a su casa.

Pasó con el coche delante de casa de la señora Myerson. En el jardín delantero había un letrero de una inmobiliaria en el que se leía «En venta». El terrier escocés al que Senta había llamado Ébano dormía en el sendero, a la sombra. Philip comió un bocadillo en un bar de Chigwell y regresó a Londres a la hora en que el tráfico era menor. Aparcó el coche de Roy y fue andando al taller para recoger el Opel.

Cuando entró en el despacho, Lucy le dijo:

–Te ha llamado el señor Morris.

Durante unos segundos Philip no supo a quién se refería, pero enseguida cayó en la cuenta. El policía tenía la discreción de no mencionar su función ni su rango al llamarlo al trabajo. ¿Para qué lo llamaba? ¿Había cambiado de idea?

–¿Ha dejado su número?

–Quedó en volver a llamar. Le dije que no tardarías.

Transcurrieron quince interminables minutos. Philip revivió sus temores de un rato antes. Tomó la decisión de que, si lo juzgaban, se lo comunicaría inmediatamente a Roy, lo aclararía de una buena vez y afrontaría lo peor. Comprendió que no podía seguir esperando. Buscó el número de la policía en el listín y llamó a Morris. Tardaron en localizarlo. A Philip se le había secado la boca y percibía de una manera muy desagradable los latidos de su propio corazón.

En cuanto Philip se identificó, Morris preguntó:

–Señor Wardman, ¿tiene novia?

Philip no se esperaba nada por el estilo.

–¿Por qué me hace esta pregunta?

–Tal vez conoce a una muchacha de pelo rubio muy largo... mejor dicho, rubio plateado. Hablo de una joven menuda, que no mide más de metro cincuenta y cinco.

–No tengo novia –respondió Philip, nada convencido de haber dicho la verdad.

21

Su mente le ofreció una explicación. Era como los acertijos del periódico. Buscas la solución en la página correspondiente y al leerla te das cuenta de que es tan clara y evidente que te asombra no haberla encontrado.

La policía debió de tomar nota de todos los acontecimientos del pasado reciente de Harold Myerson, debió de hablar con todos sus conocidos y vecinos, de apuntar todas las visitas que recibió. Seguramente, se interesaron por el robo de Flora y la descripción del ladrón que hizo el vecino de Myerson. Un testigo –o quizá más– describió a la policía la joven menuda de largos cabellos plateados que aquel domingo por la mañana había sido vista en las inmediaciones del lugar donde se cometió el asesinato de Myerson y un rato después en un vagón del metro. ¿Acaso existía alguna relación entre esa muchacha y el ladrón de la estatua? Hay que reconocer que la posibilidad era remota, pero la policía no descartó ningún dato.

Philip comprendió que jamás lo habrían descubierto si no hubiesen visto a Flora en el jardín de su casa. Y nunca habrían dado con Senta, salvo a través de él. Era él quien los había guiado hasta Senta. Los había guiado hasta Senta por medio de la estatua a la que tanto se parecía.

Todo esto pasó por su mente mientras se dirigía a Tarsus Street. No esperó, no le dijo nada a Roy. Fue extraña la forma en que recuperó sus antiguos deseos de estar con Senta cuando

Morris la describió. Ignoraba qué diría o haría en cuanto llegara a Tarsus Street, pero sabía que tenía que ir, contárselo y ayudarla. Ya no podía engañarse a sí mismo y pensar que la policía no daría con ella.

El cielo encapotado comenzó a arrojar lluvia. Primero fueron gotas aisladas como grandes monedas planas, que en pocos minutos se convirtieron en un aguacero tropical. La lluvia no se limitó a caer, rasgó el cielo y azotó como si fuera un muro de agua estillado, un acerado postigo de agua que caía con frenético estrépito. En lugar de aclarar, el cielo pareció ennegrecerse a medida que llovía, y mientras conducía se encendieron luces en las casas y en los edificios de oficinas del camino. Los rayos de los faros crearon senderos neblinosos en medio del torrente.

Joley y la vieja con el perro en una cesta con ruedas se resguardaban en el atrio de la iglesia. El perro parecía uno de esos que aparecen en las tarjetas de cumpleaños sentimentales, asomado al borde de la cesta con el morro entre las patas. Joley lo saludó con la mano. Súbitamente, por alguna razón, Philip recordó que era el día en que él y Senta se habían propuesto adecentar la buhardilla. Lo habían decidido el fin de semana anterior, aquel fin de semana soleado, hermoso y feliz que se remontaba a un milenio atrás. El viernes por la tarde subirían al apartamento, decidirían qué había que hacer y él la ayudaría con algunas cosas que Senta quería dejar ya listas.

Había colgado para no seguir respondiendo a las preguntas del inspector Morris. Había colgado el auricular y anulado la voz del policía. Seguramente, Morris había vuelto a llamar. Cuando Lucy o Roy le dijeran que Philip había salido, sabría a ciencia cierta que la comunicación no se había cortado accidentalmente, sino que Philip había puesto fin adrede. Sabría que Philip era culpable o cómplice o que estaba desesperadamente interesado en que no descubriera la identidad de su novia.

Y eso lo llevaría a no perder un segundo en averiguarlo, en conocer su identidad y su dirección. Le sería fácil. Bastaría con que se lo preguntara a Christine. Bastaría con que se lo preguntara a Fee. En su inocencia, cualquiera de las dos se lo diría inmediatamente.

Philip aparcó el coche lo más cerca que pudo de los escalones de la casa. Los neumáticos que daban al bordillo quedaron sumergidos en un lago en el que tamborileaba la lluvia. El chaparrón era un enorme telón gris, rugiente y lacerante que se interponía entre Philip y la casa. Recordó la lluvia de la primera noche que hicieron el amor, la velada de la boda de Fee, pero entonces no había sido torrencial, en comparación había sido un ligero aguacero. La casa resultaba apenas visible, porque la lluvia creaba un muro brumoso y hostil.

Abrió la portezuela del coche, bajó a toda velocidad y dio un portazo. Bastaron esos segundos en la acera y en los escalones para que, al llegar al portal, estuviera calado hasta los huesos. Se sacudió y se quitó la chaqueta. En cuanto se internó por el vestíbulo, supo que Rita y Jacopo no estaban. Aunque no entendía cómo ocurría, siempre era consciente de su presencia o ausencia. La casa estaba muy oscura. Seguramente todas las viviendas estarían oscuras debido al ocaso provocado por la tormenta. No habría sabido explicar por qué no encendió la luz, pero lo cierto es que no lo hizo.

Por la escalera del sótano no subía el perfume de un pebetero. No había más olor que el arraigado, aquel al que uno se acostumbraba en cuanto visitaba habitualmente la casa. Había corrido para llegar y ahora que estaba ahí vaciló ante la puerta del cuarto de Senta. Tuvo que prepararse para el encuentro. Respiró hondo, cerró los ojos, volvió a abrirlos y entró en el cuarto. Se encontraba vacío, Senta no estaba.

Sin embargo, Senta había estado en su cuarto hacía muy poco. En la mesa baja de delante del espejo, ardía una vela pegada a un plato. Era una vela nueva, con la parte superior apenas consumida. Los postigos estaban cerrados, y el cuarto tan oscuro como si fuera de noche. No era posible que Senta hubiese salido con esa lluvia. Philip abrió los postigos. El aguacero chorreó sobre el cristal como una catarata temblorosa y sollozante.

Del respaldo de la silla de mimbre colgaba su vestido verde, un vestido que parecía de lluvia, de agua transmutada en seda. Debajo, uno al lado del otro, se encontraban sus zapatos plateados de tacón. Sobre la cama vio unas hojas mecanografiadas y grapadas que, supuso, eran el guión de la serie de televisión. Abandonó el cuarto, subió la escalera y vaciló al llegar al rellano. Senta subía a menudo. Para ella era una especie de hogar paterno. Philip subió el siguiente tramo y llegó a las habitaciones que había conocido el día que Senta se metió en el cuarto de baño de Rita, el día en que por la mañana regresó a casa y le comunicó que había matado a Arnham.

Las habitaciones eran las mismas: la que estaba repleta de bolsas con ropa y con periódicos, el dormitorio donde Rita y Jacopo dormían con la ventana tapada por una colcha sujeta con alfileres y en cuyo suelo un refuerzo de espuma hacía las veces de alfombra. Abrió la puerta del cuarto de baño. No vio a nadie, pero al caminar hacia el rellano oyó que una tabla crujía encima de su cabeza. Pensó que aquél era el día en que habían de comenzar a arreglar la buhardilla. «Senta ha empezado sin mí, ha decidido ponerse manos a la obra antes de mi regreso. Todo lo que desde entonces ha sucedido entre nosotros, todo lo que dije, mi horror y mi odio no han servido de nada.» Súbitamente comprendió que durante todo ese rato, desde que salió con el coche hacia la casa de Senta, desde que lo aparcó y entró, había temido los actos de Senta, temía que se hubiera suicidado y encontrarla muerta.

Subió el último tramo de escalera. Gradualmente reparó en

el olor. Se trataba de un hedor muy penetrante y espantoso que descendía peldaños abajo. Al olerlo y notar que se volvía más fuerte, al ser consciente de que lo había percibido desde la primera vez que estuvo en la buhardilla, supo también que correspondía a algo que nunca antes había olido. Era un nuevo olor, un olor que probablemente muy pocos seres humanos se ven obligados a oler en nuestros días. La tabla volvió a crujir sobre su cabeza. Subió los últimos escalones, haciendo un esfuerzo por respirar sólo por la boca, anulando su sensibilidad olfativa.

Todas las puertas estaban cerradas. Philip no pensó en nada, había dejado de pensar que un tiempo antes se proponían vivir allí. Se movía instintivamente. Ya no oía el fragor de la lluvia. Abrió la puerta de la habitación principal. Aunque la luz era tenue, no estaba a oscuras, porque no había cortinas ni postigos en las dos ventanas de la buhardilla. Se encontraba en la parte trasera de la casa y a través del cristal chorreante, por encima de los tejados, se divisaba un cielo gris y áspero como el granito. En la habitación sólo había un viejo sillón y en el suelo, entre la puerta entreabierta del armario y la ventana de la izquierda, algo parecido a una camilla o jergón que, en realidad, sólo era una puerta cubierta por una manta gris.

Senta estaba de pie junto a la puerta. Llevaba la ropa que se había puesto para su visita a Chigwell: la túnica roja en la que, según dijo, había buscado manchas de sangre, los tejanos y las zapatillas. Se había recogido el pelo con un trozo de tela roja a rayas. La sonrisa que le dirigió la transformó. Todo su rostro, su cuerpo entero se convirtió en una sonrisa. Se acercó a Philip con los brazos abiertos.

–Sabía que vendrías, lo presentía. Pensé: Philip vendrá a mí, no hablaba en serio, *no podía hablar en serio.* Tiene gracia. Sólo me asusté un segundo. Supe que mi amor era demasiado intenso para que el tuyo dejara de existir.

«Y lo es», pensó Philip, «ya lo creo.» Lo había recuperado en cascada, como la lluvia. La compasión y la ternura que sintió lo carcomieron, afectaron sus entrañas con una sensación dolorosa y ardiente. Se le llenaron los ojos de lágrimas. La abrazó y la estrechó. Senta se aplastó contra él como si intentara encajar su cuerpo dentro del suyo.

En esta ocasión, Senta fue la primera en romper el abrazo. Retrocedió y lo miró con dulzura, con la cabeza ligeramente ladeada. Philip se dio cuenta de que, por absurdo que pareciese, mientras la abrazaba, mientras renovaba su amor por ella, dejaba de percibir el olor. En ese momento retornó como una densa ola de calor. Era el mismo olor que Philip relacionaba con las moscas. Senta estiró el brazo, lo tomó de la mano y dijo:

–Philip, amor mío, dijiste que me ayudarías a hacer algo que tengo que hacer. Bueno, que *nosotros* tenemos que hacer. Se trata de algo que hemos de hacer antes de pensar en vivir aquí arriba–. Sonrió. Fue una sonrisa alucinada que Philip jamás imaginó que vería en el rostro de una mujer, una sonrisa demoníaca, hueca y escindida de la realidad.– Tendría que haberlo hecho antes, *debí* hacerlo, pero en realidad no tengo tanta fuerza como para hacer por mi cuenta este tipo de cosas.

Philip no pensaba. Sólo podía mirarla, sufrir y percibir su mano menuda y ardiente en la suya. Tenía que comunicarle muchas cosas, debía decirle cosas terribles. Sólo pudo espetar ridículamente:

–Dijiste que Jacopo...

–No vuelven hasta mañana. Además, de nada serviría que se enteraran. Philip, tenemos que acabar con este asunto antes de que regresen.

«Una carnicería que ha quedado abierta y sin limpiar durante varios días de calor», pensó Philip. «Una tienda repleta de carne podrida después de que todos han muerto por la bomba o a causa de la radiación.» Senta abrió la puerta del armario. Philip vio una especie de rostro. Como el de Flora, que brillaba sin vida en el fondo de su armario, pero tampoco así, no tenía nada que ver. Algo que en otro tiempo había sido una muchacha, arrinconada contra la pared y vestida con un chándal de terciopelo gris.

Soltó una exclamación de horror. Se tapó la boca con las dos manos. Tuvo la sensación de que las entrañas le subían hasta la garganta y se hinchaban. El suelo tembló bajo sus pies. Aunque no estaba a punto de desmayarse, no podía seguir en pie. Movió las manos como alguien que busca agua para nadar, se agachó y se sentó en el jergón de la manta gris.

Senta no se había enterado, ni se inmutó. Miraba dentro del armario como si sólo contuviera un mueble voluminoso o de formas raras que era necesario sacar y tirar. Con excepción de la vista, los restantes sentidos de Senta estaban desconectados. La vio meter la mano en el armario y recoger del suelo un cuchillo de cocina, con la hoja y el mango ennegrecidos por la sangre seca. Senta sólo mentía en las naderías, en los detalles secundarios...

–Has traído el coche, ¿no, Philip? Había pensado bajarla en esa cosa en la que estás sentado y meterla en mi cuarto hasta que oscurezca. Luego podemos...

–¡Calla, por amor de Dios, basta! –gritó Philip.

Senta se volvió lentamente y le clavó su mirada pálida y acuosa, de alucinada.

–¿Qué te pasa?

Incorporarse, mantenerse en pie y cerrar de una patada la puerta del armario fue el mayor esfuerzo que Philip hizo en toda su vida. Rodeó a Senta con los brazos y la empujó hasta sacarla de la habitación. Una vez fuera, cerró la puerta. Sus fosas nasales y al parecer toda su cabeza y su cerebro quedaron impregnados de ese olor. En el mundo no existían puertas suficientes para contenerlo. La arrastró a la escalera y la empujó hacia abajo hasta que rodaron por los escalones. La sujetó de los hombros y con las manos creó una jaula para proteger su rostro. La cara de Senta estaba junto a la suya, con las bocas a unos pocos centímetros de distancia.

–Senta, escúchame bien. Te he delatado a la policía. No era mi intención, pero lo he hecho. Vendrán aquí, llegarán muy pronto.

Senta separó los labios y abrió desmesuradamente los ojos. Philip estaba preparado para repeler su ataque de puñetazos y mordiscos, pero Senta siguió quieta y relajada, como si colgara de sus manos.

–Te ayudaré a escapar –añadió Philip–. Al menos lo intentaré. –No se había propuesto pronunciar esas palabras.– Utilizaremos el coche. Te llevaré a algún sitio.

–No quiero irme –declaró Senta–. ¿Adónde iría? No quiero estar en ningún sitio si no es contigo.

Senta se puso de pie, Philip la imitó y descendieron por la escalera. Abajo había un olor nuevo, el eterno olor acre y mohoso. Philip pensó: «han pasado horas y más horas desde que he hablado con Morris». Senta abrió la puerta del cuarto del sótano. La vela se había consumido en un charco de cera. Philip acomodó los postigos y vio que la lluvia había cesado. El agua chorreaba por el muro del patio y chapoteaba contra el bordillo al paso de los coches. Se volvió hacia Senta. De inmediato notó que sólo le interesaba una cosa, que para ella sólo había una cosa importante.

–Philip, ¿aún me quieres?

Tal vez fuera mentira, pues ya no estaba seguro de nada, pero respondió:

–Sí.

–¿No me dejarás?

–Senta, no te dejaré.

Se tendió en la cama junto a ella y apartó el rostro de su doble en el espejo, su imagen arrugada, atemorizada y gastada. Senta se arrastró por el lecho hasta Philip, que la abrazó. Se echó a su lado, le rozó la piel con los labios y Philip la apretó entre sus brazos. Oyó los coches que cruzaban el lago que se había formado en la calle y un vehículo que se detenía a las puertas de la casa. «Las cosas que pensamos, las cosas que recordamos en los momentos más terribles», meditó Philip. Cuando robó la estatua pensó que no enviarían un coche patrulla por semejante tontería.

Pero lo enviarían por todo lo demás. Sin duda, lo enviarían.

